郭晓畅 著

隋文帝 杨坚

风云大帝

U0129704

中国文史出版社

图书在版编目（CIP）数据

风云大帝：隋文帝杨坚 / 郭晓畅著. -- 北京：中
国文史出版社, 2018.4

ISBN 978-7-5205-0249-8

Ⅰ. ①风… Ⅱ. ①郭… Ⅲ. ①杨坚（541-604）—生
平事迹 Ⅳ. ①K827=41

中国版本图书馆CIP数据核字（2018）第089843号

责任编辑：程　凤

出版发行：**中国文史出版社**

社　　址：北京市西城区太平桥大街23号　邮编：100811

电　　话：010—66173572　66168268　66192736（发行部）

传　　真：010—66192703

印　　装：廊坊市海涛印刷有限公司

经　　销：全国新华书店

开　　本：710毫米×1000毫米　1/16

印　　张：17.5

字　　数：235千字

版　　次：2018年7月北京第1版

印　　次：2018年7月第1次印刷

定　　价：49.80元

目 录

引子1+1

其一：他何以最伟大

据称，从秦朝始皇到清末宣统，中国两千多年的帝制史中，总共出过307个正统皇帝。这些所谓的真龙天子、人间至尊，或英明或昏庸，或开创了江山社稷，或败落了祖宗基业，或有盛世之治，或碌碌无为，没甚出息，总之林林总总，不一而足，想给他们排排队，分分高低，并不容易。若论谁最伟大、哪位第一，则更是众说纷纭，莫衷一是。

我们自己国人的各种说法和评价也就罢了，在西方，说中国历史上最伟大的帝王可是隋文帝杨坚。而且，据称美国《时代周刊》在评选世界最伟大人物时，隋文帝杨坚还荣登榜首，说是：No.1 Sui Wendi, a Chinese emperor, reigned 581–604AD。呵呵，杨坚是谁？有何丰功伟绩？他怎么就"伟大"且"最伟大"，成世界No.1了？此说是真是假，靠不靠谱？咱们认同吗？

在描述杨坚时，《时代周刊》一口气列出了18条：

1. 创建了世界上影响最深远的政治制度；
2. 发动了人类历史上最兵不血刃的光荣革命，保住了中国元气；

1

3.建立了人类历史上最大的都城——隋大兴城；

4.用极小的代价战胜了横扫欧亚大陆、当时最强悍、最有战斗力的突厥；

5.人类历史上最大的成功者；

6.人类历史上最早包容其他国家异教徒，实行儒释道三教合流政策；

7.世界历史上影响最大的人物；

8.千年来世界最富有的人；

9.世界上受赞颂最多的帝王；

10.奉行宗教信仰最自由的政策；

11.最早提出了以死化生的轻刑原则，发明死刑三复奏而决制度，有效避免了冤假错案；

12.最早实行政治民主的帝王；

13.一生留下最多的谜；

14.免除所有市场商品税，治下是人类历史上最轻徭薄赋的帝国；

15.人类历史上最仁慈开明的统治者；

16.他统治的时代是世界史上政治最清明的廉政时代，中国唯一灭绝腐败贪官的时代；

17.他是世界史上古往今来最用兵如神的军事家、战略家、三军统帅；

18.他是拿破仑、穆罕默德最崇拜的偶像。

这些说法，有的地方有点夸大，但大致是事实。杨坚的确是一代帝王，称得上"伟大"。《隋书》曾为其提赞，曰：

高祖龙德在田，奇表见异，晦明藏用，故知我者希。始以外戚之尊，受托孤之任，与能之议，未为当时所许，是以周室旧臣，咸怀愤惋。既而王谦固三蜀之阻，不逾期月，尉迟迥举全齐之众，一战而亡，斯乃非止人谋，抑亦天之所赞也。乘兹机运，遂迁周鼎。于时蛮夷猾夏，荆、扬未一，劬劳日昃，经营四方。楼船南迈，则金陵失险，骠骑北指，则单于款塞，《职方》所载，并入疆理，《禹贡》所图，咸受正朔。虽晋武之克平吴会，汉宣之推亡固存，比义论功，不能尚也。七德既敷，九歌已洽，要荒咸暨，尉候无警。于是躬节俭，平徭赋，仓廪实，法令行，君子咸乐其生，小人各安其业，强无陵弱，众不暴寡，人物殷阜，朝野欢娱。二十年间，天下无事，区宇之内晏如也。考之前王，足以参踪盛烈。

就是这个人，结束了西晋以来将近三百年的动乱，统一了分裂数百年的中国；就是这个人，开创了先进的政治制度，建立了三省六部制，为大唐及以后各个朝代所遵循，绵延长达一千多年；就是这个人，开始推行科举制，其后各朝莫不以此分科取士，考选文武官吏及后备人员，就连西方最引以自豪的文官制度也由此而来；就是这个人，制定了"万法归宗、万律之祖"的《开皇律》，不仅为中国历朝历代法典所沿袭，其本人成为东方大陆法系之父，也开启了整个人类民主法制的先河，在世界法制史上占据着重要地位；就是这个人，"克己复礼，勤劳思政"，"手运玑衡，躬命将士，芟夷奸宄，刷荡氛昆，化通冠带，威震幽遐"；就是这个人，"爱养百姓，劝课农桑，轻徭薄赋"，使得有隋一朝呈现空前的繁荣，户口滋盛，国家富足，"中外仓库，无不盈积"，"所有赉给，不逾经费，京司帑屋既充，积于廊庑之下"，成就了一代盛世……

其实，且不论杨坚所创造的诸多"世界第一"，有那么多的"文治武功"，仅是拨乱反正，实现了自秦汉以来中国的又一次统一，"六合八纮，同文共轨"这一项，就够分量，够"伟大"了。

至于他算不算"最伟大"，是不是真正的No.1，那就只能说"仁者见仁，智者见智"了。

其二：隋以前之乱象

不说秦汉以前，自东汉末年，魏、蜀、吴三分天下后，中国可是又处于混乱状态，整天打打杀杀、你争我夺的，闹不消停。等到西晋好不容易实现了统一，其政权又不稳固，内部很不太平。先是"八王之乱"——为了争权夺利，攫取朝纲，皇族司马氏的八个王爷，从西晋永平元年（291）开始，交相攻击，"人不见德，惟戮是闻"，"公族构篡夺之祸，骨肉遭枭夷之刑，群王被囚槛之困，妃主有离绝之哀。历观前代，国家之祸，至亲之乱，未有今日之甚者也"。这一场"窝里斗"持续了十六年，直到光熙元年（306）方才结束，不仅使西晋的国力消耗殆尽，民生凋敝，还酿成了"永嘉之乱"，引来了"五胡乱华"，最后招致亡国。一个大一统的西晋王朝，只存在了五十一年。若从灭掉东吴、结束三国时代算起，则西晋仅仅立朝三十七年便消亡。

而"五胡乱华"对中原汉民来说，不啻一场噩梦。从西晋末年开始，匈奴、鲜卑、羯、羌、氐"五胡"相继进入中原，先后建立了一夏、二赵（前、后）、三秦（前、后、西）、五燕（前、后、西、南、北）、五凉（前、后、西、南、北）十六国。这五胡十六国混战不已，彼吞此并，迭为兴替，造成了巨大灾难，史上称为"神州陆沉"或"中原沦陷"。

一百多年间，中原汉人受尽了凌辱，忍受着屠杀，"北地苍凉，衣冠南迁，胡狄遍地，汉家子弟几欲被数屠殆尽"，致使人口锐减，士族十不存一。与此同时，汉人的地位也一落千丈，"汉"字成了骂人的脏话，汉狗、痴汉、恶汉、汉子、一钱汉、卑劣汉、无赖汉等称谓广为流行，且以各自不同的表义流传至今。

这些胡人的境况也好不到哪儿去。"五胡"之间各不相容，互相残杀是一方面，汉人也没有坐以待毙，逼急了也会抗争，甚至是虐杀，血腥复仇。魏郡内黄人冉闵在掀翻后赵、立国大魏前后，曾颁下"杀胡令"，称"内外六夷，敢称兵器者斩之"，激励汉人"斩一胡首送凤阳门者，文官进位三等，武官悉拜牙门"。他还亲自带兵诛杀邺城内外的胡人，无论男女，不分老幼，全部斩首。几天下来，就杀掉了二十多万，尸体堆在城外，任由野犬豺狼吞食。对于那些屯戍四方的胡人，冉闵也都令汉人将帅把他们统统杀掉，以至于有些汉人仅仅因为鼻子长得高点、胡须密一点，就被误杀而死。

如此"无月不战，互为相攻"，狂屠滥杀，什么族类也都够呛。数十年间，那羯族与匈奴就几近灭绝，羌、氐弃地远迁，鲜卑众多的部族也没剩下多少。

荡荡中原已是胡虏腥膻，遍地沦胥，"千里无烟爨之气，华夏无冠带之人"。无奈之下，大批士女纷纷南渡，避乱江左，特别是西晋宗室及士族尤甚。太兴元年（318）三月，原西晋丞相、大都督中外诸军事、晋王司马睿正式称帝建元，定都建康，史称东晋。这个王朝占据江南，总算保住了汉人的半壁江山。

东晋共传了十一位皇帝，国祚一百零三年，北方与之相对的是五胡十六国。晋恭帝元熙二年（420），刘裕代东晋自立，国号宋。六十年后，又被南齐取而代之。随即是南梁，此后为南陈。宋、齐、梁、陈四个朝代，总称为南朝。

在这期间，北魏兴起，鲜卑族拓跋部逐渐强盛，统一了北方。但自从戍守北边的六镇起义后，北魏濒临崩溃，不久分裂为东魏和西魏，再分别被北齐、北周取代。北周建德六年（577），北齐消亡，北周又实现了北方的统一。从北魏到东魏和西魏，再到北魏和北周，这几个王朝称为北朝，再加上局促江陵一隅的后梁，与南朝形成了长期对峙。

就这样，在长达三百多年的时间里，中国历经三国、两晋、南北朝，几十个王朝交替兴亡，山河破碎，绝对算是一个血腥的大分裂时代。都说天下大势分久必合，大乱必有大治，那么，谁将终结这段历史，引我华夏子民走出这"失落的三个多世纪"，开启一个大一统的王朝？

问苍茫大地，以及泱泱万民，这人是谁？

第一篇

在西魏和北周，杨坚绝对算"官二代"。

他爸是杨忠，"美髭髯，身长七尺八寸，状貌瑰伟，武艺绝伦，识量沉深，有将帅之略"，不仅长得帅，而且武艺超群，深谋远虑，很早就授都督朔燕显蔚四州诸军事、朔州刺史，加侍中、骠骑大将军、开府仪同三司衔，后又都督三荆、二襄、二广、南雍、平、信、随、江、二郢、浙十五州诸军事，晋封陈留郡公，成为西魏十二大将军之一。这十二大将军是什么概念？大约相当于现在的军区司令。有如此老爸，杨坚想要做官还不简单，弄个师长旅长的干干还不容易？

不光是亲爸，他老丈人独孤信更是了得。独孤信系西魏八柱国之一、大司马。柱国就是军委副主席，大司马呢，怎么也跟国防部长差不多吧。作为国家元勋，八柱国中的任何一位皆可"入则为相，出则为将，自无文武分途之事"，在当时荣盛之极，"莫与为比"，何况独孤信又与西魏的实际建立者和统治者、北周的奠基者宇文泰结成了亲家，其长女嫁给了宇文泰的长子、后来做了北周第二代皇帝的宇文毓。这样，杨坚又跟权臣、皇室扯上了干系。

既如此……于是乎，杨坚小小年纪就有了官做，当跟他一般大的小子还在读书习武或是扛锄下地、赶牛上山的时候，他已经被封县公、成了将军。而且，其职位升迁还很快，官越做越大，俨然西魏一代青年才俊，北周杰出的军政领导干部是也。

当然了，人家"官二代"升迁也不全靠老子，"拼爹"，有些"二代"还是真的才能突出，老子英雄儿好汉，确有两把刷子的。杨坚"外质木而内明敏，有大略"，无论是入朝为官，还是任职地方，他都非常能干，出类拔萃。在北周建德年间，杨坚就曾率水军三万，破齐师于河桥，此后又在平齐时，于冀州取得大胜，显示出了高超的军事才能。所以说杨坚就是杨坚，不是阿斗，非一般的"官二代"可比。

然而，"木秀于林，风必摧之；堆出于岸，流必湍之；行高于人，众必非之"。杨坚干得好是好，厉害归厉害，却也引起了别人的警觉和猜忌。并且这"官二代"的"身份"光鲜，容易升官发财不假，有时候也是个累赘，蕴含着危险。一旦爷老子倒台，自己这帮这派人完蛋，则会马上跟着倒霉，所谓"跻攀分寸不可上，失势一落千丈强"，甚至还有性命之忧。西魏和北周，多年来一直不太平，那宇文家族或出权臣，独断专行，或是皇帝命短，更换太快，直搞得朝野纷乱，人心惶惶。杨坚身处其中，免不得牵连于内，向左走向右走很是为难。加上他本人也似乎真有想法，当权者便不能不对他有所提防，保持戒备。北周权臣宇文护就一直冷落他，有意压制他。杨坚的亲家、北周武帝宇文邕也一度对他心存顾虑，因而并没真正重用他。

在此处境下，聪明的杨坚只好小心翼翼，尽量低调，"既明且哲，以保其身"。也毋宁说，他这是在韬光养晦，韫椟藏珠，以等待最佳时机。

第一章　莺迁

隋开皇三年（583）三月十八日，雨，皇帝杨坚着常服，与独孤皇后一起迁入大兴宫。

这大兴宫连同整个大兴城，系去年六月开建。是时隋朝开国仅仅一年，时事草创，百废待兴，本不应大兴土木，杨坚个人也没急于考虑，想暂缓一下再说，怎奈群臣聒噪，不时奏请，连一向处事严谨、崇尚俭朴的太子少保兼纳言、民部尚书的苏威也都上言，请求营建新都。杨坚只好拿出时间，跟尚书左仆射高颎和苏威等人一起商议。君臣议了大半个晚上，也没议出个所以然来。没想到，第二天早上一上朝，通直散骑常侍庾季才就出班来奏，说他仰观玄象，俯察图记，龟兆允袭，非要迁都不可。况自从汉朝建立这座长安城，到现在已有八百年了，水亦遭污，皆咸卤，不再适合饮用。因此，祈望陛下协天人之心，尽早制订迁都的计划。

这使杨坚甚为惊奇，感叹事情竟如此巧合，神乎其神。本来他就对上知天文下知地理、术业优博、半人半仙的庾季才很是激赏，通过这事儿，就对他更为赏识、信服，也促使他更加认真地考虑、筹划迁都。

随后，秘书省掌管天文的太史也来奏报，云"当有移都之事"。太师李穆又上《请移都表》，说是"帝王所居，随时兴废，天道人事，理有存焉。始自三皇，暨夫两汉，有一世而屡徙，无革命而不迁"。接下来，在将当今皇上大夸一通后，他又说帝室天居，"未尝谋龟问筮，瞻星定鼎，何以副圣主之规，表大隋之德"？因而希望皇上"远顺天人，取决卜筮，时改都邑，光宅区夏"，以"任子来之民，垂无穷之业，应神宫于辰极，顺和气于天壤，理康物阜，永隆长世"。

这李穆器宇弘深，风猷遐旷，素为杨坚所重，如今上了这么一篇言辞恳切的表文，杨坚甚为感动，遂决意迁都，说是："天道聪明，已有征应，太师民望，复抗此请，则可矣。"

开皇二年（582）六月十八日，杨坚正式下诏，立即营建新都，曰：

> 朕祇奉上玄，君临万国，属生人之敝，处前代之宫。常以为作之者劳，居之者逸，改创之事，心未遑也。而王公大臣陈谋献策，咸云羲、农以降，至于姬、刘，有当代而屡迁，无革命而不徙。曹、马之后，时见因循，乃末代之晏安，非往圣之宏义。此城从汉，凋残日久，屡为战场，旧经丧乱。今之宫室，事近权宜，又非谋筮从龟，瞻星揆日，不足建皇王之邑，合大众所聚，论变通之数，具幽显之情同心固请，词情深切。然则京师百官之府，四海归向，非朕一人之所独有。苟利于物，其可违乎！且殷之五迁，恐人尽死，是则以吉凶之土，制长短之命。谋新去故，如农望秋，虽暂劬劳，其究安宅。今区宇宁一，阴阳顺序，安安以迁，勿怀胥怨。龙首山川原秀丽，卉物滋阜，卜食相土，宜建都邑，定鼎之基永固，无穷之业在斯。公私府宅，规模远近，营构资费，随事条奏。

新都选在龙首山一带，乃此前堪舆之士并工部推定。龙首山"南直终南山子午谷，北据渭水，东临浐川，西次沣水"，不仅名字起得漂亮，地方也确实是好。在营建新都的诏书下完后，杨坚又命左仆射高颍、内史监虞庆则、尚书右丞张煚、将作大匠刘龙、巨鹿郡公贺娄子干、太府少卿高龙叉等人主持营建。因太子左庶子宇文恺多技艺，有巧思，还特地诏命他为营新都副监。——这些人中，高颍领新都大监，总大纲，虞庆则领营新都总监，不久即与贺娄子干一起出任军帅，张煚领营新都监丞没几天，就丁父忧去职，刘龙、高龙叉等人只充任检校，具体事务实际上主要落在了宇文恺头上。

宇文恺便会同相关人等，马上进行实地查勘，细细规划，并且很快动起工来。大凡都城，不外乎宫城、皇城、外郭城三个部分，但此前规制不一，显得杂乱，现在的皇宫就偏处旧都长安城西南，"自两汉以后，至于晋、齐、梁、陈，并有人家在宫阙之间"，杨坚以为不便于民。由是，宇文恺自北而南，将宫城、皇城、外郭城平行排列，以宫城象征北极星，为天中，以皇城象征环绕北辰的紫微垣，外郭城象征向北环拱的群星，使得帝居高高在上，"居其所而众星拱之"。皇城之内，只安置衙署，惟列府寺，不使杂居，"公私有辨，风俗齐整"。再向外面，才是里坊，供百姓居住。

那龙首山有东西走向的六条土岗横贯，宇文恺认为正像是《易经》乾卦之"六爻"。初九是潜龙，勿用；九二高坡是"见龙在田"，因此只能"置宫室，以当帝之居"；九三之坡，"终日乾乾，与时偕行"，正可"立百司，以应君子之数"；九五，至尊，属"飞龙"之位，不欲常人居之，故东置玄都观，西修兴善寺以镇。其余"九四""上九"之坡，也尊了卦序，各有所用。

建成后的宫城和皇城便都在这"六爻"之上，一条中轴线贯穿南北，并延伸至外郭城。其中，宫城居最北，东西五里一百一十五步，南北二里二百七十步，周十六里一百五十步，崇三丈五尺。中为大兴宫，有大兴殿等殿台楼阁数十，东为东宫，西为掖庭宫。出正南承天门，为皇城。其东西长与宫城相等，南北五里一百四十步，周围十八里一百五十步。城内南北七街，东西五街。左宗庙，右社稷。百僚廨署列于其间，凡省六，寺九，台一，监四，卫十有八。东宫官属，凡府一，坊三，寺三，率府十。

穿过皇城，向南便是外郭城，又称罗城、京城，拱卫在宫城和皇城的东西南三面，东西十八里一百一十五步，南北十五里一百七十五步，周六十七里，崇一丈八尺。整个京城以宽阔的朱雀门大街为界，东设大兴县，西设长安县，各领五十四坊以及各占两坊地的东、西两市。全京城东西南北二十五条街道，将一百零八坊纵横交割，对应着一百零八颗星宿。而且，那南北里坊十三列，象征一年有十二个月再加闰月；皇城之南，设坊东西四行，象征一年四季，春夏秋冬，每行又有九坊，取《周礼》"王城九逵之制"。

"隋氏设都，虽不能尽循先王之法，然畦分棋布，间巷皆中绳墨，坊有墉，墉有门，逋亡奸伪无所容足。而朝廷官寺，居民市区不复相参，亦一代之精制也。"这新都不仅构思奇巧，大气磅礴，而且营建神速，仅用半年时间，就基本完工。杨坚看后，自是喜欢，龙颜大悦。因其本人在北周时曾被封为大兴公，"大兴"二字的字义又好，他遂于开皇二年（582）十二月初七，将这新都命名为"大兴城"，有关宫殿寺院县治，也以"大兴"名之。

开皇三年（583）正月初一，杨坚以迁入新都名，大赦天下。

等到了今日，前朝和后宫一并启用，独孤皇后便跟杨坚皇帝一起搬了过来。由于杨坚对这独孤皇后甚为宠爱，人又高情远致，不同流俗，因而在登基后，并没有大建后宫，"唯皇后正位，傍无私宠，妇官称号，未详备焉"。在开皇二年著内官之式时，也只是"略依《周礼》，省灭其数"，仅设嫔三员、世妇九员、女御三十八员，置六尚、六司、六典，递相统摄，以掌宫掖之政而已，且因独孤皇后内擅宫闱，后宫嫔姜之位还只是虚设，自嫔以下只置员六十，又"抑损服章，降其品秩"。如是，后宫人数很少，再加独孤皇后与皇上一样，崇尚节俭，后宫物品无多。这次搬迁便就简单，根本没耗时费力。

"'伐木丁丁，鸟鸣嘤嘤。出自幽谷，迁于乔木。'今日确为吉日也。"

迁入新宫后，独孤皇后颇有兴致，与皇帝杨坚一起站在大兴宫窗前，看窗外落雨，欣赏着风景。

"今迁居者也，汝言伐木者何？"

虽说杨坚人极聪明，然并不爱读书，"素无术学"，对皇后所吟诵的《诗经·小雅·伐木》一知半解，弄不好连读都没读过。

"亏君为圣上，一国之主，贱妾适才所言，岂非乔迁之事，莺迁之喜邪？"

独孤皇后笑着揶揄当今圣上。她家世贵盛，资禀聪颖，书史无所不晓，若只论读书识字，真比杨坚要强不少。

"嘻，朕只知有乔迁、莺迁之语，却不知出此处。"杨坚也自笑道，"奈何今日莺迁亦不算喜，太史监推算是日乃黄道吉日，宜迁居，偏又降雨也哉。芳春胜景，暖晴烟远，乔木见莺迁，方才好耳。"

"降雨何忧邪？春雨金贵，'阳春布德泽，万物生光辉'。天既久旱无雨，极不利农事，今日雨降，甚善，大吉矣。或然，因陛下喜迁故，上天才得大降甘霖，以资相贺。又以此喜雨及喜迁新都，焉知天下祥瑞不出乎！"

"信哉斯言！"听皇后这么一说，杨坚高了兴，"去岁入冬雪薄，开春后雨亦稀见，春耕春种俱有所延误。如再不雨，朕欲亲祈雨也，今日及时雨即降。好雨当知时节，又适逢迁都，双喜临门矣。"

"巍巍开皇，国运隆昌，陛下果龙骧虎视，兼济天下。立隋两年，多少壮举也哉！不云他事，单此大兴新都，何其巍峨，何等气势，真鬼斧神工，惊天动地乃尔！"

独孤皇后不失时机却也是由衷地夸赞开来。

"卿嫁我之初，我倒早已开府。然则，彼时我亦只思日后晋爵国公，得建公署府第，好使卿有更佳住处，享用愈甚，孰料今日竟得登大宝，住此皇皇宫阙。"

说起来杨坚不免得意。

"彼时贱妾却已料定，君定能成就大业，只恐是时若有此想，口出此语，当有大逆之罪，因之莫敢言也。"

"咦，非是卿当初料我日后有此造化，方肯下嫁乎？"

皇帝开起了皇后的玩笑。

"非也。"独孤皇后白了杨坚一眼，"毋说当年君已开府，成骠骑大将军，仪同三司，即便君只一介军士、白丁，甚或山野村夫，我亦相嫁于君"。

"若何？是卿须依父母之命，不得不尔，还是书读甚多，人亦变得愈痴愈傻乎？"

"因君人好，龙表凤姿，器宇轩昂，足可终身托付。"

独孤皇后深情地望着杨坚。此时此刻，杨坚在她眼里，已不再是高高在上的皇帝，而只是自己的夫君。他们俩之间，业已不再是帝王帝后，而是平常的相亲相爱的一对夫妻。

"哈哈哈。"

杨坚笑得爽朗，异常开心。

第二章　那罗延

　　独孤皇后如此大夸杨坚，满是甜言蜜语，柔情蜜意，却也并非矫情，更不是为了固宠，以讨皇帝欢心，实在是她之真情流露，且所言还挺真实，没有夸大其词。

　　若单论长相，杨坚确实容貌奇伟，"为人龙颔，额上有五柱入顶，目光外射，有文在手曰'王'。长上短下，沈深严重"。此等貌相，就是人君、帝王之相吗？但谁又说这貌相不是帝王之相，皇帝应该长什么样子？

　　西魏大统七年（541）六月十三日，杨坚生于冯翊般若寺。此寺与杨家毗邻，"房宇堂塔，前后增荣；背城临水，重轮叠映"。那时，杨坚的父亲杨忠以战功授左光禄大夫，任云州刺史、大都督，其年三十有五，特想有个儿子，以承香火、家业。因此他对夫人吕氏这次怀胎抱有莫大期望，也对婴儿之诞生格外当回事儿，显得特别郑重和小心。经过再三考虑，杨忠和夫人决定求助于临近的般若寺，找一间沙门尼之房待产。

　　将孩子产在佛寺，也非杨坚夫妇首创，好像有多特殊。彼时佛教大兴，无论南朝还是北朝之人都信奉佛教，尊佛敬佛。将婴儿献于佛前，尤其是男婴刚一降生即沾佛气，一来是敬佛之礼，表明子孙后代虔诚向佛，不弃佛门，始终不离菩提心供养；二来也是祈求佛祖保佑，好让婴儿健健康康，平安吉祥。

杨家的这个新生婴儿果是健壮的男孩，方脸高额，五官端正，十足一个将门虎子。这使杨忠称心如意，给儿子取名为"坚"，显是希望他长得壮实，长大后能披坚执锐，威武刚毅。小杨坚出生时辰，大概在癸丑日酉时，那会儿正近黄昏，落日余晖，霞光万道，将那般若寺映照得金碧辉煌。寺前洛水缓缓流淌，波光粼粼，溢彩流光。庙宇堂塔，深庭幽径，俱都笼罩在紫金暮霭之中。此等景象美则美矣，却也实属平常天象，无甚特别神奇之处，但在许多年后，杨坚成了皇帝，可就成了神话，甚是了得。内史令李德林在《天命论》中说：

"皇帝载诞之始，赤光蒲室，流于户外，不属苍旻。其后三日，紫气充庭，四邻望之，如郁楼观，人物在内色皆成紫。"

著作郎王劭撰《隋祖起居注》，云："于时赤光照室，流溢户外，紫气充庭，状如楼阁，色染人衣，内外惊异。"

当年"声名藉甚、无竞一时"的散骑常侍薛道衡也赞颂道："粤若高祖文皇帝，诞圣降灵则赤光照室，韬神晦迹则紫气腾天。龙颜日角之奇，玉理珠衡之异，著在图篆，彰乎仪表。"

……

既然杨坚在诞生之时，就有如此祥瑞，这等光彩，接下来也必有异事发生。当天夜里，正住在般若寺的神尼智仙登门造访，探望这个刚出生的男孩，说是："此儿所从来甚异，不可于俗间处之。"

这智仙俗姓刘，河东蒲坂人氏，少出家，有戒行，"长通禅观，时言吉凶成败事，莫不奇验"。她这么一说，本来就跟她相熟且又很是推崇于她的杨忠夫妇深信不疑，遂将杨坚托付给她抚养，并将自家宅院改作佛寺，供其居住和修行。——杨忠夫妇肯撇家舍业，割宅为寺，在当时亦属司空见惯，不足为奇。其时僧尼多多，寺院滥设，"今之僧寺，无处不有。或比满城邑之中，或连溢屠沽之肆，或三五少僧共为一寺"。一些僧尼不安于寺庙，常游涉街店村落，走家串户。而不少达官显贵，豪门缙绅，也经常召来僧尼，举办佛事、斋会，求神拜佛，甚至尊以为师，以备顾问，称作"家僧""门师"。智仙居于杨家，充任养育杨坚之责，显是杨家门师，更受杨家的敬重和照拂。

从此，杨坚就别离父母，养在佛门。据说过了一段时间，吕氏实在想念儿子，悄悄来到智仙房中，将孩子轻轻抱起，细细端详。恰在此时，杨坚突然头上长角，遍体鳞起，化作一条小龙，一声轻喘，外面立时起了风雨。吕氏见状大骇，失手坠儿子于地。智仙从外面进来，埋怨道："何因妄触我儿，致令晚得天下。"——意思是你吕氏这么一摔不要紧，致使杨坚晚了好多年才做皇帝。

此事流传甚广，却也太过离奇，有些失真。一方面，光润龙变，神仙志怪，虽说盛行一时，直到如今还有不少类似传言，但事情本身就假得不行。另一方面，即便确有其事，只不过将事实有意扩大了些，那吕氏一时之幻觉变成了真相，活龙活现，绘影绘神，神尼智仙也不大可能说出这番话来，更不可能有如此灵验，与以后的情况完全吻合，分毫不差。

然而，杨坚受到了智仙的精心抚养，自打一下生就非同寻常却是一点儿也不假。在佛寺里，智仙为杨坚取了个小名，叫"那罗延"。这名字是梵文"Narayana"的音译，就是印度教中的大神祇毗湿奴，佛典里则称为金刚力士、坚固力士，也称作那罗延天或遍入天，掌维护宇宙之权，系三相神中最厉害的一位。相传毗湿奴和神妃吉祥天住在最高天，乘金翅鸟。通常以"四臂"握神螺、神盘、神杵和莲花的形象出现。其性情温和，对信仰虔诚的信徒施予恩惠，且以多种化身来救世，救苦救难。

以此等大神之名命名杨坚，含义不言自明。并且寄身于佛寺，随智仙神尼在晨钟暮鼓、燃灯诵经中长大，杨坚接受的自然是佛学，深受佛教之熏陶、浸润。当他开始懂事时，智仙就曾反复对他说，他非是凡人，而是金刚力士，那罗延神王，一定要像毗湿奴那样，普度众生，济世救人。在杨坚七岁那年，智仙还郑重地告诉他：

"儿当大贵，从东国来。佛法当灭，由儿兴之。"

这其实也是虚妄之言，经后世加以更改，蔓引株连，穿凿附会而成。不过，智仙的种种诲教，以及声声佛号，袅袅梵音，是如此诱人，荡涤着小杨坚的心灵，深深地印入他的脑际，以至于许多年后，杨坚还对人说起："我兴由佛法，而好食麻豆，前生似从道人中来。由小时在寺，至今乐闻钟声。"

而对于神尼智仙，杨坚也是终生难忘，思念至深。后来北周武帝宇文邕灭佛时，智仙隐匿于杨家，"内著法衣，戒行不改"，终获保全。及至杨坚登祚，隋朝国兴，智仙已逝，每顾群臣之时，仍对她追思不已。为此，杨坚还特命那个王劭为神尼智仙作传。其龙潜所经四十五州，皆悉同时修建大兴国寺，冯翊般若寺即为其一，且在其原址上重建的这处寺院，"开拓规摹，倍加轮焕。七重周亘，百栱相持。龛室高竦，栏宇连袤。金盘捧云表之露，宝铎摇天上之风"，比先前的寺庙可又好过不少。

第三章　少年得意

　　杨坚在智仙身边，一直长到十三岁。西魏恭帝元年（554），他十四岁时，被送往太学学习。

　　太学之名，始于西周，为中央官学、最高学府。当年，西魏孝武帝匆促西迁，礼乐散逸，典籍不备，朝野上下文明缺失，加上开国的这帮人起自行伍，军将本就骁勇少文，胸无点墨，贵胄子弟又从小习武，莫不以弓马自矜，由是西魏少文治而多武功，虽不能说是鱼质龙文，外强中干，但至少在经邦论道、燮理阴阳上有所欠缺。作为掌控西魏的大行台、丞相，宇文泰深知，若仅依靠一些赳赳武夫是难以治国平天下的，因而他个人很是重视学习，甚至在自己的行台设置学堂，让府佐僚属们白天办完公事后，晚上入学堂读书习文。随之，他又力主朝廷，办起了太学。

　　进入太学的"太学生"，自是些天潢贵胄、名门之后，杨坚也当然有资格、有条件入学，绝对在范围以内。西魏太学设于京师长安，"太学生"们学的主要是诗书礼易乐春秋，学习期满后用不着明经策试入仕，目的无非是想让这些世胄们长长学问，增加点知识修养，免得才疏学浅，不识之无。说实话，跟大多数"同学"一样，杨坚不喜欢读这儒家六经，相比之下，他还是更喜欢习练武艺，骑马射箭，但这并不意味着杨坚在太学就多顽劣，不遵教诲，天生的品性以及他自幼深受佛寺教育，使他无论在哪里都规规矩矩，容止端详，显得那么深沉稳重，孤傲刚毅。其威仪风姿，也让那些胡人军将公子和汉人世家子弟肃然生敬，"虽至亲昵不敢狎也"。

在太学，杨坚究竟学了多少东西，秤谌是高是低，不知道，但在那里，他结交了不少朋友，赢得了众多同学的尊重和拥戴，却是真的。以后助他摄政、掌控北周的郑译、刘昉、柳裘三位，以及大将王谊、元谐等，都是他的同学，"沉深有器局"的同学窦荣定和"沉深有行检"的李礼成，则一个成了他的姐夫，一个成了他的妹夫，两人都为杨坚开国、平定天下立下了很大功劳。

就在杨坚入太学的同一年，他被京兆尹薛善看中，辟为功曹，成为京兆府主要属官之一。此一征辟，对一般人来说可能弥足珍贵，求之不得，但于杨坚这等世胄，并不是什么了不起的事情。不过，这毕竟是他走上仕途的开端，而且一下就成为功曹，对他还是具有特别的意义。

翌年，因父亲杨忠平定江陵之功，杨坚被授散骑常侍、车骑大将军、仪同三司，封成纪县公。第二年，又升为骠骑大将军，加开府衔。在当时宇文泰制定的西魏勋位中，杨坚这骠骑大将军已是最高的九命一级，其官阶和俸禄几乎与他父亲的"大将军"相等，金印紫绶，差不多位同三公了。小小年纪，即有如此高位，杨坚的风仪又如此秀整，威风凛凛，甭说是别人，就连一代枭雄、当时绝对的大权臣宇文泰也见而叹曰：

"此儿风骨，非世间人。"

也大约就是在这西魏恭帝三年（556），杨坚又迎来了对他一生具有决定性影响的一件大事、喜事——他父亲的老上司、上柱国、大司马独孤信将十四岁的女儿独孤伽罗嫁于他为妻。

这独孤信"风度弘雅，有奇谋大略"，在西魏位高权重，名气和声望比杨忠更大。他的长女已嫁给了宇文泰的长子宇文毓、四女嫁给了八柱国之一、陇西襄公李虎的儿子李昺，如今他又将自己最喜爱的七女儿嫁给大将军杨忠的儿子杨坚，固是望衡对宇，也主要是见小杨坚一表非凡，将来必定非同一般，所谓"信（独孤信）见文帝（杨坚）有奇表，故以后（独孤皇后）妻焉"。

实际上，独孤信的这个爱女独孤伽罗本人，就不同寻常。她不仅长得漂亮，花容月貌，国色天香，而且"雅好读书，识达今古"，当初她父亲在将她嫁于杨坚时，虽说依据的仍是"父母之命，媒妁之言"，但也保不齐她也曾"穴隙相窥，逾墙相从"，对杨坚这等好男儿早生爱慕之意，一往情深。因独孤家族出自鲜卑，儿女性情疏放，喜欢无拘无束，独孤伽罗不免有此脾气秉性。何况当时"邺下风俗，专以妇持门户，争讼曲直，造请逢迎，车乘填街街，绮罗盈府寺，代子求官，为夫诉屈，此乃恒代之遗风"，又"河北人事，多由内政，绮罗金翠，不可废阙"，小女子既然"腹中愁不乐"，还不"愿作郎马鞭"，"出入擐郎臂，蹀坐郎膝边"吗？

独孤伽罗之"伽罗"一名，出自梵文"tagara"，音译作香木，为多伽罗之略。"伽罗翻黑，经所谓黑沉香是矣。""菩提心者，如黑沉香，能熏法界，悉周遍故。"可以看出，这位千金小姐的家庭信奉佛教，本人自打出生即有佛缘，与其夫君杨坚几乎一样。

这两人成婚后，情投意合，"甚相爱重，誓无异生之子"。小夫妻俩信守承诺，日子过得甚是欢乐。

接下来发生的事情，看上去与杨坚没什么干系，其实却是大有关联，影响并改变了他之时运和际遇。这年（556）十月，宇文泰在北巡途中发病，急召其侄、中山公宇文护至泾州，交代后事，说自己的几个孩子皆都年幼，如今外寇方强，天下之事，就委托于你了，你一定要勤勉努力，"以成吾志"。十一月初四，宇文泰卒于云阳。

宇文护回长安后，为宇文泰发丧，并着手处理善后事宜。此人幼时"方正有志度"，"内外不严而肃"，以后随宇文泰东征西战，屡建战功。这时节，他算是临危受命。不过，宇文护若跟簇拥叔父宇文泰的那些老柱国和大将军们相比，则无论军功还是资历都有差距，

"名位素卑"。如今宇文泰匆匆崩殂，老帅们"各图执政，莫肯服从"，"群公怀等夷之志，天下有去就之心"。在此境况下，宇文护施展手段，与群雄斗智斗勇，着力抚循文武，纲纪内外，由是人心遂安，他本人也寻拜柱国，得以统理军国大事。

不过，西魏终归是西魏，不是他们宇文氏家天下。宇文护深知，只要宇文氏不称帝、不确立与群雄的君臣关系，自己就很难驾驭他们，即便现在这帮人一时屈从也不行。因此，宇文泰山陵事甫一完毕，他即以天命有归为名，逼迫西魏恭帝禅让，于第二年（557）正月，拥立宇文泰的嫡子宇文觉即天王位，国号周，史称"北周"。

宇文觉时年十六岁，践祚后，马上以宇文护之意，任命原八柱国之一李弼为太师，赵贵为太傅、大冢宰，独孤信为太保、大宗伯，而宇文护自己，则被拜为大司马，封晋国公，邑一万户。

表面上看来，宇文护的职位不算最高，列太师、太傅、太保"三公"之后，但他将大司马一职抓在手里，典武事，即争得了军权，成为新朝北周最具实力人物。

眼见自己被架空，挤出了权力中心，那李弼是因年事已高，不甚在意，赵贵和独孤信可就愤愤不平。此二位自恃与宇文泰平辈，"等夷"，劳苦功高，如今却受制于晚辈宇文护，心中难免不悦，快快不服。赵贵一时冲动，甚至想诛杀宇文护，被独孤信制止。然而不久，赵贵遭人告密，宇文护遂先发制众，利用赵贵入朝之机，将其捕杀，党羽皆伏诛。捎带着，还将已经逊位的西魏恭帝杀掉了事。独孤信也以赵贵同谋坐免，旋即逼他自尽于家。宇文护又被拜为大冢宰，权势更盛。

这事刚过，司会李植、军司马孙恒等人与几位宫卫头领，向天王宇文觉密奏，准备捉拿宇文护，归政于君。宇文觉人虽年轻，然性刚果，见宇文护专权，本来就深以为忌，非常反感。如今有人请命，他自是赞成。谁想计划暴露，宇文觉被弑，李植、孙恒等一大批人全部遇害。

随后，继任北周天王位的是宇文毓——宇文泰的长子、宇文觉的大哥。宇文护被拜太师，赐辂车冕服，继续把持朝政。

在这么短的时间里，就有这么多变故，王朝更迭，帝君交替，杨坚自是牵涉其中，至少他从西魏的臣子变成了北周的仕宦。而除了职位上的一些变化，其父杨忠似乎未受改朝换代的影响，他的岳父独孤信却是丢了性命。独孤信死后，其家族也受牵连，妻子儿女被流放到蜀地。独孤伽罗因已嫁入杨家，故而免遭流放之苦，她也并未因家道中衰而在夫家遭受歧视、冷落；相反地，夫君杨坚对她更好，两情更笃。杨坚自己，也未因岳父之事受到株连。北周明帝元年（557），他被授右小宫伯，进封大兴郡公。

宫伯掌侍卫之禁，小宫伯为其副职，下大夫、正四命。每逢朝会，宫伯官金刀金甲，立于两班卫士前头，煞是威风。平常则管理充当宿卫的贵胄子弟，"掌其政令，行其秩叙，作其徒役之事"。此官是大是小、重不重要先不说，反正杨坚在新朝中是有了升迁，成了北周的一名大员。

第四章　旋涡

对于朝廷怎样争斗，宇文护是否专权，杨忠、杨坚父子俩的态度是保持中立，不偏不倚，以求平衡，明哲保身。然而这也实在太难，需要相当的智慧和心计，巧妙周旋才行。

其实，在杨坚被任命为右小宫伯时，就等于同时抛给了他一道难题。这宫伯隶属天官大冢宰，右小宫伯自然也包括在内。是时担任大冢宰的是宇文护，也就是说，杨坚做右小宫伯，是宇文护的安排，而且说不定还是他刻意为之。随着赵贵、独孤信等老柱国、老元勋们一个个被清洗，曾位列十二大将军之一的杨忠便是所剩的北周比较有实力的人物了，加之他不但是被害的独孤信的老部属，还是密友兼儿女亲家，宇文护不能不对他有所顾忌，格外提防。当然了，若是能将这等人物拉拢过来，为己所用，就更好，无疑是如虎添翼。因此，宇文护便主动亲近他们杨家，等有了右小宫伯这个缺儿，他便马上让年纪尚轻的杨坚莅任。

此又系一石二鸟之计。一方面，这样安排可以笼络杨家，安抚老子杨忠，拔擢小子杨坚；另一方面，将自己的亲信安插进宫内，可以探听宫内消息，监视君王活动。——刚刚发生的天王宇文觉之事就是一个大大的教训，何况密谋起事的就有几位宫伯头领呢。

对于这一任命，杨坚颇感意外。他清楚地知道，此番就任，自己正好夹在君王和权臣之间，处境十分微妙，接近谁，依靠谁，都有些两难，因而一时不知所措，无所适从，遂赶忙回家与父亲商量。杨忠统兵打仗厉害，器量也颇深，很有远见。以他的分析和剖判，那宇文护目前固然大权在握，炙手可热，但目无尊上，和老元勋们势同水火，其与君王争长论短，最后未必一定能赢。若是倾向于他，说不定哪天他会登台，将来自己势必遭受连累，被斥为逆臣；若是明确反对他，则立马会招来祸端。既然如此，杨忠便对儿子说道：“两姑之间难为妇，汝其勿往！”也就是说，夹在两个婆婆之间的媳妇是最难当的，你可不要糊涂。杨坚对父亲的劝告心领神会，虽去宫内任职，但却拒绝了宇文护的招诱，不当他在宫内的“探子”。

　　杨家父子对宇文护若即若离，不卑不亢，不得罪也不巴结，貌似公允，出于本色，实是为了躲避，不与其同流合污。这自然让宇文护感到不满。但是杨家父子始终处事低调，谨言慎行，看上去对权力毫无兴趣，宇文护却也摸不清底细，无可奈何。他只能在暗中密切观察，掌握动向，寻找把柄。当时，年轻的杨坚在北周已经非常有名，关于他降生以及相貌之说，被传得沸沸扬扬，不能不引起宇文护的注意。他便授意新任天王宇文毓，安排精于相术的赵昭前去给杨坚看相。赵昭人极聪明，八面玲珑，知道若是杨坚本相犯谶会意味着什么。因而他先是回去禀报说：“（以杨坚之相）不过做柱国耳。”然后又偷偷对杨坚说道：“公当为天下君，必大诛杀而后定。善记鄙言。”他这么一弄，既替杨坚遮掩了过去，避免了一场杀身之祸，也讨好了一个具有奇表异相、未来可能真当皇帝的年轻人。

　　其后，朝廷争斗更加激烈，气氛越发紧张，让人喘不过气来，甚或有些恐怖。北周明帝三年（559）八月，年轻气盛的宇文毓亲政，改“天王”之称为皇帝，建年号，改元武成。宇文毓性聪睿，有识量，通过给文武官进位、任命总管、进封诸公等，逐步收回了大权，但也同时触怒了宇文护。翌年四月，宇文护指使人给皇帝宇文毓进食，偷偷加以毒药，宇文毓遂寝疾而崩。

看来宇文护的确骄横跋扈，嗜杀，短短三年间就连杀西魏恭帝、北周宇文觉和宇文毓三个皇帝，堪称史上"屠龙"第一。在毒死宇文毓后，他改立其弟宇文邕为皇帝，第二年改年号为保定元年（561），自己则都督中外诸军事，令五府总于他这天官大冢宰。

当初宇文泰在西魏为相时，建府兵制度，立左右十二军，由十二大将军统率。所有这些军队虽总属相府，但仍相当独立，不能一统。到了宇文护执政北周，特别是改立皇帝宇文邕后，他将兵权上收，将其完全控制在自己手里，"凡所征发，非护书不行。护第屯兵禁卫，盛于宫阙。事无巨细，皆先断后闻"。并且，因"五府总于天官"，宇文护得以总揽朝政，更可欺君罔世，一手遮天了。

为了维护自己的权力和地位，以防被人觊夺，或是干脆把自己灭掉，宇文护在昵近群小、培植亲信的同时，还不断清洗元勋耆老，大力排斥异己。几年下来，北周初年的柱国和有名的大将军已被清洗得差不多了，剩下的都依附于他，或者是他认为实力孱弱，对他构不成威胁。而对于杨忠、杨坚父子，宇文护是一边打压一边安抚，恩威并济，软硬兼施。先是在北周明帝二年（558），杨忠进位柱国，翌年又进封随（或作"隋"）国公，寻治御正中大夫。等宇文邕即位后，杨坚迁左小宫伯，父亲杨忠也于保定二年（562）升任大司空。

许是为了避祸，免得与宇文护离得太近，被抓到口实，也许杨忠本人就是喜欢打仗，保定三年（563），他主动请缨，率军迂回塞北，会合突厥，破齐长城，至并州而还。次年正月，又联合突厥与北齐会战于晋阳城下。当时大雪数旬，风寒惨烈，北齐悉其精锐，鼓噪而出，突厥惊惧，不肯再战，杨忠亲自率军与敌死战，不利而还。此战虽未收预期之效，然却改变了周、齐双方敌对态势。以往，每至冰封季节，北周兵士就要凿开河上冰床，以阻齐军进攻，现在攻守之势逆转，变成齐兵主动凿冰以防周军。因此皇帝宇文邕对杨忠评价甚高，不仅厚加宴赐，还打算封他为太傅。宇文护以其不附于己，加以阻挠，反将杨忠外放，任他为泾州刺史，总管泾豳灵云盐显六州诸军事。同年，宇文护亲提大军伐齐，却只让杨忠率偏师出沃野以应接突厥，作为策应，明显是有意冷落他。

是年杨坚二十四岁，在小宫伯位子上已待了七年，除了由右小宫伯改为左小宫伯外，这些年他的职位并没有发生多少变化，别说跟宇文护身边的"红人"不能相比，甚至还比不上他那些在太学里的大多数"同学"。保定五年（565），杨坚好歹被进位大将军，出为随（隋）州刺史。这当算一次比较大的升迁，不过将他外放郡州，却也保不齐是宇文护算计他，瞅他在京师不顺眼呢。

随州隶属襄州总管府。时任襄州总管的是宇文直，系皇帝宇文邕的同母弟弟，甚得宇文护赏识。杨坚就任随州，首先去襄州拜谒上司。总管宇文直官大气粗，盛气凌人，哪还把自己的属下又不太得志的杨坚放在眼里，只是出于礼节，派部下庞晃到杨坚住处回访一通。

庞晃过去是宇文泰的元从亲信，后迁骠骑将军，袭爵比阳侯，此时随宇文直出镇襄州。他一见到杨坚，就被他非凡的气度所吸引，相信他绝非平庸，将来必定大有作为，遂"深自结纳"，成为密友。

谁知没过多久，杨坚就被征还。在返京的途中，他再次路过襄州，想不到庞晃还来襄邑迎见。这使杨坚大为感动，在馆驿设宴，两人把酒言欢。酒酣耳热之际，庞晃悄悄对杨坚说："公相貌非常，名在图箓。九五之日，幸愿不忘。"如此言语，简直大逆不道，说者和被说者都有杀头之罪，杨坚却也没有太过害怕，也没有反驳，只是说笑一句："何妄言也！"

这会儿已是微曙，有一雄雉鸣于庭院，杨坚让庞晃"射雉"为验，说是："中则有赏。然富贵之日，持以为验。"庞晃张弓搭箭，一射而中。杨坚抚掌大笑："此是天意，公能感之而中也。"两人情契更密，关系更深。

回到京师长安后，杨坚并没获得新的职位，一下成了闲人。——这多半又是宇文护从中作梗，故意刁难。对此，杨坚很是愤懑，然却能够自持，忍而不发。正好母亲吕氏寝疾，杨坚便以此为由，天天在家侍奉，昼夜不离左右，既躲开了宇文护，又为自己赢得了"纯孝"之名，广获称赞。三年后，吕氏病逝。

也正在这一年，外任多年的父亲病倒，回京后不久就去世了。虽说杨坚依例袭父爵随国公，成为一家之主，但父母双亡，尤其是失去了父亲这座坚强的靠山，他更感到寂寥、失落，前途茫然，甚至怀疑自己是否真有"天命"。于是，他寄托于卦象，频招常出入公卿之门、"所言多验"的术士来和，看相问卜。来和找个无人处，预言杨坚膺图受命，光宅区宇，"当王有四海"。还有一次，当来和听杨坚说他自己只要闻有行声即识其人时，顿时精神一振，说是"公眼如曙星，无所不照，当王有天下，愿忍诛杀"。杨坚仍然心存迷惑，先后找来道士张宾、焦子顺、董子华三人问询，这几位也都异口同声地说道："公当为天子，善自爱。"

不管术士、道士们所言是真是假，杨坚终究求得了一时心安，重拾信心和希望。与此同时，北周的政局也在暗暗发生变化，逐渐朝着不利于宇文护的方向发展。皇帝宇文邕沉毅有智谋，见识宏远，当初长兄宇文毓被害时，觉得其子幼稚，未堪当国，而传皇位于他，也是见他"宽仁大度，海内共闻"，"能弘我周家，必此子也"。宇文邕即位后，鉴于两位兄长惨死的教训，对宇文护尊崇有加，任凭他如何专权跋扈，"常自晦迹，人莫测其深浅"，因此得以自我保全。他认为，那宇文护久当权轴，威福在己，征伐自出，有人臣无君之心，为人主不堪之事，必然引起越来越多的不满，自己只要保住皇位，就一定能将其铲除。

机会终于来了。天和七年（572）春，宇文护的党羽、原襄州总管宇文直因五年前与陈军在沌口之战时败北，被坐免官，由是忌恨宇文护，秘劝其兄、皇帝宇文邕帝诛灭这位狠毒的权臣。宇文邕感觉时机已到，当机立断，与宇文直及右宫伯中大夫宇文神举、内史下大夫王轨、右侍上士宇文孝伯等一班心腹共同策划，秘密布置。

三月十八日，宇文护自同州返回长安，宇文邕御文安殿见之。因宇文邕每于禁中见宇文护，都是行家人之礼而不以君臣之礼，这次也不例外。他见到宇文护后，装作特别高兴，一边带宇文护到含仁殿谒见皇太后，一边跟他说道："太后春秋高，颇好饮酒，虽屡谏，未蒙垂纳。兄今入朝，愿更启请。"说着便从怀中掏出一张《酒诰》，交给宇文护道："以此谏太后。"宇文护不知是计，慨然允诺。

待见过太后，宇文护果真依宇文邕所嘱，拿出《酒诰》，念将起来。这时，站在一边的宇文邕悄悄绕到他背后，趁其不防，拿起玉珽砸向他的后脑。宇文护跌倒在地。宇文邕急命宦官何泉用刀斫之。何泉惶惧，斫不能伤。这时埋伏在殿内的宇文直跳了出来，三下两下，劈死了宇文护。

经过十二年的隐忍蓄势，宇文邕终于铲除了宇文护，收回了旁落多年的皇权，实现了朝政的统一。为了庆祝胜利，宇文邕将这一年改为建德元年，表示要以德治国，德行天下。

而随着宇文护身首横分，"累世权强，一朝折首"，"其余党羽，咸见夷戮"，杨坚也跟着长舒一口大气。

第五章　韬光养晦

宇文邕亲政后，即罢中外府，将宇文护集中于相府的国柄朝权收归自己手中。接着，他又进一步强化皇权，整饬军队，并"宣明教化，亭毒黔黎"。

过去，那宇文护以天官大冢宰擅政，"功茂一时，势倾宇宙"，令百官总己，"凡所委任，皆非其人"，"朋党相扇，贿货公行"，又兼"诸子贪残，僚属纵逸，恃护威势，莫不蠹政害民"，他自己则是"志在无君，义违臣节"，"任情诛暴，肆行威福"。宇文邕遂改本朝官制，规定大冢宰不兼他职，与五卿并列。同时，加大身边官宰的权重。依《尚书·周书》之《周官》，在春官府置内史中大夫，掌王言，盖比中书监、令之任，后又增为上大夫。以御正任总丝纶，亦为皇帝代言之职，"在帝左右，又亲密于中书"。作为朝政大事决策的参加者和皇帝诏令的拟写、传递者，内史和御正的地位上升，皇权也因之得到了巩固和加强。

为了加强对府兵的直接掌控和把持，宇文邕还多次深入营中，抚慰将士，并着力改革军制。建德元年（572）十一月，他亲率六军讲武城南，行幸羌桥，集京城以东诸军都督以上，颁赐有差；十二月，又行幸斜谷，集京城以西诸军都督以上，进行颁赐。建德二年（573）正月，大选诸军将帅，又"御露寝，集诸军将，勖以戎事"，"诏诸军旌旗皆画以猛兽、鸷鸟之象"。建德三年（574）正月，宇文邕初服短衣，享二十四军督将以下，试以军旅之法，纵酒尽欢；六月，集诸军将，教以战阵之法；十二月，大会卫官及军人以上，赐钱帛各有差。又"改诸军军士并为侍官"，"集诸军讲武于临皋泽"。

在此基础上，宇文邕扩大府兵，"募百姓充之，除其县籍，是后夏人半为兵矣"。这些"百姓""夏人"，既有汉人，也有胡人，其中主要是汉族百姓。如此以来，便改变了过去府兵主要为鲜卑人的特色，既使那些鲜卑将领再难控制军队，又壮大了兵士规模，北周军力有了很大提升。

宇文邕本人聪敏有器质，虽系鲜卑，然"高拱深视，弥历岁年，谈议儒玄"。自登基后，就有志前古，注意教育文治，提倡汉化。天和元年（566）五月，就曾御正武殿，集群臣亲讲《礼记》。次年七月，立露门学，置生七十二人。三年八月，御大德殿，集百僚及沙门、道士等亲讲《礼记》。诛宇文护后，他于建德二年（573）十二月，集群臣及沙门、道士等，辨释三教先后，规定以儒教为先，道教为次，佛教为后。到了建德三年（574）五月，甚至"初断佛、道二教，经像悉毁，罢沙门、道士，并令还民"，"并禁诸淫祀，礼典所不载者，尽除之"。

皇帝宇文邕推行的这些新政，所采取的重大举措，倒是与杨坚没有直接关系。这些年他"赋闲"在家，基本上无事可干。若说有什么牵涉，当是宇文邕"灭佛"，与他之所尊大相径庭。是时，北周举国上下"融佛焚经，驱僧破塔"，"宝刹伽蓝皆为俗宅，沙门释种悉作白衣"，杨坚的生地冯翊般若寺自然也不能幸免，被搞得"内外荒凉，寸栌尺椽，扫地皆尽"。那个抚养他长大的智仙神尼，要不是躲藏在他家里，恐就被迫脱去袈裟，还俗归乡了。

在建德元年，宇文邕还多次为朝臣加官晋爵，赏赐文武百官，也没他杨坚什么事儿。不过，在建德二年（573）九月，宇文邕纳其女杨丽华为太子宇文赟妃，杨坚一下变成了皇亲国戚，备受瞩目和尊重，应该说也颇为荣耀。

宇文邕为太子选中了杨家女，看中的当是小女子本人，杨家又系名门，大抵能配得上皇家，别的他似乎没有多加考虑。谁知又有人出来"挑事"，拿杨坚的貌相"说事儿"。宇文邕的五弟、齐王宇文宪就对皇兄说杨坚相貌非常，每次看见他，不觉自失，此人恐非人下，请及早将其除掉！他这么一说，本不怎么信貌相之谶的宇文邕也犯起了嘀咕，便将来和召至云阳宫，问他："诸公皆汝所识，隋公（杨坚）相禄何如？"来和与杨坚早有交往，非常机灵地回答道："隋公止是守节人，可镇一方；若为将领，阵无不破。"

这让宇文邕一时放下心来，认定杨坚"此止可为将耳"。并且在建德四年（575）北周伐齐时，宇文邕真的以杨坚为偏师统帅，率舟师三万自渭水入黄河。

是役，由宇文邕亲御，数道出兵，水陆兼进，北拒太行之路，东扼黎阳之险，直指河阴。八月，周师突入齐境，宇文邕亲率诸军攻河阴大城，拔之。但在进攻子城时，却未攻克。九月，鉴于大批齐军援驰河阳，宇文邕又突患疾病，难以再战，周师只好全线撤退。

却说杨坚率舟师入河后，先是于河桥击破齐军，取得了一场胜利，正准备继续东进时，却突然得到了后撤的命令。情况紧急，若依常规，水军逆流而返的话，怕是会被齐军追及。于是，他当机立断，下令将舟舰焚毁，自陆路回撤。不日，三万舟师悉数返回。

此举果敢而且正确。回长安后，宇文邕对杨坚大加赞赏。第二年十月，北周再度总戎东伐。这次，杨坚被委以右三军总管的重任，会同诸军，一举攻克北齐重地晋州，擒其城主，俘甲士八千人。而不知是见对方皇帝老御驾亲征，自己眼馋，还是觉得打仗好玩，齐主高纬这次也带着他心爱的冯淑妃，亲自率兵来援。宇文邕以齐军新集，声势甚盛，遂引军西还，以避其锋，只留部分将士在晋州城内坚守。十一月，齐军围困晋州，昼夜急攻，城内陷入危急之中，"楼堞皆尽，所存之城，寻仞而已"。但是周军将士勇烈齐奋，呼声动地，无不一当百。等齐军稍却，城内军民便昼夜修城，三日即就。齐军开挖地道，城陷十余步，将士们乘势欲入，却被荒淫的齐主制止，说要召冯淑妃前来，一同观敌掠阵，也好让她目睹大军入城的雄壮场面。等那冯淑妃妆点完毕，款款到来时，周军早已经把缺口堵上了。就这样，几经反复，晋州也始终未被齐军攻下。这时，西还的宇文邕见齐军业已疲顿，又总集诸军八万，与齐军在晋州城下展开决战。

宇文邕于决战那日，骑御马，亲自巡阵，逐个呼唤各军将领的名字，加以慰勉。将士感见知之恩，咸思自奋。北齐这边，齐主高纬也与冯淑妃来至阵前，并骑观战。一见东偏少却，冯淑妃即害怕起来，嚷嚷道："军败矣！"齐主遂引冯淑妃北走，齐师因此军心大乱，全线溃退，死者万余人，"军资器械，数百里间，委弃山积"。

齐主逃到晋阳后，惊魂未定，又继续北逃，打算投奔突厥，部下叩马死谏，才转回邺城。在此处，北齐整顿兵马，准备再战。部下劝齐主亲劳将士，并为之撰辞，说是"宜慷慨流涕，以感激人心"才好。哪知他到阵前致辞时，竟忘记辞言，遂哈哈大笑，左右也跟着笑将起来。将士怒道："身尚如此，吾辈何急！"是战不用说，齐军又是一次大败。

到了年底，北周攻下晋阳。消息传来，齐主更加惶恐，手足无措。是时北齐人情恟惧，莫有斗心，朝士出降，昼夜相属。来年正月，齐主高纬赶忙禅位给八岁的皇太子，自称太上皇帝。随后，即携幼帝出奔，辗转来到济州。在这里，他又让幼帝禅位于大丞相、任城王高湝，自己则继续出逃。等逃至青州，想从这儿投奔南陈时，被周军追上，高纬连同皇后、妃子、幼帝等一同被捉。

高湝有勇有谋，甚得军心，在沧州招募兵马，以匡复北齐，短时间就募得四万余人。周皇宇文邕急派齐王宇文宪和随国公杨坚率军讨伐。不日，周军击败高湝，将其俘获。

至此，除齐定州刺史、范阳王高绍义叛入突厥，东雍州行台傅伏、营州刺史高宝宁未被降服外，齐之行台、州、镇，皆入于周。北齐亡灭，北周得州五十五，郡一百六十二，县三百八十五，户三百三十万二千五百二十八，口二千万六千八百八十六。随即，北周于河阳、幽、青、南兖、豫、徐、北朔、定并置总管府，相、并二总管各置宫及六府官。

因在平齐之战中，杨坚表现突出，屡立军功，建德六年（577）二月，宇文邕将他进位柱国，任其为定州总管。这倒也应了数年前相士赵昭的预言。

定州系河北军事要地，杨坚获此重任，自是高兴，觉得无论是从现在还是将来考虑，在此任职都对自己大为有利。恰好此时，其好友庞晃出任常山太守。两地毗邻，杨坚便与他屡相往来，共谋大计。然而好景不长，在同年十二月底，宇文邕又将杨坚改任南兖州总管。这样在职位上看是没发生变化，可南兖州非比定州，杨坚显见是又不受器重了。

原来，问题又出在了他自己的貌相上。那北周太子也就是杨坚的女婿宇文赟顽劣，乖张，不务正业。宇文邕对他管教甚严，"朝见进止与群臣无异，虽隆寒盛暑，不得休息"。因为太子嗜酒，宇文邕便要求什么酒也不得送至东宫。若是太子有过失，辄加捶挞，并敕东宫官属录其言语动作，每月奏闻。太子害怕，便在人前矫情修饰，装得道貌岸然，由是"过恶不上闻"。可宇文邕的心腹大臣们对太子了解很是清楚，知道他无法继承大业，"必不克负荷"，所以不断向皇上进谏。宇文邕也知道自己的这个儿子是何品性，但苦于诸子皆幼，稍大一点的次子宇文赞更不怎么样，再加废立太子多有麻烦，所以不想废掉宇文赟，只是寄希望他能够幡然悔悟，在身边辅臣的引导下，有所长进。这样，大臣们自然格外留意太子身边的那些人，能用心抚育、教诲的东宫近臣是其一，与太子关系贴近、能带来重要影响的人是什么样子？像他的岳父杨坚，现在就如此厉害，隐隐生威，将来如果宇文赟继承了皇位，他成了国丈，谁还能驾驭得了他？

　　在去年八月，内史王轨就直言不讳地对宇文邕说"皇太子非社稷主"，杨坚"貌有反相"，"非人臣"。宇文邕听了，当时脸上甚不高兴，说道："必天命有在，将若之何？"——不都说是天命神授，人所难违吗？如果上天就这么决定，也是没办法的事呀。

　　宇文邕嘴上虽这么说，好像对王轨所言不甚在乎，其实心里还是非常在意，赶忙又把来和召来询问。来和此前已经为杨坚说过好话，这次也没再改口，仍旧肯定地说："（随公）是节臣，更无异相。"宇文邕心又放宽。不过，在杨坚的具体使用上，他不能不有所顾虑，有所戒备，以防他自肥做大，不好把控，为将来留下后患。故而在任命他定州总管后不久，又将其改任南兖州。

　　对这次突然被调任，杨坚自然感觉不舒服，将行之时，"意甚不悦"。庞晃听后，也为他打抱不平，甚至还凭一时之勇，想即刻起兵，说"燕、代精兵之处，今若动众，天下不足图也"。还是杨坚本人稳重，沉得住气，知道"时未可也"。他也深知皇帝为什么作此安排，用他存疑，疑他又用，因而自此之后，更加小心谨慎，"深自晦匿"。

第二篇

北周武帝宇文邕比杨坚小两岁，出生时，也有"神光照室"，两人的性格脾气也相差无己。长大后，人家宇文邕可早就成了皇帝，无论是诛杀宇文护，还是灭齐，都显示了他之智慧和雄才大略。在其做皇帝特别是亲政期间，"克己励精，听览不怠"，"弃奢淫，去浮伪，施一德，布公道"，"后宫嫔御，不过十余人"，又"修富民之政，务强兵之术"，"乘仇人之有衅，顺大道而推亡"。等以后杨坚也做了皇帝，所奉行的准则，推行的策略，与这宇文邕大抵类似。——尽管看上去，杨坚要比宇文邕更胜一筹，比之更加大气，更加有为，但也疑似受了他的一些影响。那么，问题来了，如果宇文邕不是英年早逝，杨坚还能做得了皇帝，还能否有"开皇盛世"，成就统一华夏之伟业吗？宇文邕在扫平东夏后，可是想"包举六合，混同文轨"，再乘势平突厥，定江南，在一两年间，实现天下一统的，只可惜他壮志未酬身先死，宏伟抱负没有实现而已。

然而，历史哪有"如果"，不存在假设，后人的遐想和猜测只能给已经发生的历史添乱，一点儿也改变不了真实。宇文邕死后，太子宇文赟即位。如此昏虐君临，奸回肆毒，可怎么得了？"耽酒好色，常居内寝"，"角抵逸游，不舍昼夜"，"文武侍臣，屏弃遐裔"，这家伙硬是生生将一个在宇文邕治理下好端端的北周又弄得乌烟瘴气，不堪收拾。史书上说宇文赟"善无小而必弃，恶无大而弗为。穷南山之简，未足书其过；尽东观之笔，不能记其罪"，"往惑妖僻，开辟未之有也"，根本不能拿来与其父宇文邕比较

37

一番，更不能与其岳父、"有君天下之德而安万世之功者"的杨坚相提并论，同日而语了。

都说"太山之将崩，必因拔壤，树之将折，皆由蝎蠹，国之将亡，必有妖孽"，有宇文赟这一"妖孽"做皇帝，北周灭国，实在是早晚的事。而于杨坚而言，这其实已经形成了时机，是天将降大任于斯人时，先降下这么朵"奇葩"，赠送一个怪诞女婿来，好替他糟践糟践北周，扰乱一下天下，以便更有利于他之行动，实现多年梦想。因之，尽管在"昏暴滋甚，喜怒乖度"的女婿手下，杨坚没少受气，甚至有时还被钢刀压颈，命悬一线，但他夺其位，篡其政，似是计日程功，企足而待了。

光这还不算，接下来，上天又为杨坚创造了更加有利的条件。宇文赟折腾了不到两年，就短命而逝。杨坚遂以外戚的身份入宫辅政，借以攫取了权力。留下个八岁的小皇帝宇文阐，自己"越自幼冲，绍兹衰绪"也就罢了，又加"内相挟孙、刘之诈，戚藩无齐、代之强"，杨坚因之，遂迁龟鼎。是故，有人说："古来得天下之易，未有如隋文帝者。"

第六章　危险的国丈

北周建德七年（578）五月，宇文邕挟去年灭齐之威，又总戎北伐，分五道出塞，想一举平定突厥。孰料在途中突然得病，只得诏停诸军。六月初一夜，驾崩于乘舆。时年三十六岁。

按照宇文邕的遗诏，太子宇文赟继位，成了皇帝。尚算年轻的父亲突然病逝，照理，作儿子的应当非常伤心、痛苦才是，宇文赟这家伙反倒显得格外高兴，心花怒放。父皇大行在殡，他"曾无戚容"不说，还摸着自己以前被父皇杖责时所留下的伤痕，大骂道："死得太晚！"并两眼紧盯着父皇的那些妃嫔，逼迫她们当晚就同自己在后宫里淫乱。与此同时，他还马上破格提拔自己的亲信、当年教他做坏事而遭父皇贬斥的郑译等人，委以朝政。

六月二十三日，宇文赟匆忙将宇文邕葬于孝陵，接着就下诏，让朝廷内外官员除去孝服，他这个皇帝以及六宫可换穿吉服，参加吉礼。有人劝谏，说是"葬期既促，事讫即除，太为汲汲"，他也不听。

在朝政上，他可就没这么积极，无甚举措，只是忙于泄私愤，除异己。甫一即位，就以莫须有的罪名缢死首辅、齐王宇文宪以及上大将军王兴、上开府仪同三司独孤熊、开府仪同大将军豆卢绍。第二年，又诛王轨、宇文孝伯、宇文神举和尉迟运等。这几位，都是其父皇宇文邕所最倚重的朝廷重臣，被宇文赟诛杀殆尽后，所留空缺皆由他自己的亲狎侍从充任。如此，朝纲还不乱套，整个北周一朝重又变得污七八糟，天下鼎沸，动荡不安。

此时杨坚却是转运，有了些否极泰来的意思。这年闰六月，宇文赟立杨丽华为皇后，其父杨坚也就变成了国丈。七月十五日，杨坚被进位上柱国，任大司马，从南兖州回京，主理军政。

翌年正月初一，宇文赟服通天冠、绛纱袍受朝于露门，群臣皆服汉魏衣冠。改年号为大成元年（579）。置四辅官，以上柱国、大冢宰、越王宇文盛为大前疑，相州总管、蜀国公尉迟迥为大右弼，申国公李穆为大左辅，大司马、随国公杨坚为大后丞。

这荒唐、怪诞的宇文赟无论干什么都离奇古怪。政律多变，朝令夕改，全凭自己的喜怒和意气用事。一开始，他认为先帝时期的《刑书要制》量刑太重，予以废除，且数行赦宥，大赦天下。不久，便因百姓不怕犯法，又因自己奢淫多有过失，厌恶臣下规谏，"欲为威虐，慑服群下"，遂重新制定了《刑经圣制》，用刑却比《刑书要制》更加严厉，在正武殿大醮后，告天而行之。当时杨坚以其法令滋章，过于严苛，非兴化之道，极力劝谏，宇文赟不予采纳。

宇文赟喜声色犬马，寻欢作乐。做了皇帝后，他既想独裁，普天之下，唯我独尊，又讨厌处理日常政务，嫌弃那些烦琐的礼仪，因而在登基后不满一年，就将皇位传于七岁的儿子宇文阐，改元"大象"。此时距他改元大成两个月还不到。他自己呢，称为天元皇帝，当起了太上皇。

这一下，宇文赟算是彻底解脱，放开了，"骄侈弥甚，务自尊大，无所顾惮"。他将小皇帝宇文阐居住的宫殿称作正阳宫，令置纳言、御正、诸卫等官，自己所居之处则称作"天台"，其冕有二十四旒，所用车服旗鼓皆倍于以前帝王之数。对国之仪典，他随随意意，率情变更。每当召见臣下时，都自称为"天"，吃喝时用樽、彝、珪、瓒诸器。群臣若是天台朝见，必须斋戒三日，清身一天。而且宇文赟既以"上帝"自比，叫作"天"了，便不准群臣与他同样穿戴。他自己常佩绶带，戴加金附蝉的通天冠，若发现侍臣弁上有金蝉或王公佩绶带者，一律责令去之。更为荒诞的是，从今往后，他不准别人再有"天""高""大""上"之称。北周凡是姓高的，尽改为"姜"，九族称高祖者，改称"长祖"。又专门下令，天下车辆皆以浑木为轮，禁天下妇女施用粉黛，如果不是宫中女子，一律黄眉墨妆。

自成为太上皇，做了"天"以来，宇文赟就不再过问朝政，"每召侍臣论议，唯欲兴造变革，未尝言及政事"。他将鱼龙百戏，陈设于殿前，累日继夜，嬉戏玩耍，又游宴酗酒，甚至一连十几天都不出宫，群臣有奏请事者，皆由宦官转奏。其游乐无常规，出入宫廷"不节"，没个准数，羽仪仗卫、陪侍之官随他晨出夜还，苦不堪言。公卿以下官员，常常遭他楚挞。每行杖捶，最少一百二十下，后又翻倍，谓之"天杖"。那些宫人、内职也是同样之"标准"，后、妃、嫔、御，即便受到宠幸，亦多遭杖背。于是，整个北周被他搞得"内外恐怖，人不自安，皆求苟免，莫有固志"。

在宇文赟还是太子的时候，就因年少轻狂，欲火难耐，与籍没入宫且大他十余岁的婢女朱氏胡来，生下了儿子宇文阐。现在母以子贵，宇文赟于大象元年（579）四月，立其为天元帝后。接着又多聚美女以充后宫，增置位号，并先后立了两位皇后陈氏、元氏。大象二年（580）二月，宇文赟改制为天制，敕书称为天敕，诏皇后杨氏与朱氏、陈氏、元氏皆称太皇后。没过几日，宗室命妇按惯例入宫朝拜，宇文赟见侄媳尉迟氏有美色，遂将其灌醉，逼而淫之。这尉迟氏是蜀国公尉迟迥的孙女，夫家握有兵权，见宇文赟如此卑劣、欺人太甚，其夫家便起兵造反，旋即被镇压，满门抄斩，只尉迟氏被迎入宫中，被册封为长贵妃。

四月十九日，宇文赟颁下诏令，说是"坤仪比德，土数惟五，四太皇后外，可增置天中太皇后一人"，遂以杨氏为天元太皇后，朱氏为天太皇后，陈氏为天中太皇后，元氏为天右太皇后，长贵妃尉迟氏为天左太皇后。随后，宇文赟还恬不知耻地下令建造五座大帐，让五位皇后各居其一，将宗庙祭器陈列于前，亲读祝版以祭告先祖。光这样闹还不算，五位皇太后并立后，这家伙竟让她们各自乘上辂车，自己则率左右徒步随行，或是在车上倒挂活鸡，让人向车上投掷碎瓦，看着皇太后们吓得连声号叫而借以取乐。

天元太皇后杨丽华性情柔婉，不妒忌，后宫其余四位皇太后及嫔、御等，都很尊重她。但她却约束不了自己的夫君，见宇文赟日夜宣淫，耗精费力，影响身体，不免规劝几句。谁知，竟惹下大祸。宇文赟咆哮如雷，厉声责骂，杨太皇后面不改容，辞色不挠。这更引起了宇文赟震怒，当即将杨皇后赐死，逼其引诀。消息传到杨家，母亲独孤伽罗连忙诣阁陈谢，以致叩头流血，杨太皇后才免于一死。

而杨太皇后的父亲杨坚是于去年七月被升为大前疑，成为四辅官之首。这两年，他由大司马升至大后丞，再跃至大前疑位上，可说是位望益隆。其升迁自是拜女婿、天元皇帝宇文赟所赐，可是宇文赟又对他多有猜忌，一直想找个理由把他除掉。有一天，宇文赟又冲杨皇后发火，恶恨恨地说道："必族灭你全家！"随即令人召杨坚进宫，吩咐左右，只要他脸色有异，神情稍动，就马上砍了他。谁知杨坚来到后，举止合礼，进退得度，神色自若，宇文赟无由下手，只好悻悻地将其放过。

杨坚在女婿手下，也是越来越感到别扭，很不舒服。这个"宝贝"女婿也太荒谬、太不着调了，癫狂，怪异，喜怒无常也就罢了，还暴戾恣睢，动不动就要杀人。若说以前自己想做皇帝只是别人推测、内心私念的话，那么现在杨坚可真的想要改弦易辙、取而代之了。他曾跟自己的一位心腹分析道："天元实无积德，视其相貌，寿亦不长。加以法令繁苛，耽恣声色，以吾观之，殆将不久。又复诸侯微弱，各令就国，曾无深根固本之计。羽翮既剪，何能及远哉！"后又干脆跟人说是，"吾仰观玄象，俯察人事，周历已尽，我其代之"。比起几年前与庞晃所言，如今他可是更为直露，更直截了当了。

　　然而，当下最大的问题是如何先行自保，稳下神来。这一次，自己能够侥幸脱命，并不意味着危险解除，难保这位浑身戾气的女婿又出甚怪招，要了他这老丈人的性命。于是，杨坚赶忙入宫，找到自己的太学同学、内史上大夫郑译，说他本人"久愿出藩，公所悉也，愿少留意"。郑译答应下来。

　　正在这时候，宇文赟想遣郑译统兵伐陈。郑译请求找一位元帅帮他。宇文赟问他派谁合适。他遂答道："若定江东，自非懿戚重臣，无以镇抚，可令随公（杨坚）行，且为寿阳总管以督军事。"宇文赟正瞅杨坚不顺眼呢，一听郑译这话，马上答应下来。

　　于是在大象二年（580）五月初五，杨坚被任命为扬州总管，偕同郑译发兵南征。两人商定，杨坚先到寿阳，而后等郑译前来会合。

　　不料，就在他临行前，突患足疾，只好暂缓启程。想着先在家中调养几日，等脚好一好再走。

　　就是这一耽搁，给他带来了巨大的转机。

第七章 矫诏辅政

也是在这年五月初十夜，宇文赟乘法驾，巡幸天兴宫。

对宇文赟来说，此事倒也不算稀奇。几年以来，他还不是经常这么兴之所至，瞎折腾吗？可是，这回不行了。第二天，他就觉得不舒服，只好匆匆返回"天台"。甲辰日，有星大如三斗，出太微端门，流入翼，声若风鼓幡旗。御医们使出浑身解数，多方救治，然宇文赟的病情非但没有好转，反而越发严重。宇文赟木人也感到自己快不行了，急于二十二日那天，传令之国的赵王宇文招、陈王宇文纯、越王宇文盛、代王宇文达、滕王宇文逌五王火速入朝，准备嘱以后事。

到了二十四日，五王一个未到，宇文赟召来小御正刘昉、御正中大夫颜之仪两位亲信，赶写遗诏。此时宇文赟的声音已是嘶哑，说不出话来。刘昉其人一向狡诘，今见宇文赟行将就命，自己这一本朝宠臣必定失势，又见宇文阐幼冲，不能主政，而杨皇后的父亲杨坚声名显赫，遂与内史上大夫郑译、御饰大夫柳裘、内史大夫韦䜣、御正下士皇甫绩密谋，引杨坚辅政，入总万机。商定下来后，他们便马上派人去把杨坚请来。

待在家中的杨坚正不知宫里到底是什么情况呢，今见有人来请，满腹狐疑，心里很不踏实。到了宫中永巷东门，正巧碰见来和大术士，杨坚忙问："我无灾障不？"也不知来和已了解到情况了还是他真的未卜先知，当即安慰杨坚说："公骨法气色相应，天命已有付属。"杨坚悬着的心才略略放下。

等走进宫里面，郑译、刘昉、柳裘等人把情况向他一说，杨坚心中暗喜，但也一时没底，因而故作谦让，假意客气一番，连称"不敢当不敢当"，固辞不受。

"间不容息，势不容缓。"刘昉着急地说道，"公若为，速为之；不为，昉自为也。"

柳裘也说："时不可再，机不可失，今事已然，宜早定大计。天与不取，反受其咎，如更迁延，恐贻后悔。"

既然他们话都说到了这份儿上，杨坚也就答应下来，托称受诏，居中侍疾。

然而，就是外面闹得再怎么欢，再怎么于己不利，宇文赟也不可能知道了。五月二十四日当天，他即殂于天德殿。时年二十二岁。

按照郑译和刘昉两人的命令，宫中秘不发丧。两人又矫诏，以杨坚总知中外兵马事，文武百官皆受其节度。与刘昉等人同受宇文赟顾命的颜之仪一看就知此诏有假，绝非帝旨，因而等这两人在诏书上署名，也让他联署时，他拒而不从，厉声叱责："主上升遐，嗣子冲幼，阿衡之任，宜在宗英。方今贤戚之内，赵王最长，以亲以德，合膺重寄。公等备受朝恩，当思尽忠报国，奈何一旦欲以神器假人！之仪有死而已，不能诬罔先帝。"刘昉见状，知道颜之仪不会屈服，当下强行代他签上名字，将诏书发了出去。

颜之仪忠于皇室，认为由宇文宗亲主政才是正理。因而，他与宫内宦官商量之后，飞召大将军宇文仲入内辅政。那宇文仲也便马上来至御座。郑译知悉，也立即带着杨惠（即杨雄，杨坚堂侄）以及刘昉、皇甫绩、柳裘等人赶了过来，将宇文仲逮捕，控制住了宫内。

第二天，幼主宇文阐入居天台，大会百官，以宇文赟的二弟、汉王宇文赞为上柱国、右大丞相，杨坚为假黄钺、左大丞相，并令百官听命于左大丞相杨坚。

看上去，这汉王宇文赞的职位比杨坚还要高些，其实不过是尊以虚名，实无权柄，掩人耳目而已。矫诏"入总朝政"的杨坚之所以作此安排，是经过了高人指点，有细细考虑的。昨日，他特地派自己的堂侄杨惠去拜访御正下大夫李德林，说是："朝廷赐令（杨坚）总文武事，经国任重。今欲与公共事，必不得辞。"李德林美容仪，性重慎，善谈吐，"器量沉深，时人未能测"，早就与杨坚熟识，相交莫逆，这一次，他即痛快地答道："我虽庸芄，微诚亦有所在。若曲相提奖，必望以死奉公。"高祖闻听大喜，赶紧请他过来，与之密谈。——当时刘昉、郑译两人一个"牵前"，一个"推后"，卖力地推出杨坚，原是想让他做大冢宰，郑译自己做大司马，刘昉做小冢宰，以控制朝廷大权。因为在北周的六官制度里面，大冢宰虽居六官之首，但若不是"百官总己"，特别是不能掌管兵马，则与其他五官并列，"名重权轻"。郑译和刘昉欲作此打算，显是想要架空杨坚。而杨坚本人呢，因刚受郑、刘等人的大恩，正不知如何是好，便以此事询问李德林，请他出出主意。

李德林深知其中利害，马上答道："宜作大丞相、假黄钺、都督中外诸军事，不尔，无以压众心。"

杨坚点头称是。等到了今日，果然照着李德林说的做了，自己甘愿列于宇文赞之下，"二把手"似的。

此前幼主宇文阐住在正阳宫，等他迁入天台后，杨坚便把正阳宫作为丞相府，供自己处理朝政。

时朝廷混乱，"群情未一"，杨坚引司武上士卢贲置其左右，潜令整顿兵仗，拱卫在自己身边。等到他要去正阳宫开府，召集百官谋国议政的时候，百官左右摇摆，举棋不定，莫知所从。卢贲遂站了出来，招呼大家道："公等欲求富贵，宜即随行。"这些公卿大臣们"相率骇愕"，窃窃私议，场面一时有些尴尬，也有些紧张。卢贲乃令严兵而至，强迫众人去往相府。如此，众人谁敢不听？只好前后相随，跟着杨坚出崇阳门，来至正阳宫。在门口，又被守门的禁兵阻拦了下来。卢贲上前，向其说明情况，禁兵仍不肯听。惹得卢贲大怒，"嗔目叱之"，禁兵们这才闪开。杨坚及公卿百官也才得以进去。

丞相府既开，杨坚第一件事就是搭建自己的班底，重新任命文武百官。他先是对定策有功人员加官晋爵，拜郑译为柱国、相府长史、治内史上大夫事，刘昉为下大将军、相府司马，封黄国公，协助自己处理军政事务。此等任命，虽不合郑、刘两人最初的意愿，然也相当不错，"朝野倾瞩"。同时，杨坚还给柳裘进位上开府，拜内史大夫；迁韦謩上柱国，封普安郡公；给皇甫绩加位上开府，转内史中大夫，进封郡公，邑千户。

接着，杨坚又任命李德林为丞相府属，加仪同大将军，负责处理日常军政要务。时内史下大夫高颎，明敏有识，习兵事，多计略。其父曾为杨坚岳父独孤信的僚佐，被赐姓独孤氏，两家交往颇深。即便后来独孤家衰落，家属流徙蜀中，高颎也仍未与杨坚夫人独孤氏断了往来，因而深得独孤氏激赏，也甚得杨坚本人赏赞。此番杨坚入朝主政，便想起这精明强干、义勇双全的高颎来，也安排堂侄杨惠前去相请，希望他能入相府。高颎欣然应允，说是："愿受驱驰。纵令公事不成，颎亦不辞灭族。"于是杨坚任命他为丞相府司录，委以心膂，成为自己最可倚重之人。

这高颎非但做事干练，还十分明达世务，及蒙任寄、得入相府之后，竭诚尽节，进引贞良，苏威、虞庆则、杨素、贺若弼、韩擒虎等数位文臣、武将，皆是他所推荐。这几人也确实个个有卓绝之能，出类拔萃，后来也都成为一代名臣、将帅。

除了觅到了丞相府内的这些股肱耳目，得力助手，杨坚还迅速在朝廷枢要和宫廷内外安插亲信。此前，他早就有所准备。像当初结交庞晃一样，这些年杨坚与好多才俊都有深交，"或素尽平生之言，或早有腹心之托"，再加上自己的一些亲戚，好多人等被他笼络了过来。等到自己一上台，杨坚即把这些人悉数拉出，厚加重用。他将庞晃进位开府，命督左右。此后短短数日内，又将堂弟杨弘"常置左右，委以心腹"，寻加上开府，赐爵永康县公；以太学"同学"、姐夫窦荣定"领左右宫伯，使镇守天台，总统露门内两厢仗卫，常宿禁中"；以"同学"、妹夫李礼成为上大将军、司武上大夫；以司武上士卢贲"恒典宿卫"；以家将李圆通为帅都督，进爵新安子，旋授相国外兵曹，仍领左亲信；以弘农华阴人杨汪"知兵事"，迁掌朝下大夫；以独孤信旧部独孤楷"督亲信兵"，进授开府；以元胄"典军在禁中"，还引其弟元威俱入侍卫。

就这样，在转眼之间，杨坚即组建起了一个强有力的丞相府，人员各就其位，各负其责，并且以自己的亲属故旧控制了京师部队和宫中宿卫，一举掌控了京师大局，其辅政地位随之得以巩固。

第八章　刚柔并济

　　杨坚要想控制朝政，自己说了算，就必须排挤宇文氏皇室，清除异己，消灭反抗势力。刚刚被任命的"百官之首"、右大丞相宇文赞年未弱冠，性识庸下，明明是杨坚"欲顺物情"才让他在其位的，谁知他却毫不知趣，每天大模大样地来到禁中，与幼主宇文阐同帐而坐，碍手碍脚，让杨坚感觉很不舒服。相府司马刘昉便找来几个美妓进献给宇文赞，把他喜得心花怒开，"甚悦之"。刘昉遂对他说道："大王，先帝之弟，时望所归。孺子幼冲，岂堪大事！今先帝初崩，人情尚扰。王且归第，待事宁后，入为天子，此万全计也。"宇文赞一听，信为真言，便出居私第，每天与美妓们饮酒取乐，不问朝政，只等着入宫当天子了。

　　此时，赵王宇文招、陈王宇文纯、越王宇文盛、代王宇文达、滕王宇文逌五王也先后来到京师长安，然而宇文赟崩殂已有十多天，杨坚也早已开府，主起了朝政。局势业已发生了巨大变化，宇文皇室大权旁落，五王惊忧，对杨坚自是又气又恨，愤懑不已。

　　杨坚又何尝不感到五王刺眼，岂能容得下他们？事实上，自五王进入长安那时起，就被严密监视、控制起来。一俟有风吹草动，杨坚可就要动手了。这几日，先是原在京师的宇文氏王爷们发难。北周第二个皇帝宇文毓的长子、毕王宇文贤性强济，有威略，担心杨坚要倾

49

覆宗社，言颇偏激。此事泄露出来，杨坚遂先拿他开刀，于大象二年（580）六月十日将其诛杀。通过此事，杨坚不仅灭掉了一个对手，消除了一个隐患，也主要是给了真正有实力、隐患更大的五王以下马威，免得他们不老实，闹事儿。

与此同时，杨坚任命宇文赟的第三弟、秦王宇文贽为大冢宰，杞国公宇文椿为大司徒。两位俱年幼无知，显见也是与那汉王宇文赞一样，拿来摆样子的。还有那个拒绝在"矫诏"上署名、拒不配合的颜之仪，在五王入朝后，杨坚又向其索要符玺，没想到他还是那么义正词严，说："此天子之物，自有主者，宰相何故索之！"惹得杨坚大怒，命人将其推出，准备杀掉，只是因其在朝廷上下都很有声望，五王还在一旁看着，遂将其释放，派他去做了西边郡守。——这也无非是给五王留足面子，表明自己有多么宽宏大量，绝不擅权，滥杀无辜，根本无意篡周。

在京师，杨坚纵横捭阖，大施手段，特别是对以五王为主的宇文宗室软硬兼施，又捧又打，为的是不让他们轻举妄动，反抗自己，外边可是风云四起，不断有人站出来反叛，跟他叫板了。还是在他刚做了大丞相后，因顾忌朝外的相州总管、蜀国公尉迟迥位望素重，或有异图，便遣其子尉迟惇，赍诏至相州，饬令尉迟迥入京，为大行的皇帝宇文赟发葬，另派上柱国韦孝宽为相州总管，即日启行。

这尉迟迥乃周室勋戚，其母为宇文泰的姐姐，一直深受重用。北周立国后，他从柱国大将军累迁太保、太傅，又拜太师，加上柱国。当初宇文赟即位后，还任命他为大右弼，后又转任大前疑，出为相州总管。今见杨坚当权，有图谋篡逆之意，甚不利于周室，尉迟迥本就想举兵讨伐呢，现在杨坚竟然发来诏书，让别人替换自己，遂大为生气，把自己的儿子尉迟惇留下来，不肯应召。

时相州总管府设在邺城。韦孝宽接到调令后，很快到达朝歌。尉迟迥遣其大都督贺兰贵赍书以候。韦孝宽时年七十有二，"奇材异度，纬武经文"，老谋深算，在与贺兰贵交谈时，观貌察色，便知尉迟迥那边有变，便称疾徐行，一面派人以求取医药为名，阴伺动静。尉迟迥即令魏郡太守韦艺，持送药物来见韦孝宽，促其尽快莅镇，以便交卸相州总管之职。韦艺系韦孝宽的侄子，但他一直与那尉迟迥相善，等见了叔父韦孝宽后，只是向其传述尉迟迥之命，并不肯告诉他内情。韦孝宽再三研诘，韦艺仍然不答，气得韦孝宽拔剑起座，就要斩他。韦艺大骇，才说了实话。韦孝宽即马上挈韦艺西走，每过一个亭驿，皆驱传马而去，沿途桥道，尽并毁撤。并且，韦孝宽还跟驿司说："蜀公（尉迟迥）将至，宜速具酒食！"驿司依言照办。果然，韦孝宽一走，尉迟迥的追兵随后就到。然亭驿已无马可换，只有盛馔备着，供设丰厚。追兵们乐得过门大嚼，所经之处，皆辄停留。韦孝宽叔侄方才得以脱身，驰入关中。

杨坚闻韦孝宽脱归，又令侯正破六韩袭诣尉迟迥谕旨，申明自己并无异图，同时又让破六韩袭给相州长史晋昶密书，要他作为内应。尉迟迥察知后，马上处斩了破六韩袭和晋昶，于六月十日也就是杨坚诛杀宇文贤的当日，召集相州文武士民，登邺城北楼，誓师道："杨坚以凡庸之才，借后父之势，挟幼主而令天下，威福自己，赏罚无章，不臣之迹，暴于行路。吾居将相，与国舅甥，同休共戚，义由一体。先帝处吾于此，本欲寄以安危。今欲与卿等纠合义勇，匡国庇人，进可以享荣名，退可以终臣节。卿等以为何如？"众咸从命，纷纷响应。尉迟迥乃自称大总管，承制署置官司，起兵讨伐杨坚。

时赵王宇文招已入朝，留其小儿在国，尉迟迥即以他的名义号令天下，赵、魏之士，从者若流，旬日之间，众至十余万。除尉迟迥自己统辖的相、卫、黎、毛、洺、贝、赵、冀、瀛、沧诸州外，其弟尉迟勤为青州总管，所辖青、胶、光、莒诸州，随之跟从。荥州刺史、柱国大将军、邵国公宇文胄以及申州、东楚州、东潼州等也都纷纷响应。

此后，幼主宇文阐的岳父、郧州总管司马消难也想与尉迟迥合势，举兵以应，其所辖之九州八镇一并从之；上柱国、益州总管王谦起巴蜀之众，以匡复为辞，嘉、渝、临、渠、蓬、隆、通、兴、武、庸等十州大多跟从；豫州、荆州、襄州三总管内诸蛮，也各率其部落反叛，焚烧村驿，攻乱郡县。

见京外接连举兵起义，其势汹汹，杨坚不敢怠慢，赶紧调兵遣将，予以反击。大象二年（580）六月十日，他令韦孝宽为行军元帅，辅以梁士彦、元谐、宇文忻、宇文述、崔弘度、杨素、李询七总管，大发关中兵，往击尉迟迥；六月二十六日，以柱国梁睿为益州总管，取代王谦，旋因王谦抗命而改任行军元帅讨之；七月十六日，又拜杨素为大将军，发河内兵出讨宇文胄。七月二十四日，杨坚本人以丞相都督中外诸军事。二十五日，他又以柱国王谊为行军元帅，讨伐司马消难。

对外运筹帷幄，精密安排部署，在京师，杨坚也不放松，眼睛紧紧盯着五王。他让幼主宇文阐下诏，加五王以殊礼，入朝不趋，剑履上殿，施的仍是怀柔之策。然而这等诡计，五王早就识破，见杨坚磨砺以须，举刀霍霍，分明将迁周鼎，他们岂肯坐视，何况自己已是羊入虎口，性命难保呢。赵王宇文招便想出一法，邀请杨坚到他的府第饮酒，计划于席间将其斩杀。杨坚答应下来，只是为了提防宇文招下毒，特自备酒肴，令左右担至宇文招府第，方才前往。等杨坚来到后，宇文招客客气气，将他引进自己寝室，其随从皆留在外厢，唯大将军杨弘、元胄两人坐于户侧。宇文招的两个儿子及妻弟等人却是都在左右陪侍，佩刀而立。另外，他还在帷席之间暗藏兵刃，室后也埋伏好了壮士。

酒至半酣，宇文招拔出佩刀砍瓜，并接连送入杨坚口中，想借机刺杀他。元胄见状，马上挺身至座前，说："相府有事，不可久留。"宇文招怒目呵斥道："我方与丞相畅叙，你想怎么样？"元胄嗔目愤气，提刀站在杨坚身旁。

宇文招与杨坚续饮数觥，伪醉欲吐，起身想到后阁，元胄恐其为变，多次扶他重新坐好。那宇文招又谎称口渴，让元胄给他到厨房取水，元胄仍然不为所动。

这时正巧滕王宇文逌赶到，杨坚降阶去迎。元胄乘机对杨坚耳语道："事势大异，公宜速出。"杨坚说道："彼无兵马，何足为虑！"元胄又低声说："兵马皆彼物，彼若先发，大事去矣。胄不辞死，恐死无益。"杨坚还是似信非信，复又入座。元胄更加小心，忽然听得室后有被甲声，忙扶杨坚下座道："相府事殷，公何得如此！"一面说着，一面拉起杨坚就走。宇文招不禁着急，也下座去追杨坚。元胄让杨坚出门，喊杨弘保杨坚同行，自己则以身蔽户，不让宇文招出来。宇文招恨不时发，因致迟误，气得弹指出血。

宇文招闹出了这么大的响声，差点儿要了杨坚的命。反过来，杨坚还能饶过他？过了没几天，他就诬称宇文招图谋不轨，与越王宇文盛通谋，驱策兵士，围住这两个王爷府第，屠戮全家。其后，又以同样的罪名再杀陈王宇文纯、代王宇文达、滕王宇文逌三家，将五王消灭殆尽。

在镇压北周宇文宗室的同时，杨坚想方设法，争取元老勋耆们的支持，特别是极力拉拢李穆和于翼两人。这李穆时任太傅、并州总管。杨坚主政后，因其位尊望重，又系自己的"父党"，便派柳裘前去拜访，游说于他。时尉迟迥业已举兵，也遣使前去。李穆家族内部遂出现了不同意见，他的一个儿子就以并州险要，"所居天下精兵处，阴劝穆反"。等柳裘见到李穆后，为之"盛陈利害，穆甚悦，遂归心于高祖（杨坚）"。紧接着，杨坚又安排李穆在长安的另一个儿子前往并州，敬布腹心。这下李穆更坚定了决心，让他的儿子带上一个熨斗赶回长安，送与杨坚，说是"愿执威柄以熨安天下"。并将尉迟迥的一个儿子、朔州刺史尉迟谊抓了起来，连同尉迟迥此番遣来的使者及信函一并押送入京，且还献上了天子才能佩戴的十三环金带，以微申其意。

跟李穆一样，大司徒于翼也系北周重臣，名望很大。他当时并不在京师，而是都督幽定七州六镇诸军事、幽州总管，雄踞河北。等尉迟迥在相州举兵后，也曾修书遣使，来幽州招之。于翼不为所动，将尉迟迥的来使执送长安。杨坚大喜，当即赐于翼杂缯一千五百段、粟麦一千五百石，并珍宝服玩等，将其进位上柱国，封任国公，增邑通前五千户，别食任城县一千户，收其租赋。

经过一番努力，杨坚不仅将几个元老拉拢过来，还笼络了大多数的朝廷政要、军中大将，以至"在朝将相，多为身计，竞效节于杨氏"。与此同时，杨坚也大力整饬朝政，除弊祛垢，扬清厉俗。在去年宇文赟颁行《刑经圣制》时，杨坚没有阻拦住，现在他一执政，就"行宽大之典，删略旧律，作《刑书要制》"，经奏请幼主宇文阐后推行。又躬履节俭，革除奢华，遂使"中外悦之"。随后，杨坚还顺应民意民望，也是从其个人信奉出发，复行佛、道二教，"旧沙门、道士精志者，简令入道"，也同样大得人心。至于他将以前所改的鲜卑姓一律改回原先汉姓，更是得到了汉人士民的欢迎，让汉人深感振奋。

看得出，这杨坚的确具有雄韬伟略，大智大勇，无论对内还是对外，主政还是主兵，都显示了非凡的才能。在一天夜里，他将"八岁诵《尚书》、十二通《周易》、好占玄象"的骠骑大将军庾季才召至丞相府，问他天下大势，说："我以庸虚，受兹顾命。天时人事，卿以为如何？"庾季才回答道："天道精微，难可意察。窃以人事卜之，符兆已定。季才纵言不可，公岂复得为箕、颍之事乎！"听罢庾季才这话，杨坚沉默了好一阵子，才又说道："愧公此意，宜善为思之。"在这时候，杨坚内心充满矛盾，是进是退，尚有些两难，不清楚下一步到底该作何打算。倒是他的夫人独孤氏十分理解他，坚定地跟他说道："大事已然，骑虎之势，必不得下，勉之！"既有天命、符兆，又有夫人的鼓励，更主要的是自己有谋有略，什么都能驾驭，杨坚便有信心在以后能有更大的作为，直至海沸河翻，改天换地。

第九章 平定三方

　　却说在相州前线，各路总管率军陆续来到，准备由韦孝宽统一指挥，向尉迟迥发起攻击。这支大军名将云集，兵强马壮，看上去战力很强。但是，由于这些总管过去和杨坚一样，都是国公、大将军，地位相差不大，现在皆须听命于杨坚，心中难免不服，而且也不知道杨坚将来会怎样对待自己。更何况，眼下朝廷争斗激烈，四处反叛，尉迟迥也曾以高官厚禄相诱，究竟鹿死谁手，还不一定呢。所以他们有意徘徊歧路，迁延顾望，想等一阵子再说。老帅韦孝宽也似乎觉察到了其中端倪，只将各路大军壁于沁水西面的武陟。尉迟迥则遣其子尉迟惇率军十万进至武德，在沁水东面安营扎寨。两军隔水相持，暂时形成了对峙局面。

　　当时，李穆的侄子、总管李询还兼任韦孝宽元帅府长史。在前线所有将领中，杨坚对他最为信赖。眼见军中出现了异情，他立即密报杨坚，说"梁士彦、宇文忻、崔弘度并受尉迟迥饷金，军中恟恟，人情大异"，请求速派重臣前来监军。杨坚听后，深以为忧，当下就与相府长史郑译等人商议，准备撤换前线将领。丞相府属李德林得知此事后，赶忙单独入见杨坚，劝说他："公与诸将，皆国家贵臣，未相服从，今正以挟令之威控御之耳。前所遣者，疑其乖异，后所遣者，又安知其能尽腹心邪！"又说，那梁士彦、宇文忻、崔弘度三人收取尉迟迥饷金一事，虚实难明，如果马上派人取代他们，很可能会造成他们惧罪逃逸。如果把他们都抓起来，则前线将帅自韦孝宽以下，莫不人人自危。况且临敌易将，正是战国时燕、赵两国被齐、秦打败的原因。因此，李德林建议杨坚派出一个既是自己心腹又明于智略、素为诸将所信服的人，赶至前线军中，观察真伪实情。这样即使有将领另有企图，也不敢轻举妄动。万一有人敢动，也必能将其制服。

听了李德林的这番高论，杨坚大悟，说道："若公不发此言，几败大事。"他即安排少内史崔仲方去往前线监军，并有权节制军事。不想，崔仲方以父亲尚在山东为由推辞。又让相府司马刘昉前去，刘昉说自己未尝为将，从未当过将帅。再安排相府长史郑译，郑译推说母亲年迈。这让杨坚心里很不高兴。最后还是相府司录高颎自告奋勇前行，且受命亟发，一点儿也不耽误。

正在此时，任国公于翼的侄子、东郡太守于仲文被尉迟迥军打败，妻子儿女均遭杀害，只身逃回长安。杨坚见到他后，为之泣下，并马上将其进位大将军，领河南道行军总管，派往韦孝宽处。这于仲文可是正宗北周勋贵，与前线的其他几位总管地位相近，利益相通，平时也多有交往。因而他一来到，那几位总管便纷纷向他打听京师最新消息，特别是杨坚此时作何想法，其为人处世到底怎么样。宇文忻就曾直接找他问道："公新从京师来，观执政（杨坚）意何如也？尉迥诚不足平，正恐事宁之后，更有藏弓之虑。"于仲文遂现身说法，大大称赞了杨坚一番，夸"丞相宽仁大度，明识有余，苟能竭诚，必心无贰"。宇文忻等人"自此遂安"，不再抱有什么顾虑。

随着高颎和于仲文的到来，军心大稳，韦孝宽也才得以从容排兵布阵，做出部署。是时正逢雨季，沁水暴涨，大军不能涉水而过，高颎便派人抓紧筑桥渡军。对面尉迟惇军即从上游放火筏下来，想把木桥烧掉。高颎却是早有准备，预先在桥墩前做上"土狗"，以阻拦火筏。而后，命大军过桥，直往东岸冲去。

尉迟惇率军在沁水东岸列阵二十余里，见西岸敌军冲来，先麾兵少却，拟俟敌军半渡之时，再行进击。韦孝宽却趁尉迟惇军稍退之时，鸣鼓齐进。尉迟惇兵上前堵截，尽被杀退。高颎又命将渡桥毁去，自断归路，好使兵士们上前死战。兵士们果然拼命进攻，尉迟惇不能抵挡，奔回邺城，军多散失。韦孝宽麾动各军，乘胜追奔，连破尉迟迥的伏兵于野马冈和草桥，直逼邺下。

大象二年（580）八月十七日，尉迟迥与儿子尉迟惇等，集结大军十三万，于邺城城南布阵。他自己也亲自披挂上阵，统领一万精兵，皆头戴绿巾，身穿锦袄，号称"黄龙兵"。尉迟迥的弟弟尉迟勤也率五万青州兵前来增援，以骑兵三千先至，投入战场。这尉迟迥素习军旅，宝刀不老，麾下兵多关中人，相率力战，韦孝宽与战不利，只好退却。当时，邺城中跑来看热闹的士民不下万人。行军总管宇文忻一看情况危急，顾不上讲究什么道义不道义了，即命兵士拈弓搭箭，竞射观战的士民。那些士民万没想到正在作战的军队会突然袭击他们，当下四处逃窜，"转相腾藉，声如雷霆"，一下就把尉迟迥的阵势给冲乱了。宇文忻见机，传令高呼"贼败矣"！全军闻之一震，乘敌纷乱之机又反杀回来。尉迟迥军大败，只得走保邺城。韦孝宽纵兵围攻，毁城直入，邺城遂陷。

穷途末路的尉迟迥退至小城楼内，总管崔弘度尾追而至。尉迟迥弯弓欲射，一看却是自己儿媳的哥哥，两人很是相熟，遂松下手来。崔弘度也索性脱去兜鍪，冲尉迟迥说道："今日各图国事，不得顾私。以亲戚之情，谨遏乱兵，不行侵辱。事势如此，早为身计，何所待也？"

尉迟迥见大势已去，再反抗也无济于事，便将弓掷于地下，大骂杨坚十余声，拔剑自刎。

崔弘度回过头去，叫其弟崔弘升将尉迟迥的首级割下，持献韦孝宽。

尉迟勤和尉迟迥的儿子尉迟惇等人，俱东走青州。韦孝宽遣开府大将军郭衍，率兵追获，与尉迟迥的首级一同送入长安。

河南道行军总管于仲文率军进击河南尉迟迥部，先后攻下了梁郡、曹州、成武、金乡等郡州，河南敉平。

出讨宇文胄的大将军杨素也很快占领了荥州。在石济，将宇文胄追获并斩杀。

韦孝宽在邺城大败尉迟迥后，马上分兵讨伐关东反叛者，将其一一击破。杨坚遂徙相州于安阳，毁邺城及其邑居，又分割相州，置毛、魏两州。

至此，尉迟迥部悉数被扫平。当初尉迟迥举兵时，看似轰烈，颇有声势，前后却仅持续了六十八天。

八月二十七日，也就是在平定尉迟迥十天后，王谊率领四总管进逼郧州近郊。司马消难闻讯，夤夜南奔，投降南朝。那会儿，北至商洛，南到江淮，东西二千余里，还有诸多反叛的巴蛮，共推渠帅兰雒州为主，自号"河南王"，以附司马消难，王谊让各行军总管分路征讨，旬月皆平。

行军元帅梁睿率步骑二十万入蜀，王谦分命诸将据险拒守。梁睿奋击，连战皆克，进逼成都。十月二十六日，王谦令部将守城，自己亲率五万精兵，背城结阵。梁睿纵兵进击，大破之。王谦仅同麾下三十骑北走新都，被新都令抓获后，将其斩首，益州遂被平定。因巴蜀阻险，人好为乱，杨坚随后还特地命令更开平道，毁剑阁之路，立铭以垂诫。

这样，尉迟迥、司马消难、王谦发动的三方反叛均告结束，杨坚大获全胜，将局势稳定下来。只是在平叛中贡献最大的行军元帅韦孝宽班师未几，便即病逝。杨坚追赠他为太傅、十二州诸军事、雍州牧，谥曰襄。

第十章　摄国

自"受诏"北周先皇、自己的女婿宇文赟后，杨坚在"内有艰虞，外闻妖寇"的境况下，以其"鹰鹯之志，运帷帐之谋"，"行两观之诛，扫万里之外"。如今京师无虞，外患既平，"治定功成"，他可就再也没有了对手，大可随心所欲，将北周玩于股掌之中，自己想怎么样就怎么样了。

大象二年（580）十二月十三日，幼主宇文阐下诏，进杨坚为相国，总百揆，晋爵隋王，以隋州之崇业，郧州之安陆、城阳，温州之宜人，应州之平靖、上明，顺州之淮南，士州之永川，昌州之广昌、安昌，申州之义阳、淮安，息州之新蔡、建安，豫州之汝南、临颍、广宁、初安，蔡州之蔡阳，郢州之汉东二十郡为隋国。其本人剑履上殿，入朝不趋，赞拜不名。又备九锡之礼，加玺绂、远游冠、相国印、绿綟绶，位在诸侯王上。

杨坚谦让再三，只接受了隋王爵位，以及十郡的封地。继而，宇文阐又发下诏令，进杨坚先祖、考爵一并为王，夫人独孤氏为王妃。

第二年正月初一，朝廷下诏改元"大定"，以示"四海宁一，八表无尘，元辅执钧，垂风扬化"，本年遂为大定元年（581）。

二月初四，杨坚又接到幼主宇文阐颁发的《策隋公九锡文》，一定让他任相国，总百揆，"更封十郡，通前二十郡"，并加其九锡。

在这篇长达两千多字的策命中，宇文阐历数杨坚的功绩，把他好一通夸赞。说"朕以不德，早承丕绪，上灵降祸，夙遭愍凶。妖丑觊觎，密图社稷，宫省之内，疑虑惊心。公受命先皇，志在匡弼，辑谐内外，潜运机衡，奸人慑惮，谋用丕显，俾赘旒之危，为太山之固"。是您为北周重造了皇室，进一步稳固了霸业之基。想您在我祖考之代，任寄就已很深，入掌禁兵，外司藩政，文经武略，久播朝野。您曾亲自率军，戎轩大举，长驱晋魏，在"平阳震熊罴之势，冀部耀貔豹之威"。及至灭齐，初平东夏后，因人情未一，丛台之北，易水之南，西距井陉，东至沧海，比数千里，举袂如帷，又是您受命定州总管，"委以连城，建旗杖节，教因其俗，刑用轻典，如泥从印，犹草随风"。因吴越不宾，多历年代，淮海之外，时非国有，您又爰整其旅，出镇于南兖州，"武以威物，文以怀远。群盗自奔，外户不闭，人黎慕义，襁负而归"，"自北之风"，得以"化行南国"。先皇宇文赟御宇之后，您任重宗臣，入典八屯，外司九伐，其"禁卫勤巡警之务，治兵得搜狩之礼"，全部由您来担当。当銮驾游幸之时，您又"频委留台，文武注意，军国谘禀，万事咸理"，遂使先皇"反顾无忧"。

宇文阐接着说自己在正式即位后，"朕在谅暗，公实总己"，其时"磐石之宗，奸回者众，招引无赖，连结群小。往者国衰甫尔，已创阴谋，积恶数旬，昆吾方稔"，幸亏杨坚您"泣诛磐旬"，才让"宗庙以宁"。等到尉迟迥猖狂，称兵邺邑，欲长戟而指北阙，强弩而围南斗，凭陵三魏之间，震惊九州之半，聚徒百万，悉成蛇豕，致使"淇水洹水，一饮而竭。人之死生，翻系凶竖，寿之长短，不由司命"时，您又戒彼鹰扬，出车练卒，誓苍兕于河朔，建瓴水于山东，自己"口授兵书，手画行阵，量敌制胜，指日克期"，诸将遵其成旨，壮士感其大义，轻死忘生，转斗千里，旗鼓奋发，如火燎毛，使得"玄黄变漳河之水，京观比爵台之峻"，百城氛昆，一旦廓清。此后，青土连率，跨据东秦，藉负海之饶，倚连山之险，望三辅而将逐鹿，指六国而愿连鸡，风雨之兵，助鬼为虐，您即运筹千里，出奇划策，如今"本根既拔，枝叶自殒，屈法申恩，示以大信"。又有"申部残贼，充斥一隅，蝇飞蚁聚，攻州略地"，您"播以玄泽，迷更知反，服而舍之，无费遗镞"。想那宇文胄有宗枝之亲，外藩岩邑，却是"影响邺贼，有同就燥，迫胁吏人，叛换城戍"，您出偏师讨蔑，遂将其投入网罗，束之武牢，最后服之国刑。司马消难与国有亲姻，作镇安陆，其人性多嗜欲，意好贪聚。属城子女，劫掠靡余，部人货财，多少具罄。又擅诛刺举之使，专杀仪台之臣。"惧罪畏威，动而内衅。蚕食郡县，鸩毒华夷"。闻有王师至，便自投南裔。这只有帝唐崇山之罚，仅可方此；大汉流御之刑，是亦相匹。而那王谦在蜀，翻为厉阶，闭剑阁之门，塞灵关之宇，自谓五丁复起，万夫莫向。等您所派大军一到，风驰席卷，一举大定，擒斩凶恶，扫地无遗。

随后，宇文阐又夸杨坚有"济天下之勤，重之以明德，始于辟命，屈己登庸"，其"素业清徽，声掩廊庙，雄规神略，气盖朝野"，"序百揆而穆四门，耻一匡之举九合"。既能尊贤崇德，尚齿贵功，录旧旌善，兴亡继绝，又"宽猛相济，彝伦攸叙，敦睦帝亲，崇奖王室"。其星象不拆，阴阳自调，玄冥祝融，如奉太公之召；雨师风伯，似应成王之宰，以至于"祥风嘉气，触石摇林，瑞兽异禽，游园鸣阁"。

鉴于此等殊勋茂绩，至功至德，宇文阐便再次授予杨坚"相国总百揆"，去众号，并加以九锡之礼：

以公执律修德，慎狱恤刑，为其训范，人无异志，是用锡公大辂、戎辂各一，玄牡二驷；公勤心地利，所宝人天，崇本务农，公私殷阜，是用锡公衮冕之服，赤舄副焉；公乐以移风，雅以变俗，遐迩胥悦，天地咸和，是用锡公轩悬之乐，六佾之舞；公仁风德教，覃及海隅，荒忽幽遐，回首内向，是用锡公朱户以居；公水镜人伦，铨衡庶职，能官流咏，遗贤必举，是用锡公纳陛以登；公执钩于内，正性率下，犯义无礼，罔不屏黜，是用锡公武贲之士三百人；公（元本阙），是用锡公铁钺各一；公威严夏日，精厉秋霜，猾夏必诛，顾眄天壤，扫清奸宄，折冲无外，是用锡公彤弓一、彤矢百，卢弓十、卢矢千；惟公孝通神明，肃恭祀典，尊严如在，情切幽明，是用锡公秬鬯一卣，珪瓒副焉。

这篇《策隋公九锡文》，不是出自朝廷内史，而是出自丞相府属李德林之手。——"善属文，辞核而理畅"的李德林果然妙笔生花，词藻华丽又貌似有根有据，将原本平常的"策"愣是写成了一篇好文章。既然"如此"，杨坚这回可就却之不恭，全部"笑纳"。于是，建立隋国台省，设置官属。二月初六，宇文阐又下诏，准予杨坚之王冕十有二旒，建天子旌旗，出警入跸，乘金根车，驾六马，备五时副车，置旄头云罕，乐舞八佾，设钟虡宫悬。又进其王妃独孤氏为王后，长子杨勇为太子。杨坚前后三让，客气一番后，乃受。这对于他来说，距离南面称尊、直接登上帝位仅有一步之遥了。

第十一章　受禅

其实，不提太傅李穆早就献上"十三环金带"，希望杨坚代替周皇位登大宝，还在去年平定三方之乱之时，就有不少大将、名士劝杨坚应天受命。梁睿在蜀地征伐王谦，大名士薛道衡在其麾下，两人饮宴的时候，薛道衡就以"天下之望，已归于隋"为名，建议梁睿上表劝进，梁睿也便马上秘密表奏杨坚。而随着各个战场的节节胜利，杨坚的名头更加显赫，声望日隆，文武百官就更备述忠款，"时周代旧臣皆劝禅让"。司武上士卢贲就曾进说道："周历已尽，天人之望，实归明公，愿早应天顺民也。天与不取，反受其咎。"少内史崔仲方见杨坚众望有归，也极力撺掇于他。时任石州总管的虞庆则甚至劝杨坚将宇文氏尽灭，上柱国大将军、武山郡公郭衍则密劝其杀周室诸王，早行禅代。

许是因时机还未最后成熟，还是因杨坚本人已经有所计划，有所安排，即便有这么多人明里暗里地劝进，杨坚也是未肯遽允。直到迁延逾年后，杨坚一向信任的术士、骠骑大将军庾季才进言："今月戊戌平旦，青气如楼阙，见于国城之上，俄而变紫，逆风西行。《气经》云'天不能无云而雨，皇王不能无气而立'。今王气已见，须即应之。二月日出卯入酉，居天之正位，谓之二八之门。日者，人君之象，人君正位，宜用二月。其月十三日甲子，甲为六甲之始，子为十二辰之初，甲数九，子数又九，九为天数。其日即是惊蛰，阳气壮发之时。昔周武王以二月甲子定天下，享年八百，汉高帝以二月甲午即帝位，享年四百，故知甲子、甲午为得天数。今二月甲子，宜应天受命。"杨坚方才应了下来，欣然从之。

紧接着，年高德劭的李穆又寻以天命有在，密表劝进。这回杨坚有了把握，十分确切地跟他说道："公既旧德，且又父党，敬惠来旨，义无有违。便以今月十三日恭膺天命。"随之，李德林代宇文阐写下了逊国诏书，曰：

> 元气肇辟，树之以君，有命不恒，所辅惟德。天心人事，选贤与能，尽四海而乐推，非一人而独有。周德将尽，妖孽递生，骨肉多虞，藩维构衅，影响同恶，过半区宇，或小或大，图帝图王，则我祖宗之业，不绝如线。相国隋王，睿圣自天，英华独秀，刑法与礼仪同运，文德共武功俱远。爱万物其如己，任兆庶以为忧。手运玑衡，躬命将士，芟夷奸宄，刷荡氛昆，化通冠带，威震幽遐。虞舜之大功二十，未足相比，姬发之合位三五，岂可足论。况木行已谢，火运既兴，河洛出革命之符，星辰表代终之象。烟云改色，笙簧变音，狱讼咸归，讴歌尽至。且天地合德，日月贞明，故以称大为王，照临下土。朕虽寡昧，未达变通，幽显之情，皎然易识。今便祗顺天命，出逊别宫，禅位于隋，一依唐虞、汉魏故事。

按照"惯例"，杨坚得此诏书，仍不能直接答应，还需在表面上装装样子，三辞三让。幼主宇文阐再遣宗亲、杞国公宇文椿奉册，大宗伯、金城公赵煚奉皇帝玺绂，来到隋王府劝进。这册书自然又是出自李德林，云是：

> 咨尔相国隋王：粤若上古之初，爰启清浊，降符授圣，为天

下君。事上帝而理兆人，和百灵而利万物，非以区宇之富，未以宸极为尊。大庭、轩辕以前，骊连、赫胥之日，咸以无为无欲，不将不迎。邈哉其详不可闻已，厥有载籍，遗文可观。圣莫逾于尧，美未过于舜。尧得太尉，已作运衡之篇，舜遇司空，便叙精华之竭。彼襄裳脱屣，贰宫设飨，百辟归禹，若帝之初。斯盖上则天时，不敢不授，下祗天命，不可不受。汤代于夏，武革于殷，干戈揖让，虽复异揆，应天顺人，其道靡异。自汉迄晋，有魏至周，天历逐狱讼之归，神鼎随讴歌之去。道高者称帝，录尽者不王，与夫文祖、神宗，无以别也。

周德将尽，祸难频兴，宗戚奸回，咸将窃发。顾瞻宫阙，将图宗社，藩维连率，逆乱相寻。摇荡三方，不合如砺，蛇行鸟攫，投足无所。王受天明命，睿德在躬，救颓运之艰，匡坠地之业，拯大川之溺，扑燎原之火，除群凶于城社，廓妖氛于远服，至德合于造化，神用洽于天壤。八极九野，万方四裔，圆首方足，罔不乐推。往岁长星夜扫，经天昼见，八风比夏后之作，五纬同汉帝之聚，除旧之征，昭然在上。近者赤雀降祉，玄龟效灵，钟石变音，蛟鱼出穴，布新之贶，焕焉在下。九区归往，百灵协赞，人神属望，我不独知。仰祗皇灵，俯顺人愿，今敬以帝位禅于尔躬。天祚告穷，天禄永终。於戏！王宜允执厥和，仪刑典训，升圆丘而敬苍昊，御皇极而抚黔黎，副率土之心，恢无疆之祚，可不盛欤！

既有此册以及玺绂，杨坚便不再推辞。于是，在百官劝进声中，杨坚戴上远游冠，受册、玺后，又改服纱帽、黄袍，正式接受了北周幼主宇文阐的"禅让"。

二月十三日早，一轮朝阳喷薄而出，霞光万道，瑞气千条，果如庚季才所言，是个难得的好日子。杨坚服衮冕，由文武百官拥至临光殿，升座受朝。一班大臣舍旧从新，舞蹈山呼，齐称万岁。当日，新朝皇帝杨坚命有司奉春册祀于南郊，燔燎告天，兼祀地祇。他自己则祭祖告庙，宣布大赦天下。一个崭新的王朝正式建立，杨坚意气风发，雄心勃勃，开始六合寰宇，一匡天下了。

第三篇

　　有西方学者认为，隋朝作为北周的后继者而崛起，其继承和创建"在当时不过是一次宫廷政变，是西北的一个贵族家庭接替另一个家族即位"。从事实的真相及历史的传承来看，确是如此，甚至有人还说："古来得天下之易，未有如隋文帝者，以妇翁之亲，值周宣帝（宇文赟）早殂，结郑译等矫诏入辅政，遂安坐而攘帝位。"不过，这毕竟是一次改朝换代，看似温和的"宫廷政变"其实也蕴藏着刀光剑影和血雨腥风。并且，这杨氏"家族"完全不同于宇文家族，两相对比的话，显然杨氏"家族"更具有先进性和广泛性，几乎涵盖了北方所有的精英，从而也更富生机和活力，如日方升，蒸蒸日上。

　　至于新的隋王朝，"不仅使由西北各贵族大族组成的小集团的政治优势得以绵延勿替，它还通过在前一世纪已被北方诸王朝所采用并行之有效的制度继续组织它的帝国"（《剑桥中国隋唐史》），此说则有失偏颇。因为隋朝固是继续保持了"小集团"的政治优势，延续了"北方诸王朝"的一些制度，但更多的是"扬弃"，革故鼎新，在多个领域和范围内，创立了许多新的制度和规则，很有些"创新驱动"的意思。所以，杨坚"留心政理，务从恩泽"，"故能抚绥新旧，缉宁遐迩，文武之制，皆有可观"。

　　开国伊始，他即改变舆服制度，"易周氏官仪，依汉、魏之旧"，废除奇奇怪怪的舆辇，脱下不伦不类的衣冠，换上传统的汉服，首先从外表上给人以耳目一新的感觉，令人为之一振。

与此同时，他废止了北周的"六官"之制，所推行的"三省六部制"，使中央官制的组织更为严密，分设更为合理，"把京畿的官署和地方的衙门结合成由强有力的中央控制的统一的官僚机器"，遂让官府运作更加高效，政令更加畅通。

在修改北周舆服仪卫等项礼制，完成构建王朝机构和百官任命后，杨坚又组织制定新的律令规制。其中，《开皇律》上承前朝刑律之源流，下开唐律之先河，所规定的各项基本制度均被之后的《唐律》直接继承，以后又为宋、明、清各朝所沿用，甚至对东亚东南亚国家的封建法律也产生直接或间接的影响，成为法典巅峰之作。

在北齐《均田令》的基础上，隋朝又颁布《均田新令》，继续实行"均田"，并减轻了徭役和赋税。

值得一提的是，以上这些制度都是在隋朝开国后两年之内就制定并完成的。杨坚个人之勤于政事，可见一斑。作为一代帝王，他这人确"有雄材大略，过人之聪明"，"其所建立，又有卓然出于后世者"。难怪后来他的儿子、隋朝"第二代"皇帝杨广这样夸爹："高祖文皇帝受天明命，奄有区夏，拯群飞干四海，革凋敝于百王，恤狱缓刑，生灵皆遂其性，轻徭薄赋，比屋各安其业。恢夷宇宙，混壹车书。"

第十二章　开国

杨坚将新朝的国号定为"隋"，显然是其父杨忠曾为随（隋）国公，自己也当过随（隋）州刺史，承袭过父爵，后又被进封为隋王之故。而将年号定为"开皇"，则系多重考量，澄思渺虑，有其多种象征意义。

"开皇"之语，来自佛教，所谓"赤若之岁，黄屋驭时，土制水行，兴废毁之，佛日火乘木运"，"启年号以开皇，可谓法炬灭而更明，否时还泰者也"。天命有隋，膺斯五运；帝图荣祐，宅此九州。因杨坚乃"金刚力士那罗延"再生，在诞育之初就神光洞发，又从小在佛寺中长大，自是笃信佛教，反过来，佛也护佑于他，"因集业故，得生人中。王领国土。故称人王。处在胎中，诸天守护，或先守护，然后入胎。三十三天各以己德分与是王，以天护故称为天子"。所以，他将"开皇"作为年号，表明自己确是受命四天，护持三宝，采"圣皇启运，像法再兴"之意。并且在他君临以后，也的确灵瑞竞臻，"天兆龟文，水浮五色。地开泉醴，山响万年。云庆露甘，珠明石变。聋闻瞽视，暗语躄行。禽兽见非常之祥，草木呈难纪之瑞。是知昔闻七宝匪局金轮，今则神异四时偏和玉烛"。

这"开皇"又恰好是道教年号。道家认为，天地从未分、既分到化生万物有"五劫"：东方起自子，曰龙汉，为始劫；南方起自寅，曰赤明，为成劫；中央起自卯，曰上皇，北方起自午，曰开皇，俱为住劫；西方起自酉终於戌，曰延康，为坏劫。每至天地初开，元始天尊或在玉京之上，或在穷桑之野，授以秘道，谓之开劫度人，其开劫也即应"五劫"，共有"五度"，龙汉、赤明、上皇、开皇、延康，分别是其年号，其间相距经四十亿万载。其中，"开皇"是北方得五气以分天境，为一"劫"之始。及开皇劫，"生天立地，大圣应于始青之中"，天地间又一个新纪元到来。杨坚取此为年号，也正是力图证明他真的依天运，开创一个新纪元。"玉京清都奉紫皇，赤明开皇劫茫茫。"而他则也像至高无上的元始天尊那样济度众生，开劫度人。"似元皇君号开皇元年，隋家亦象号开皇元年是也。"

既然释、道如此完美地合一，又说不定也与庾季才的"象数"暗合，再加上一帮文人的旁证佐引，大肆渲染，杨坚便就高高兴兴地改元"开皇"，开启一个崭新的皇朝了。

"王者易姓受命，必慎始初，改正朔，易服色，推本天元，顺承厥意。"——隋朝皇帝杨坚在改定正朔之后，又马上进行"易服色、别衣服"之事。

对此，他主要采纳的是崔仲方的意见。那"少好读书、有文武才干"的崔仲方不愿到战场上动真刀实枪是一回事儿，但说起什么话来，也还是一套一套的。他以五行相生相克为据，向杨坚进言："晋为金行，后魏为水，周为木。皇家以火承木，得天之统。又圣躬载诞之初，有赤光之瑞，车服旗牲，并宜用赤。"此建议深合杨坚心意，在开皇元年（581）二月初，他下诏曰：

> 宣尼制法，云行夏之时，乘殷之辂。弈叶共遵，理无可革。然三代所尚，众论多端，或以为所建之时，或以为所感之瑞，或当其行色，因以从之。今虽夏数得天，历代通用，汉尚于赤，魏尚于黄，骊马玄牲，已弗相踵，明不可改，建寅岁首，常服于黑。朕初受天命，赤雀来仪，兼姬周已还，于兹六代，三正回

复，五德相生，总以言之，并宜火色。垂衣已降，损益可知，尚色虽殊，常兼前代。其郊丘庙社，可依衮冕之仪，朝会衣裳，宜尽用赤。昔丹乌木运，姬有大白之旗，黄星土德，曹乘黑首之马，在祀与戎，其尚恒异。今之戎服，皆可尚黄，在外常所著者，通用杂色。祭祀之服，须合礼经，宜集通儒，更可详议。

自此，"隋代帝王贵臣，多服黄纹绫袍、乌纱帽、九环带、乌皮六合靴。百官常服，同于走庶，皆着黄袍及衫，出入殿省"。皇帝杨坚本人的朝服也同百官没甚两样，"唯带加十三环，以为差异，盖取于便事"。

随后卢贲又奏改北周旗帜，更为嘉名，创制了青龙、驺虞、朱雀、玄武、千秋、万岁之旗。

李德林也鉴于北周承袭北魏的舆辇乖异，不合古制，请求尽数废毁。杨坚准其所奏，只保留北魏太和年间所制并为北齐一直遵用的玉、金、象、革、木五辂，其辂之盖、旌旗之质以及鞶缨，皆从各辂之色，盖之里俱用黄，其镂锡则五辂相同。又保留了北魏熙平年间的皇后之辂，规定若是从祭则御金根车，亲桑则御云母车，并驾四马；归宁则御紫罽车，游行则御安车，吊问则御绀罽軿车，并驾三马。

时任率更令、上仪同三司的裴政此后又上奏，说是："窃见后周制冕，加为十二，即与前礼数乃不同，而色应五行，又非典故。谨案三代之冠，其名各别。六等之冕，承用区分，璪玉五采，随班异饰，都无迎气变色之文。唯《月令》者，起于秦代，乃有青旂赤玉，白骆黑衣，与四时而色变，全不言于弁冕。五时冕色，《礼》既无文，稽于正典，难以经证。且后魏已来，制度咸阙。天兴之岁，草创缮修，所造车服，多参胡制。故魏收论之，称为违古，是也。周氏因袭，将为故事，大象承统，咸取用之，舆辇衣冠，甚多迂怪。今皇隋革命，宪章前代，其魏、周辇辂不合制者，已敕有司尽令除废，然而衣冠礼器，尚且兼行，其立夏衮衣，以赤为质，迎秋平冕，用白成形，既越典章，须革其谬。谨案《续汉书·礼仪志》云'立春之日，京都皆著青衣'，秋夏悉如其色。逮于魏、晋，迎气五郊，行礼之人，皆同此制。考寻故事，唯帻从衣色。"为此他提请，今后冠及冕并用玄色，唯应著帻者，任依汉、晋。杨坚答复说："可。"于是定令，采用东齐之法，隋朝从上到下，其衣冠全改为汉制。

在改定正朔和舆服的同时，杨坚还着手追尊先祖、册封皇室事宜。开皇元年（581）二月十五日，他追尊皇考杨忠为武元皇帝，庙号太祖，皇妣吕氏为元明皇后。十六日，诏令修庙社，立原隋王后独孤氏为皇后，王太子杨勇为皇太子。在十九日，他又下诏，以北周幼帝宇文阐为介国公，邑五千户，为隋室宾。其旌旗车服礼乐，一如其旧。上书不为表，答表不称诏。北周诸王，尽降为公。二十五日，封其弟杨慧为滕王、杨爽为卫王，以其二子杨广为晋王、三子杨俊为秦王、四子杨秀为越王、五子杨谅为汉王。

开皇元年（581）三月，杨坚又下诏曰：

> 自古帝王受终革代，建侯锡爵，多与运迁。朕应箓受图，君临海内，载怀沿革，事有不同。然则前帝后王，俱在兼济，立功立事，爵赏仍行。苟利于时，其致一揆，何谓物我之异，无计今古之殊。其前代品爵，悉可依旧。

这看上去恢宏大度，方寸海纳，很有些心胸与气量。杨坚在登基后，不仅继续起用前朝那些拥护、支持自己的官员，让其沿袭原先的品爵，就是有人对他抱有怨言、心怀不满，只要这人有才能，他也一样接纳。还是去年做丞相时，因高颎极力荐引，杨坚曾将苏威招徕，对他甚为器重。可过了一个月时间，苏威听闻杨坚将行禅代，便马上遁归田里。高颎请求遣人追还，杨坚大度地说道："此不欲预吾事，且置之。"等到杨坚真的"受禅"，隋朝开国数月，杨坚即征拜苏威，处以清要。

不过，对于宇文皇室，杨坚可就没这么宽容了。本来北周幼主及周室诸王都很老实，自江山易手，他们从皇帝、王爷的位子上被降为公后，也都非常顺从，但杨坚听从了一些大臣的建议，非要把他们全部杀掉。只有李德林力言不可，再三谏争，搞得杨坚怫然作色，厌恶地说："君系书生，不足与语大事。"遂令宿卫各军，搜捕宇文氏宗族，将北周文帝宇文泰的孙子宇文乾恽、宇文绚，孝闵帝宇文觉的儿子宇文湜，明帝宇文毓的儿子宇文贞、宇文实，武帝宇文邕的儿子宇文赞、宇文贽、宇文允、宇文充、宇文兑、宇文元，宣帝宇文赟的儿子宇文衍、宇文术等，一个不留，全部处死。不久，又潜害年仅九岁的北周幼主宇文阐，将其葬于恭陵。

第十三章　官制

在隋开国之初，杨坚还致力于官制改革，确定朝廷上下职官制度及其官仪，以更好地"体国经野"，维护朝纲。

《易经》上说："天尊地卑，乾坤定矣，卑高以陈，贵贱位矣。"所以，古时圣贤法乾坤以作则，因卑高以垂教，设官分职，锡珪胙土，用以协和万邦，平章百姓，允厘庶绩，式叙彝伦。三皇五帝时期，是以物名官，始作官制。虞舜掌天下后，作六官，以主天地四时。夏商之制，亦置六卿，其官名次，犹承虞舜。到了西周，周成王制《周礼》，以天地四时名六卿。自周衰后，官失而百职乱，战国并争，各自有所变易。直至秦兼并天下，建皇帝之号，始罢封侯之制，立百官之职。汉初承袭秦制，其后颇有所改。魏、蜀、吴三国，多依汉制。西晋司马氏继及，也大抵略同。

北周时，先是依据魏制，后别立宪章，酌周礼之文，建六官之职，其他官职亦兼用秦汉。其中，朝廷六位长官是大冢宰（天官）、大司徒（地官）、大宗伯（春官）、大司马（夏官）、大司寇（秋官）、大司空（冬官）等，分掌各类政务，其余官名和职务，则多有更改，世有损益。特别是到了宣帝宇文赟嗣位后，事不师古，官员班品，随意变更，朝出夕改，如置四辅官，在六府诸司复置中大夫，于御正、内史增置上大夫等，将官制改得乱七八糟，不伦不类。无怪乎近人嘲笑北周官制："以关陇为文化本位，虚饰周官旧文以适鲜卑野俗，非驴非马，藉用欺笼一时之人心。"

由于杨坚本人在西魏、北周都一直做官，熟悉北周官仪，知道这六官之制的弊端，若是遵复往初，率由旧章，肯定不行。因此，他在践祚后，马上改北周之六官，其所制名，多依汉魏之旧，又加以精简整顿，使之更加整齐规范。其中，在朝廷置三师、三公及尚书、门下、内史、秘书、内侍五省。

三师系指太师、太傅、太保，不主事，不置府僚，只与天子坐而论道也。

太尉、司徒、司空合称"三公"，参议国之大事，依北齐置府僚。无其人则阙。祭祀则太尉亚献，司徒奉俎，司空行扫除。其位多旷，皆摄行事。

尚书省，为最高政令机构，事无不总。置令一人，左、右仆射各一人，总吏部、礼部、兵部、都官、度支、工部六部。尚书令一般阙而不授，尚书省实际主官为左、右仆射，尤以左仆射为重。仆射之下设左、右丞各一人，都事八人，于都省办公，分司管辖。六部之中，每部设尚书一人，为其主官。左、右仆射与六部尚书合称"八座"，为尚书省之中枢。

吏部掌官员任免、考课、升降、调动等项事务，辖吏部、主爵、司勋、考功四司，统吏部侍郎二人，主爵侍郎一人，司勋侍郎二人，考功侍郎一人。

礼部考吉、嘉、军、宾、凶五礼之用，管藩属及外国之往来事。辖礼部、祠部、主客、膳部四司，统礼部、祠部侍郎各一人，主客、膳部侍郎各二人。

兵部掌军籍舆马，主武官选用及兵籍、军械、军令等。辖兵部、职方、驾部、库部四司，统兵部、职方侍郎各二人，驾部、库部侍郎各一人。

都官掌法律刑狱之事。辖都官、刑部、比部、司门四司，统都官、司门侍郎二人，刑部、比部侍郎各一人。

度支主户籍财经，掌管土地、户籍、赋税等事务。辖都支、户部、金部、仓部四司，统度支、户部侍郎各二人，金部、仓部侍郎各一人。

工部掌管营造工程等事项。辖工部、屯田、虞部、水部四司，统工部、屯田侍郎各二人，虞部、水部侍郎各一人。

门下省，主要掌管封驳，百官奏事或审查诏令，签署章奏等。置纳言二人，给事黄门侍郎四人，录事、通事令史各六人。又置散骑常侍、通直散骑常侍各四人，谏议大夫七人，散骑侍郎四人，员外散骑常侍六人，通直散骑侍郎四人，并掌部从朝直。除此之外，又设给事二十人，员外散骑侍郎二十人，奉朝请四十人，并掌同散骑常侍等，兼出使劳问。城门、尚食、尚药、符玺、御府、殿内六局也在门下省统辖范围内，其中城门局置校尉二人，直长四人；尚食局，典御二人，直长四人，食医四人；尚药局，典御二人，侍御医、直长各四人，医师四十人；符玺、御府、殿内三局，监各二人，直长各四人。

内史省，主要掌管机要，负责制定、发布诏令。置监、令各一人。旋废监，置令二人，侍郎四人，舍人八人，通事舍人十六人，主书十人，录事四人。

秘书省，主要掌管经籍图书与天文历法等。置监、丞各一人，郎四人，校书郎十二人，正字四人，录事二人，领著作、太史二曹。其中著作曹，置郎二人，佐郎八人，校书郎、正字各二人；太史曹，置令、丞各二人，司历二人，监候四人。其历、天文、漏刻、视昆，各有博士及生员。

内侍省，主要掌侍皇帝，管理宫室之事。置内侍、内常侍各二人，内给事四人，内谒者监六人，内寺伯二人，内谒者十二人，寺人六人，伺非八人，并用宦官。又领内尚食、掖庭、宫闱、奚官、内仆、内府六局，尚食局置典御及丞各二人，其余五局各置令、丞二人，宫闱、内仆二局则加置丞各一人。此外，掖庭又设宫教博士二人。

以上五省六部，构成了朝廷的基本框架。又因秘书、内侍两省功能相对单一，朝政主要还是由尚书、门下、内史三省负责，故而后世称为"三省六部制"。与以前相比，隋朝官制最大的变化，是由丞相、太尉、御史大夫主宰朝政、"九卿"执掌行政，变成了三省六部掌控朝政大权。尚书省、门下省、内史省的官长具有宰相之职，"朝之众务，总归于台阁"。平常，在皇帝之下，几位"宰相"共同商议朝政，由内史省草拟诏令，经过门下省审核，如有不妥即予以封驳，否则由皇帝过目、御批后，交由尚书省施行，所谓"内史主出命，门下主封驳，尚书主奉行"是也。三省既分工明确，又相互牵制，加上尚书省属下的"六部"分司曹务，具体执行，朝政体系便很清晰，也比较完善。

此中央官制虽非杨坚首创，但毕竟是由他正式确立，实为后世之滥觞。除了这"三省六部制"之外，杨坚又在台、寺、军队、地方官制以及勋官等方面多有变革，建官分职，其中不少机构、职位、职级尚属首创。

御史台始于汉朝，掌监察之事，负责纠察、弹劾官员，肃正纲纪。隋设大夫一人，治书侍御史二人，侍御史八人，殿内侍御史、监察御史，各十二人，录事二人。

都水台，主管治水，置使者及丞各二人，参军三十人，河堤谒者六十人，录事二人。领掌船局、都水尉二人，又领诸津。

寺者，"廷也，有法度者也"，凡府庭所在皆谓之寺。隋初设有太常、光禄、卫尉、宗正、太仆、大理、鸿胪、司农、太府、国子、将作十一寺。其中，太常寺统郊社、太庙、诸陵、太祝、衣冠、太乐、清商、鼓吹、太医、太卜、廪牺等署；光禄寺统太官、肴藏、良醖、掌醢等署；卫尉寺统公车、武库、守宫等署；宗正寺不统署，掌管皇族事务；太仆寺统骅骝、乘黄、龙厩、车府、典牧、牛羊等署；大理寺，不统署，掌刑狱案件审理；鸿胪寺统典客、司仪、崇玄三署；司农寺统太仓、典农、平准、廪市、钩盾、华林、上林、导官等署；太府寺统左藏、左尚方、内尚方、右尚方、司染、右藏、黄藏、掌冶、甄官等署；国子寺元隶太常，掌国子、太学、四门、书、算等学；将作寺掌官室、城廓修缮等事。以上诸寺中，除国子寺和和将作寺外，并置卿少卿各一人，各置丞、主簿、录事等员。

在京师的军队，杨坚是设左右卫、左右武卫、左右武侯、左右领、左右监门、左右领军等十二府，以分司统职。左右卫，掌宫掖禁御，督摄仗卫；左右武卫，领外军宿卫；左右武侯，掌车驾出，先驱后殿，昼夜巡察，执捕奸非，烽候道路，水草所置，皇上若要巡狩师田，则掌其营禁；左右领，掌侍卫左右，供御兵仗；左右监门，掌宫殿门禁及守卫事；左右领军，掌十二军籍帐、差科、辞讼之事。

至于地方，杨坚在隋初规定：京兆郡，置尹，丞，正，功曹，主簿，金、户、兵、法、士等曹佐等员，并佐史；大兴、长安县，置令，丞，正，功曹，主簿，西曹，金、户、兵、法、士曹等员，并佐史；州，置刺史，长史，司马，录事参军事，功曹，户、兵等曹参军事，法、士曹等行参军，行参军，典签，州都光初主簿，郡正，主簿，西曹书佐，祭酒从事，部郡从事，仓督，市令、丞等员，并佐史；郡，置太守，丞，尉，正，光初功曹，光初主簿，县正，功曹，主簿，西曹，金、户、兵、法、士等曹，市令等员，并佐史；县，置令，丞，尉，正，光初功曹，光初主簿，功曹，主簿，西曹，金、户、兵、法、士等曹佐，及市令等员。

此外，杨坚又采北周之制，置上柱国、柱国、上大将军、大将军、上开府仪同三司、开府仪同三司、上仪同三司、仪同三司、大都督、帅都督、都督十一等勋官，以酬勤劳。又设特进、左右光禄大夫、金紫光禄大夫、银青光禄大夫、朝议大夫、朝散大夫七等散官，以加文武官之德声者，并不理事，还改侍中为纳言。

新的官制确定好后，杨坚便立即施行。首先，他任命"三省六部"的主要官员，以柱国、相国司马、渤海郡公高颎为尚书左仆射兼纳言；相国司录、沁源县公虞庆则为内史监兼吏部尚书；相国内郎、咸安县男李德林为内史令；上开府、汉安县公韦世康为礼部尚书；上开府、义宁县公元晖为都官尚书；开府、平昌郡公元岩为兵部尚书；上仪同、司宗长孙毗为工部尚书；上仪同、司会杨尚希为度支尚书。其次，以上柱国、并州总管、申国公李穆为太师，上柱国、邓国公窦炽为太傅，上柱国、幽州总管、任国公于翼为太尉。又以上柱国、雍州牧、邗国公杨惠（杨雄）为左卫大将军。

这样一来，新老旧臣各得其所，文武百官各就其位，既顾及了原北周重臣，又突出了确有治国才能之人。隋朝初立，杨坚就迅速积聚并培植起了一大批经纬天下、治国安民的命世之才。

第十四章　开皇律

刑律乃国之重器，治国之本。"刑者甲兵焉，铁钺焉，刀锯钻凿，鞭扑榎楚，陈乎原野而肆诸市朝"，又"夫刑者，制死生之命，详善恶之源，翦乱除暴，禁人为非者也"。从古到今，历朝历代，莫不立法定律，以惩罚犯罪，维护秩序。即便是"上有道，刑之而无刑；上无道，杀之而不胜"，也还是有刑律先摆在那儿，正所谓"仁恩以为情性，礼义以为纲纪，养化以为本，明刑以为助"，治国者"始乎劝善，终乎禁暴，以此字人，必兼刑罚"。

杨坚对于刑律，甚为重视。开皇元年（581）初，即发下诏令，让高颎、郑译、杨素、常明、韩浚、李谔、柳雄亮等人，更定新律。以后又增加了于翼、李德林、裴政、苏威、赵芬、王谊、元谐等人，人员可谓齐整，群英荟萃。

在参与编修新律的这些人中，高颎、李德林、苏威、郑译、裴政当为主要编撰者，其中又以裴政为主修。裴政这人"博闻强记，达于时政"，又"明习故事"，曾参定过《周律》，自受诏修定律令后，"采魏、晋刑典，下至齐、梁，沿革轻重，取其折衷。同撰著者十有馀人，凡疑滞不通，皆取决于（裴）政"。

由此可知，隋之新律系吸收前朝历代法典之精华，删繁就简，权衡轻重而成。在正式编撰时，裴政等人是本着精简、轻宽和开明的立法方针，以北齐律为蓝本，加以拣选、增删。新修成的《开皇律》共分名例、卫禁、职制、户婚、厩库、擅兴、贼盗、斗讼、诈伪、杂律、捕亡、断狱十二篇，每篇各一卷。

这十二篇之制，直接继承了北齐律，其篇目也大致相因北齐，只略作改动，如将"禁卫"改为"卫禁"、"婚户"改为"户婚"、"厩牧"改为"厩库"、"擅律"改为"擅兴"等。与北齐律相比，《开皇律》在篇制上的最大变化在于对律文进行了归类排列，更加注重刑律的内在联系，使之上下贯通，明了有序。例如，将原置于第五的《违制》改为《职制》，定位于"言职司法"后，调至第三，与《卫禁》篇上下衔接，以表明"宫卫事了，设官为次"之意；按照案件轻重性质，将原置于第六的《诈伪》列于《斗讼》之后，位于第九。并且，《开皇律》还对篇目内容和先后顺序做出了调整，将北齐律毁坏财物罚则的《毁损》一篇大体并入了《杂律》，原在《捕断》之后的《毁损》《厩牧》《杂》三篇调到《捕断》之前，又将诉讼与审判规定的《捕断》析为《捕亡》和《断狱》两篇，并置于最后。这样，《开皇律》便清楚地分为法律总则、实体法和程序法，其立法技术显比以前更加进步。

在刑律的具体表述上，《开皇律》突出了"十恶"，规定了"八议"，且使用了大量法律术语，从而使立法语言更规范完整，准确严谨，简明凝练，其含义也更稳固。

"十恶"之条，虽多采自北齐十条"重罪"，然颇有损益，斟酌尽善，一是谋反（谓谋危社稷）；二是谋大逆（谓谋毁宗庙、山陵及宫阙）；三是谋叛（谓谋背国从伪）；四是恶逆（谓殴及谋杀祖父母、父母，杀伯叔父母、姑、兄姊、外祖父母、夫、夫之祖父母、父母）；五是不道（谓杀一家非死罪三人，支解人，造畜蛊毒、厌魅）；六是大不敬（谓盗大祀神御之物、乘舆服御物；盗及伪造御宝；合和御药，误不如本方及封题误；若造御膳，误犯食禁；御幸舟船，误不牢固；指斥乘舆，情理切害及对捍制使，而无人臣之礼）；

七是不孝（谓告言、诅詈祖父母、父母，及祖父母父母在，别籍、异财，若供养有阙；居父母丧，身自嫁娶，若作乐，释服从吉；闻祖父母、父母丧，匿不举哀，诈称祖父母、父母死）；八是不睦（谓谋杀及卖缌麻以上亲，殴告夫及大功以上尊长、小功尊属）；九是不义（谓杀本属府主、刺史、县令、见受业师，吏、卒杀本部五品以上官长；及闻夫丧匿不举哀，若作乐、释服从吉及改嫁）；十是内乱（谓奸小功以上亲、父祖妾及与和者）。《开皇律》规定，凡犯有以上"十恶"及故杀人狱成者，须重罚，"虽会赦，犹除名"。

《开皇律》中的"八议"，则规定了官僚、贵族的一些特权，若有议亲、议故、议贤、议能、议功、议贵、议勤、议宾八种人犯罪，刑部、大理司等无权审判，必须奏请皇帝裁决，由皇帝根据其身份及具体情况减免刑罚。这"八议"为：议亲，指皇亲国戚；议故，指皇帝的故旧；议贤，指依封建标准德高望重的人；议能，指才能出众之人；议功，指对封建国家有大功勋者；议贵，指大贵族官僚；议勤，指为国为民勤劳有大贡献的人；议宾，指前朝的贵族及其后代。

"其在八议之科及官品第七已上犯罪，皆例减一等。其品第九已上犯者，听赎。""犯私罪以官当徒者，五品已上，一官当徒二年；九品已上，一官当徒一年；当流者，三流同比徒三年。若犯公罪者，徒各加一年，当流者各加一等。其累徒过九年者，流二千里。""八议"对"议"这个刑律术语做了非常具体的语义规定，执法官或私人都不允许做随意解释，又详细列明了"减""赎""当"等处理办法，实现了刑律术语的法定法，防止前朝私人释律现象的发生。

在刑名上，《开皇律》也更是有所建树。虽说各朝各代的刑名都称作"五刑"，但其内涵都有所不同。从以前情况看，有司讯考，皆以法外，法官狱吏往往施以酷刑，"或有用大棒束杖，车辐鞋底，压踝杖桄之属，楚毒备至，多所诬伏"。有的虽文致于法，而每有枉滥，莫能自理。《开皇律》蠲除了前代的各种苛惨之法，要求讯囚时拷打不得超过二百下，枷杖大小，咸为之程品，行杖时不得中途易换行杖人。其刑名具体规定有五："一曰死刑二，有绞，有斩。二曰流刑三，有一千里、一千五百里、二千里。应配者，一千里居作二年，一千五百里居作二年半，二千里居作三年。应住居作者，三流俱役三年。近流加杖一百，一等加三十。三曰徒刑五，有一年、一年半、二年、二年半、三年。四曰杖刑五，自五十至于百。五曰笞刑五，自十至于五十。"这一新的"五刑"以惩罚犯罪为目的，去重就轻，确定了由重而轻，相互衔接，层次分明的五级二十等的刑罚体系，其刑种和刑等的规定相对合理，同时明确，五刑独立适用，以单一刑罚替代了以往的复合刑罚，去除了流刑、徒刑附加的鞭笞刑，标志着刑罚制度已经趋于成熟，也日益完备。

《开皇律》编修完成后，杨坚于开皇元年（581）十月下诏颁之，曰：

> 帝王作法，沿革不同，取适于时，故有损益。夫绞以致毙，斩则殊刑，除恶之体，于斯已极。枭首轘身，义无所取，不益惩肃之理，徒表安忍之怀。鞭之为用，残剥肤体，彻骨侵肌，酷均脔切。虽云远古之式，事乖仁者之刑，枭轘及鞭，并令去也。贵砺带之书，不当徒罚，广轩冕之荫，旁及诸亲。流役六年，改为五载，刑徒五岁，变从三祀。其余以轻代重，化死为生，条目甚多，备于简策。宜班诸海内，为时轨范，杂格严科，并宜除削。先施法令，欲人无犯之心，国有常刑，诛而不怒之义。措而不用，庶或非远，万方百辟，知吾此怀。

这《开皇律》甫一颁布，杨坚想到律令初行，人未知禁，故犯法者众，遂又发下一道诏书申敕四方，敦理辞讼，要求秉公执法。如果觉得案件枉屈，县衙不受理的，可以次经郡及州，至尚书省仍不受理，直接诣阙申诉。若犹不满意，则任其击鼓鸣冤，有司录状后上报朝廷。

然而，《开皇律》的编修毕竟时间短，有些仓促，驳杂抵牾之处在所难免，更主要的是，隋承北周、北齐末世深文致罪之弊，律文中仍保留不少前代苛刻的规定，所以在实行不久，就发现还存有一些问题。一次，杨坚在御览刑部奏文时，看到断狱数犹至万条，认为新律仍然过于严格、邃密，故人多陷罪，举手触禁，动辄犯法。于是他又敕苏威、牛弘等人，更定新律。经过认真拣择，共删除死罪八十一条，流罪一百五十四条，徒杖等千余条，仅保留五百条，自是"刑网简要，疏而不失"。而且杨坚还注意提高行刑人员的素质能力，专门设置律博士弟子，协助判案。凡断决大狱，皆先牒明法，定其罪名，然后依断，并再次下诏，说是："人命之重，悬在律文，刊定科条，俾令易晓。分官命职，恒选循吏，小大之狱，理无疑舛。而因袭往代，别置律官，报判之人，推其为首。杀生之柄，常委小人，刑罚所以未清，威福所以妄作，为政之失，莫大于斯。其大理律博士、尚书刑部曹明法、州县律生，并可停废。"从此诸曹决事，皆令具写律文断之。其后，杨坚又敕诸州长史以下，行参军以上，并令习律，"集京之日，试其通不"。接着下又下诏因除孥戮相坐之法，命诸州囚有处死者，不得驰驿行决，最后更是进一步确定为："决死罪者，三奏而后行刑。"

经过修订，《开皇律》基本上固定了下来。通篇来看，这一律法博采前朝刑律之长，参见前诸先进律学和优良法典，增损前代，又开拓创新，其体系结构精当、严明，疏而不失；刑制宽缓简要，慎刑恤典；立法技术应用得宜，"以""准""比附"等功能性术语熟练巧用，实乃集历代法典之大成，不仅为有隋一朝所采用，亦为后世所推崇和效法。

第十五章　开皇令及格、式

　　"隋承战争之后，宪章舛驳，上令朝臣厘改旧法，为一代通典。"——在组织专人编修《开皇律》的同时，杨坚还令有关朝臣修订了一系列的"令、格、式"，以与"律"并行。

　　有道是"律令格式，天下通规"，律者，法也；令者，尊卑贵贱之等数，国家之制度也；格者，百官有司之所常行之事也；式者，其所常守之法也。"凡邦国之政，必从事于次三者。其有所违及人之为恶，而人于罪戾者，一断于律。"这"律、令、格、式"四种规制，相辅相成，"律以正刑定罪，令以设范立制，格以禁违正邪，式以轨物程事"，即共同构筑起一套完整的法典体系。

　　若从篇制和数量上说，"令"比"律"以及"格""式"都要宽泛。由高颎、苏威等人编撰的《开皇令》就有三十卷，包括《官品》（上、下）、《诸省台职员》、《诸寺职员》、《诸卫职员》、《东宫职员》、《行台诸监职员》、《诸州郡县镇戍职员》、《命妇品员》、《祠》、《户》、《学》、《选举》、《封爵俸廪》、《考课》、《官卫军防》、《衣服》、《卤簿》（上、下）、《仪制》、《公式》（上、下）、《田》、《赋役》、《仓库厩牧》、《关市》、《假宁》、《狱官》、《丧葬》、《杂》等。

　　整部《开皇令》，自第一篇至第九篇说的是各级职官规定，第十至第十二之《祠》《户》《学》大致是以礼入法，第十三及以下主要为吏、兵、礼、度支、都官等部的有关规定。其中，《祠》《丧葬》《仪制》是对祭祀、丧葬之事以及礼仪重新立规，体现了隋朝孝治天下的基本国策，《田》《赋役》《关市》三篇则进一步明确了均田、租调以及关市之赋，相比于以前均有不少新变化。

"夫盛德不泯，义存祀典。"对于祭祀仪礼，杨坚一向看重。"高祖受命，欲新制度，乃命国子祭酒辛彦之议定祀典。"在此基础上，《开皇令》中，将国家祀典分为大、中、小三种，厘清了其等级，确定以昊天上帝、五方上帝、社稷、宗庙等为大祀，星辰、五祀、四望等为中祀，司中、司命、风师、雨师及诸星、诸山川等为小祀。又厘定丧纪，"上自王公，下逮庶人，著令皆为定制，无相差越"。在册封规制上，确定为："临轩册命三师、诸王、三公，并陈车辂。馀则否。百司定列，内史令读册讫，受册者拜受出。又引次受册者，如上仪。若册开国，郊社令奉茅土，立于仗南，西面。每受册讫，授茅土焉。"对释奠先圣先师，《开皇令》也做出了详细规定：国子寺，每年在四仲月上丁释奠。"年别一行乡饮酒礼。"州郡学则以春秋仲月释奠。"学生皆乙日试书，丙日给假。"

国以农为本，民以食为天，自古至今，莫不如此，是故"洪范八政，食为政首"，"王者量地以制邑，度地以居人，总土地所生，料山泽之利，式遵行令，敬授人时，农商趣向，各本事业"。对于土地和赋税，商周时是实行井田制，《周官》太府掌九贡九赋之法，"王之经用，各有等差"。到了春秋战国，鲁宣初税亩，郑产为丘赋，其先王之制，靡有孑遗。秦朝起自西戎，力正天下，驱之以刑罚，弃之以仁恩，以大半之收，修长城绝于地脉，以头会之敛，屯戍穷于岭外。汉高祖承秦凋敝，十五税一，中元继武，府禀弥殷。光武中兴，聿遵前事，成赋单薄，足称经远。其后，"汉之常科，土贡方物，帝又遣先输中署，名为导行，天下贿成，人受其敝"。魏、晋以来，虽用度有众寡，租赋有重轻，大抵不能倾人产业，道阙政乱而已。

南北朝时期，北方的北魏实行了均田制。太和九年（485），北魏孝文帝下诏"均给天下民田"，依人口数来分配田地，规定"诸民年及课则受田，老免及身没则还田"。隋朝开国，继续进行均田，"其丁男、中男永业露田，皆遵后齐之制"。除此之外，杨坚在重颁的《均田令》中，规定成年男丁每人受露田八十亩，种植五谷，再受永业田二十亩，课种桑树五十棵、榆树三棵、枣树五棵，不宜种桑处，按桑田数给予麻田。妇人则每人受露田四十亩，不给永业田。同时，每三口之家给园宅地一亩。各级官吏另有受田，"自诸王以下，至于都督，皆给永业田，各有差。多者至一百顷，少者至四十亩"。京官又给职分田，规定官一品者给田五顷，每品以五十亩为差，至五品则为田三顷，六品二顷五十亩，其下每品以五十亩为差，至九品为一顷。外官除了有自己的职分田，又给公廨田，以供公用。

在《开皇令》的《赋役》中，则对租调做出了规定，总的原则是轻徭薄赋："丁男一床，租粟三石。桑土调以绢䌷，麻土以布绢。䌷以疋，加绵三两。布以端，加麻三斤。单丁及仆隶各半之。未受地者皆不课。有品爵及孝子顺孙义夫节妇，并免课役。"而且，还规定男丁须服劳役，最初力役是每年一个月，后又"减十二番每岁为二十日役，减调绢一匹为二丈"。

至于工商，隋初是将各地能工巧匠征调至京师，从事各种修造及土木之工，"于时王业初基，百度伊始，征天下工匠，纤微之巧，无不毕集"。这些工匠统一由太府寺管理，其他衙署和地方官府也都掌握相当数量的工匠，组成了官府手工业，实行番役制度，规定"役丁为十二番，匠则六番"。对盐池等要害，还进行特别管制，朝廷置总监、副监、丞等员，管东西南北四监，并各置副监及丞。又有皮毛监、副监及丞、录事，管理皮毛生意。"缘边交市监及诸屯监，每监置监、副监各一人"，其中，畿内者隶属司农寺，以外者则归诸州管理。酿酒起先也由官府专营，官置酒坊收利，禁止百姓私酿。《开皇令》中，则罢酒坊，通盐池、盐井与百姓共之，遂使百姓得利，"远近大悦"。

而对整个商市，在开皇元年（581），杨坚就发下诏令，"除入市之税"，且又逐步统一了天下货币。——这对于工商贸易发展十分重要。钱乃货泉，其藏曰泉，其行曰布。"古之为市，所有易所无，布币金刀龟贝之法穷，钱始行。"原北周、北齐所铸钱凡四等，及民间私钱，名品甚众，轻重不等，杨坚遂下令更铸新钱，"背面肉好，皆有周郭，文曰'五铢'，而重如其文，每钱一千重四斤二两"。等新钱铸成后，杨坚便在《开皇令》中悉禁古钱及私钱，推行新的五铢钱。其后，还在各处关门放置新五铢钱样，"勘样相似，然后得过"。凡发现有不同样者，即没收入官予以销毁。与此同时，杨坚又审度、嘉量、衡权，统一度量衡，规定以周尺为官尺，以古斗三升为一升，古秤三斤为一斤，并且"为铜斗铁尺，置之于肆，百姓便之"。

开皇二年（582），各种"令"制定完成，略依《周礼》著内官之"式"以及"格"等也定下了下来。七月，杨坚下诏，正式颁布实行。

第四篇

　　中国历史源远流长，五千年的文明灿烂辉煌。这固然如此，但厚重而绵长的中国历史却往往与战乱、动荡、苦难联系到一起，太平光景委实不多。在此境况下，杨坚所开创的"盛世"就越发出彩，弥足珍贵。

　　隋朝建立之初，由于历经战乱，国力孱弱，民生疲敝，是故皇帝杨坚重视国计民生，"内修制度，外抚四夷"，大力发展农业，轻徭薄赋以解民困，又"大索貌阅"，检括户口、人丁，以增加国家税收，改善经济，尽扫魏晋南北朝以来隐瞒户籍之积弊。通过政治、经济、文化、军事等一系列改革创新，政治清明，人口增加，府库充实，外患不生，社会呈现了一片繁荣，百姓日渐安居乐业，史称"开皇之治"是也。

　　在这一时期，杨坚勤理政务，"大崇惠政，法令清简，躬履节俭，天下悦之"，展现了他卓越的治国理政才能。大名士薛道衡曾作过一篇《高祖文皇帝颂》，其词曰："……留心政术，垂神听览，早朝晏罢，废寝忘食，忧百姓之未安，惧一物之失所。行先王之道，夜思待旦；革百王之弊，朝不及夕。见一善事，喜彰于容旨；闻一愆犯，叹深于在予。薄赋轻徭，务农重谷，仓廪有红腐之积，黎萌无阻饥之虑。天性弘慈，圣心恻隐，恩加禽兽，胎卵于是获全，仁沾草木，牛羊所以勿践。至于宪章重典，刑名大辟，申法而屈情，决断于俄顷，故能彝伦攸叙，上下齐肃。左右绝谄谀之路，缙绅无势力之门。小心翼翼，敬事于天地；终日乾乾，诚慎于亢极。陶黎萌于德化，致风俗于太康……"作颂曰："……五运叶期，千年肇旦，赫矣高祖，人灵攸赞。圣德迥生，神谋独断，瘅恶彰善，夷凶静难。宗伯撰仪，太史练日，孤竹之管，云和之瑟。展礼上玄，飞烟太一，珪璧朝会，山川望秩。占揆星景，移建邦畿，下凭赤壤，上叶紫微。布政衢室，悬法象魏，帝宅天府，固本崇威。匈河瀚海，龙荒狼望，种落陆梁，时犯亭障。皇威远慑，帝德遐畅，稽颡归诚，称臣内向……"

文人夸起人来，特别是夸起有权有势、比自己官大的人来，往往骈四骊六，锦心绣口，滔滔不绝，其实有时就有些不着四六，显得非常之虚假。就连杨坚的亲儿子、隋炀帝杨广在看完这篇"颂"后，也觉得过了头，很是不悦，甚至还主观臆断："道衡致美先朝，此《鱼藻》之义也。"怀疑作者像古诗《鱼藻》一样讽刺君王。实在说，薛道衡此文辞藻虽则铺张，文句过于雕琢，但文思还算优美，所言还算切合实际，不失为一篇好文章。杨坚确实能够经天纬地，安邦定国，值得浓墨重彩，歌之颂之。

一个人能力多强才算是强，一个皇帝究竟多么有为才算伟大？杨坚在建隋后，能够迅速振兴国家，保持政治清明，社会安定，当算精明强干。能迅速打败突厥，让华夏汉族不再饱受欺凌，两百多年来终于扬眉吐气，在整个中国历史上就难有什么王朝望其肩项，没有几个皇帝能与其媲美。而他在戎马倥偬之际所建立的各项制度，不仅惠及当代，还能垂诸后世，则更显示出他之才能和伟大来。

第十六章　宫中"二圣"

转眼间，隋朝开国已经两年了。在这两年时间里，皇帝杨坚创规定制，重农本，薄赋敛，建都城，如此等等，不一而足，可谓励精图治，政绩斐然。他向来勤奋，成了皇帝后，更是勤政不怠，"每旦临朝，日侧不倦"。与官员们引坐论事时，常常错过吃饭时间，只好让"宿卫之士，传飧而食"——随便找人弄些吃食充饥。回到燕寝仍不肯休息，继续焚膏继晷，批阅章奏。像在开皇三年（583）三月十八日，他刚迁入大兴宫时，还有闲情雅致，与独孤皇后一起赏阅宫阙楼阁，雨景中弄些情趣，实属罕见，少之又少。

而对于独孤皇后，杨坚一直十分爱恋，"甚宠惮之"。天地间最为尊贵的皇帝皇后，却如平常夫妇般同起同居，几乎形影不离。就是杨坚每日临朝，独孤皇后也都与他一同乘坐车辇，相携而行，至殿阁乃止。并且，她还另外安排宦官伺察杨坚的行为，若发现政有所失，有何不妥，立即匡正谏净。等杨坚退朝，独孤皇后又早已等候在外，与他一起返回燕寝。杨坚每次跟她言及政事，往往意合，多所弘益。如此，宫中称帝、后为"二圣"。

不过，这独孤皇后虽热心于朝政，喜欢出头露面，然颇知书达礼，"初亦柔顺恭孝，不失妇道"，谦卑自守，知政却不干政，免得逾规越矩。有司曾奏称：据《周礼》之义，百官之妻，命于王后，请本朝也依古制而行。独孤皇后不以为然，说妇人与政，或许从此为渐，我不能开这个头，马上予以拒绝。皇帝杨坚提倡孝治，思弘名教，孝理天下，独孤皇后即身体力行，率先垂范，"见公卿有父母者，每为致礼焉"。也经常告诫自己的女儿们说："周家公主，类无妇德，失礼于舅姑，离薄人骨肉，此不顺事，尔等当诫之。"

独孤皇后秉性俭约，起居俭朴，不嗜奢华。有一次，杨坚曾想配制"止利药"，须用胡粉一两。这种东西平常宫中不用，多方搜求，最后还是没有得到。杨坚又曾想赏赐给一位柱国之妻织成衣领，宫中竟然也是没有。

突厥尝与隋朝交市，有明珠一箧，价值八百万。幽州总管阴寿报于独孤皇后，劝她买下。独孤皇后回答道："非我所须也。当今戎狄屡寇，将士罢劳，未若以八百万分赏有功者。"百僚听后，莫不感动，赞叹不已。

不知是皇后感染了皇帝，还是皇帝本就素朴，撙节用度，躬行节俭，反正杨坚在生活上与独孤皇后如出一辙，都对自己要求严格，从不铺张浪费。"其自奉养，务为俭素，乘舆御物，故弊者随宜补用；自非享宴，所食不过一肉；后宫皆服浣濯之衣。"外间官员不知皇帝真的如此俭省，认为不过是装装样子，可就触了霉头，摊上事了。曾有一天，有司送干姜到宫中，以布袋贮之，正好被杨坚瞧见，认为这是靡费之举，便大加谴责。谁知此司官员殷鉴不远，下次进香时，复以毡袋装裹，惹得龙颜大怒，把这位官员抓来痛笞一顿，以示惩戒。

杨坚不仅自己节俭，也在全国大倡勤俭之风，以移风易俗，破旧立新。早在开国之初，他就三令五申，要革除颓靡腐败，"诏犬马器玩口味不得献上""太常散乐并放为百姓""禁杂乐百戏"……这些诏令都切实得到了执行。元宵节是个隆重的节日，每年这时候，家家户户张灯结彩，"斜晖交映，倒影澄鲜"，街上火树银花，人潮如涌，热闹非常。不过热闹归热闹，人们欢乐归欢乐，却也因递相夸竞，花销颇多，靡费财力，又容易搞得乌烟瘴气，有悖礼仪。由此，时任治书侍御史的柳彧上奏，说是见京邑内外，每以正月望夜，充街塞陌，聚戏朋游。"鸣鼓聒天，燎炬照地，人戴兽面，男为女服，倡优杂技，诡状异形。以秽嫚为欢娱，用鄙亵为笑乐，内外共观，曾不相避。高棚跨路，广幕陵云，袨服靓妆，车马填噎。肴醑肆陈，丝竹繁会，竭赀破产，竞此一时。尽室并孥，无问贵贱，男女混杂，缁素不分。秽行因此而生，盗贼由斯而起。浸以成俗，实有由来，因循敝风，曾无先觉。非益于化，实损于民。"因此，请求皇上颁行天下，并即禁断。杨坚本就崇俭，奉行集权、等级、循礼，主张山川海内规范有序，因而对柳彧的建议很是认同，马上"诏可其奏"。

作为皇帝，杨坚如此"克勤于邦，克俭于家"，兴利除弊，可非是他本人生性吝啬、小气，事实上，当钱财用在公务、"正事"上时，他还是相当慷慨大方的，"虽啬于财，至于赏赐有功，即无所爱；将士战没，必加优赏，仍遣使者劳问其家"。而且，他还极爱护百姓，在登基后，即"以官牛五千头分赐贫人"，"战亡之家，遣使赈给"。开皇二年（582）三月，"开渠，引杜阳水于三畤原"。同年十月，在享百僚于观德殿时，"赐钱帛，皆任其自取，尽力而出"。这几年来，杨坚经常出宫，亲自体察民情，嘘寒问暖，关怀备至。"尝遇关中饥，遣左右视百姓所食。有得豆屑杂糠而奏之者，上流涕以示群臣，深自咎责，为之撤膳，不御酒肉者殆将一期。"就连他自己和皇后莺迁大兴宫，适逢下雨，也是想到了天旱，庄稼需要雨水呢。

"昨喜迁，降下一场好雨，吾云定是吉兆。今大兴城内果出醴泉也！'甘露时降，万物以嘉，谓之醴泉。'《礼记·礼运》中，曰'故天降膏露，地出醴泉'。《东观记》亦云：'光武中元元年，醴泉出京师，人饮之者，痼疾皆除。'"

昨晚，有司来报："京师醴泉出。"今日一早，独孤皇后与杨坚相谈的就是这事儿。迁入大兴宫后，独孤皇后也像以往一样，陪皇帝杨坚早朝，一直送到大兴殿门口。

"出醴泉，确为祥瑞之事。然朕不奢人饮后除甚痼疾，只喜京师百姓又多处饮水之地。若泉水再旺，流出后灌园、浇地，才更好也。"

杨坚笑着说道。今天是第一次在新宫上早朝，又有这等祥瑞应时而出，他显然很高兴。

"陛下真乃有道明君也，总系百姓苍生。'良君将赏善而除民患，爱民如子，盖之如天，容之若地。'天下百姓有福矣。"

这独孤皇后倒是直爽，皇帝若有所失，"随则匡谏"。到了该夸的时候，也不藏着掖着。

"皇帝代天牧民，能不关心民瘼，呵护苍生焉？"

"极是！皇者，天也，给予万物生机；帝者，生物之主，兴益之宗，本具生育之功。皇帝皇帝，煌煌盛美，德配天地，群天下万民而除其害。陛下经邦济世，体恤百姓，又踔厉奋发，大有作为，天下岂不大治，隋之江山社稷敢不稳固乎！"

"今才发轫也。天下多事，丝纷棋布，有诸多事当做，又有诸多事未做耳。"

"然已有此良好开端。知易行难。'河冰结合，非一之日寒；积土成山，非斯须之作。'有隋以来，百姓日子显已好过前朝，府库亦有所充实，司农不再仰屋，最是规制几定，事归于职也哉。"

"朕尚需发奋，决不懈怠。何时天下大统，物阜民丰，万姓胪欢才好矣。"

"伏望陛下毋过操劳。一张一弛，乃文武之道。尤勿忘膳食也。"

"唔。卿且回去。才迁入新宫，后宫之事亦需安排妥帖，措置裕如。"

杨坚痛快地答应下来。今天他的心情格外好，精神格外爽快，早朝晏罢，接着又与朝臣们议事。到了午膳时间，他本打算遵从独孤皇后的嘱咐，好好按时吃上一顿，可当看到秘书监牛弘以典籍遗逸、请开献书之路的表奏时，又忘记了用膳。

这经籍所兴，由来已久，"爻画肇于庖义，文字生于苍颉，圣人所以弘宣教导，博通古今，扬于王庭，肆于时夏"，因而握符御历、有国有家的君王，莫不以《诗》《书》作为教化，凭礼乐才成大功。但诚如牛弘所言，上古典籍因屡经丧乱，率多散逸。北周宇文氏创基关右，戎车未息，在保定初年，书只八千，后加收集，仅盈万卷。平定北齐后所得旧书，不过裁益五千而已。目前，隋朝御书单本，总计只合一万五千余卷，且部帙之间，仍有不少残缺。至于阴阳河洛之篇，医方图谱之说，弥复为少。自古经邦立政，在于典谟，"为国之本，莫此攸先"。鉴于当今天下图书，尚有很多遗逸，流落在了私家，牛弘遂请勒之以天威，引之以微利，"猥发明诏，兼开购赏，则异典必臻，观阁斯积，重道之风，超于前世"。

杨坚本人虽没读过多少经籍，但对于诗书的教化之功，却颇为看重。如今自己君临区宇，深根固本，人逸兵强，正应当大弘文教，纳俗升平。现在牛弘提起搜集图书之事，也是廓开大计，固本之策，实在仁言利博，大有道理。由是杨坚当即予以应允，发出诏书，购求遗书于天下：每献书一卷，赏缣一匹。

就这么升班坐朝、进行朝议、批阅章奏、颁发诏书，杨坚在高高兴兴、忙忙碌碌中又过了一天。此后一连数日，他也都挺高兴的，感觉与朝臣们议起事来，越发高效，发言降诏，辞义也更加可观。只是当他听说突厥和吐谷浑又来入侵时，心里才觉不爽，甚感不快。

第十七章　绥靖之策

这突厥是匈奴的别支，"平凉杂胡也"，姓阿史那。北魏太武帝灭匈奴沮渠氏时，阿史那氏以五百家逃奔茹茹（即柔然），世居金山之阳。因金山状如甲士所戴的兜鍪，当地人俗称兜鍪为"突厥"，阿史那也便以此为号。

北魏末年，突厥渐渐兴起。其首领木杆可汗勇而多智，在灭掉茹茹之后，又"西破挹怛，东走契丹，北方戎狄悉归之，抗衡中夏"。其后突厥与西魏合兵入侵东魏，抵达太原。

木杆可汗在位二十年，死后舍其子大逻便而立其弟，是为佗钵可汗。佗钵以其长兄子摄图为尔伏可汗，统其东面，以其弟褥但可汗子为步离可汗，使居西方。当时佗钵可汗实力不小，兵强马壮，"控弦数十万，中国惮之"。由于北周与北齐对立，遂争相拉拢他。北周与其和亲，且一年要献纳缯絮锦彩十万段，"突厥在京师者，又待以优礼，衣锦食肉者，常以千数"。北齐也与其结为姻好，"倾府藏以事"。故佗钵益骄，尝呼周、齐为两儿，每谓其下曰："我在南两儿常孝顺，何患贫也！"

已而北周灭齐，"鹬蚌相争、渔翁得利"的局面被打破，突厥自然扫兴，怏怏不乐。因之，当原北齐定州刺史、范阳王高绍义投奔过来时，佗钵可汗立即许为臂助，立他为齐帝，凡北地的齐人悉数归其属下，并与营州刺史高宝宁联络，共同举兵南向，声言为北齐复仇。北周建德七年（578）四月，佗钵入寇幽州，杀略居民。武帝宇文邕亲总六军北伐，不幸赍志而殁。是冬，佗钵复又寇边，围困酒泉，大掠而去。

北周大象元年（579），佗钵忽又想与北周交好，请求和亲。北周嫁宗女千金公主于他，以司卫上士长孙晟护送，要求他执送高绍义以示诚意。佗钵初不肯应，经过一番周折后，方才答应下来，将高绍义交与北周，两相通好。才越一年，佗钵病故。临终前，欲立其侄子大逻便为可汗。因大逻便的母亲出身微贱，众人不服，而佗钵的儿子菴罗之母亲地位尊贵，素为突厥族人敬重。等尔伏可汗摄图奔丧到来后，慨语族人道："若立菴罗者，我当率兄弟以事之；如立大逻便，我必守境，利刃长矛以相待矣。"摄图年长，又勇猛雄壮，突厥族人皆惮，莫敢抗拒，于是终立菴罗为嗣。大逻便没有被立为可汗，心中不服，常遣人詈辱菴罗。菴罗不能制，便将汗位让于摄图。摄图遂号伊利俱卢设莫何始波罗可汗，又号沙钵略，治都斤山。菴罗降居独洛水，称第二可汗。那大逻便又去质问沙钵略说："我与你俱可汗子，各承父后。你今极尊，我独无位，是何道理？"沙钵略以此为患，被迫封大逻便为阿波可汗，使其统领突厥北部。又让叔父玷厥为达头可汗，管辖西方。如此，诸小可汗各统部众，分镇四面，沙钵略居中抚驭，一时颇得众心。

却说随送千金公主出塞的长孙晟完成使命后，因突厥可汗爱其善射，遂将其留居，命诸子弟、贵人与之亲近，以学射术。其中，摄图的弟弟处罗侯跟长孙晟关系最好，两人密与相暱，约为心腹。——这处罗侯号突利设，甚得部众人心。及至其兄继立可汗，称沙钵略后，对处罗侯甚为顾忌，听说他与长孙晟已暗中结盟，便速让长孙晟南归。长孙晟留居突厥年余，得以察考彼地山川形势，及部众强弱。其时，杨坚已官至大丞相，掌控了北周朝政。待长孙晟返回长安后，便一一启闻。杨坚大喜，马上擢其为奉车都尉。

按突厥遗俗，父、兄死后，子、弟可妻其后母及嫂。那北周的千金公主出塞和亲，甫及一载，便成嫠妇。继承汗位的沙钵略便依照俗例，纳千金公主为妻，仍让她再做可贺敦，也就是可汗的王后。等杨坚篡周、隋朝开国，千金公主伤其宗祀覆灭，日夜言于沙钵略，请他为北周复仇。沙钵略本就因隋朝开始对突厥礼薄、停止岁贡而感到愤闷，自己钟爱的可贺敦又在那儿添枝加叶，絮聒不休，更感气忿，乃召集臣属道："我周家亲也，今隋公自立而不能制，复何面目见可贺敦乎！"臣属相率听命。沙钵略即遣使去营州，与高宝宁连约，并"约诸面部，谋共南侵"。

隋朝新立，尝无暇他顾，面对气势汹汹、咄咄逼人的突厥，苦无计策。长孙晟闻知，上书计事，略云："臣闻丧乱之极，必致升平，是故上天启其机，圣人成其务。伏惟皇帝陛下，当百王之末，膺千载之期，诸夏虽安，戎场尚梗，兴师致讨，未是其时，弃于度外，又复侵扰。故宜密运筹策，渐以攘之。玷厥之于摄图，兵强而位下，外名相属，内隙已彰，鼓动其情，必将自战。处罗侯为摄图之弟，奸多而势弱，曲取于众心，国人爱之，因为摄图所忌，其心殊不自安，迹示弥缝，实怀疑惧。又阿波首鼠，介在其间，颇畏摄图，受其牵率，唯强是与，未有定心。今宜远交而近攻，离强而合弱，通使玷厥，说合阿波，则摄图回兵，自防右地。再引处罗，遣连奚霫，则摄图分众，还备左方，首尾猜嫌，腹心离沮，十数年后，乘衅讨之，必可一举而空其国矣。"

杨坚览表，叹为至计，马上将长孙晟召来，与之商讨战守事宜。长孙晟复口陈形势，手画山川，状写虚实，皆如指掌。杨坚益喜。开国功臣、老将梁睿此时也上书，"陈镇守之策十余事"，说戎狄作患，由来已久，防遏之道，自古为难，"所以周无上算，汉收下策，以其倏来忽往，云屯雾散，强则骋其犯塞，弱又不可尽除故也"。针对突厥主要以骑兵作战、灵活机动的特点，梁睿还提出以静制动，"安置北边城镇烽候，及人马粮贮战守事"。杨坚深以为然，对梁睿

"嘉叹久之，答以厚意"。

于是，杨坚便依长孙晟和梁睿之策，做出了一番布置。继开皇元年（581）四月发稽胡修筑长城后，是年十二月，又敕沿边增修要塞屏障，加固长城。其后又命司农少卿崔仲方"发丁三万，于朔方、灵武筑长城，东至黄河，西拒绥州，南至勃出岭，绵亘七百里"，令其"发丁十五万，于朔方以东缘边险要筑数十城，以遏胡寇"。同时，分遣上柱国阴寿镇幽州、京兆尹虞庆则镇并州，"屯兵数万以备之"。还命上柱国、右武侯大将军窦荣定出镇宁州，以加强该地军备。

开皇元年（581）十二月，杨坚派遣太仆元晖西向，出伊吾道，使诣突厥达头可汗，赐以狼头纛，谬为钦敬，礼数甚优。达头可汗非常高兴，随即遣使入隋，隋又故意将其使者置于沙钵略来使之上，以激起沙钵略的猜忌和恼怒。在突厥东面，更是派出了反间计谋主长孙晟本人出黄龙道，赍币赐予奚、霫、契丹等族，大加收买，并在其向导下，来到处罗侯所居之地，"深布心腹，诱令内附"。突厥沙钵略可汗与其他部落"果相猜贰"，离心离德，大隋反间计成。

在隋朝开国之初，除了北面的突厥和高宝宁"虎视耽耽，其欲逐逐"之外，南面的陈朝和西面的吐谷浑也伺机攫取，鹰挚狼食。还在尉迟迥、司马消难、王谦发动三方反叛时，尉迟迥就曾"北结高宝宁以通突厥，南连陈人，许割江淮之地"，司马消难更是"使其子泳质于陈以求援"。到了三方反叛被平，那司马消难率其麾下，归于南陈，做起南陈的大都督、总督九州八镇诸军事、司空，赐爵随公都督。当初为了配合司马消难南投，南陈即以镇西将军樊毅进督沔、汉诸军事，南豫州刺史任忠（又称任蛮奴）率军攻历阳，超武将军陈慧纪为前军都督，攻南兖州。那会儿，陈军的攻势颇为迅猛，前锋连破数城，通直散骑常侍淳于陵越过长江，克临江郡；智武将军鲁广达克郭默城。北周将领王延贵率众援历阳时，也为任忠击破，自己被生擒。借此之机，南陈不但支援了司马消难，也使都城建康一带防线得以稳固，而且还夺取了江北不少要地。随后杨坚建立的隋朝便与陈有了纷争，国之南境狼已入室，处在风雨飘摇之中。

而在西面，吐谷浑又批吭捣虚，趁火打劫。这吐谷浑出自辽西鲜卑，晋末西迁，止于甘松之南，洮水之西，南至白兰山，有数千里之地。其可汗叫吕夸，在北周、北齐时期，吐谷浑因与北周相邻，有直接冲突，故远交近攻，一方面频频通使丁齐，以为外援；另一方面不断攻击河西、陇右，与北周敌对。北周也因吐谷浑寇抄不止，缘边多被其害，多次出兵讨伐。隋朝刚一建立，吐谷浑就发兵入侵弘州。杨坚以弘州地旷人稀，难以坚守，因而废之，对其忍让、迁就。然而吐谷浑却得寸进尺，再攻凉州。

如此以来，隋朝陷入了四面受敌的险境。东北是高宝宁，漠北有突厥，西面是吐谷浑，南边是陈朝，四方之敌相继进犯，形势岌岌可危。这对于皇帝杨坚，无疑是极大的考验，若不深谋远虑，策无遗算，则新兴的隋朝就有可能马上残破，甚至亡国，更甭提还要一统天下、使四夷宾服了。好在杨坚从一开始就以理绥静，尽量绥边抚裔，嘉靖殷邦，以安抚外敌，避免了盾激化和事态扩大，从而为下一步行动赢得了时间。也好在除了突厥和高宝宁屡有联合外，这几方之敌各自为战，若是结成联盟，协同起来，分进合击的话，隋朝就难以兼顾、抵抗不住了。

当然，采取绥靖之策并非一味退让，姑息迁就，贪图苟安，还要审时度势，发起反击，才能转变态势，求得安定。在筹划妥当、做好各方面的准备之后，杨坚可是要与敌刀兵相见、鹰撮霆击了。

第十八章　平南

从面对的敌手来看，虽说南陈算是天朝正统，占据江南之地，疆域辽阔，兵多将广，但这段时间内部矛盾重重，且水军步战，非是隋军对手；吐谷浑贫多富少，国力甚微，又军制落后，难以形成强大攻势；突厥性残忍，善骑射，北夷皆归附之，实力最为强大；高宝宁偏居一隅，不仅自己有实力，还能号召契丹和靺鞨，甚至能获得高句丽的支持，又动辄与突厥联手，其危害程度更甚于外敌，不容小觑。

基于以上分析，杨坚决定集中优势兵力，由弱到强，先拿南陈下手，再依次讨伐吐谷浑、突厥和高宝宁，从而打破当前险恶之局，改变四面受敌的不利处境。

开皇元年（581）三月，杨坚以上开府仪同三司贺若弼为吴州总管，镇广陵；和州刺史韩擒虎为庐州总管，镇庐江，做出了反击南陈的军事部署。贺若弼"少慷慨有大志，骁勇便弓马，解属文，博涉书记，有重名于当世"，在北周时期就曾参与伐陈，攻夺陈朝江北之地，连拔数十城，威震南方。韩擒虎也是"少慷慨"，以胆略见称，容貌魁岸，有文武才用，夙著声名。这两位当算隋朝最厉害的大将，杨坚将其分置于广陵和庐州，与南陈直接对峙，显见对陈之战的重视。

不过他做此部署安排，也并非为了与南陈拼死决战，还是想适度教训一下，能稳住南面局势就行。其实，早在隋朝刚开国之时，老将梁睿就曾上平陈之策，请缨伐陈了。杨坚对此颇为赞许，然却没有应允，只是予以优诏，进行了一番解释和安慰："公英风震动，妙算纵横，清荡江南，宛然可见。循环三复，但以欣然。公既上才，若管戎律，一举大定，固在不疑。但朕初临天下，政道未洽，恐先穷武事，未为尽善。昔公孙述、隗嚣，汉之贼也，光武与其通和，称为皇帝。尉佗之于高祖，初犹不臣。孙晧之答晋文，书尚云白。或寻款服，或即灭亡。王者体大，义存遵养，虽陈国来朝，未尽藩节，如公大略，诚须责罪，尚欲且缓其诛，宜知此意。淮海未灭，必兴师旅，若命永袭，终当相屈。想以身许国，无足致辞也。"

由此可见，杨坚考虑问题一直是相当缜密的，谋篇布局沉着、老练，深猷远计。如今，讨伐南陈的军事行动业已展开，他依然沉心静气，通计熟筹。在给寿州总管元孝矩的玺书中，对伐陈战事做出明确指示：

> 扬、越氛昆，侵轶边鄙，争桑兴役，不识大猷。以公志存远略，今故镇边服，怀柔以礼，称朕意焉。

在"怀柔以礼"的原则下，元孝矩和贺若弼、韩擒虎等将开始准备与陈军交战。南陈那边可是率先发起进攻了。开皇元年（581）九月，陈将周罗攻取隋胡墅城，萧摩诃再次率军攻打江北。陈纪、任蛮奴、周罗睺、樊毅等将也各率军侵入隋江北之地，"西自江陵，东距寿阳，民多应之，攻陷城镇"。面对此等严峻形势，杨坚丝毫没有慌乱，一面调派上柱国长孙览和元景山为行军元帅，发兵入寇；一面命尚书左仆射高颖赶赴前线，节度诸军。

按照高颖统一指挥调度，隋军集中优势兵力，展开反击。东南道行军元帅长孙览，统八总管出寿阳，水陆俱进，悉复失地，师临长江。大将于颛坚守江阳，击退陈将钱茂和所部率数千人的偷袭，随后又与陈将陈纪、周罗睺、燕合儿等激战，将他们一一拒之而退。徐州总管源雄与贺若弼平定了响应陈军作乱的东潼州刺史曹孝达，将失地尽复。开皇二年（582）正月初，行军元帅元景山率行军总管韩延、吕哲出汉口，前锋直取南陈甑山镇。南陈遣大将陆纶率舟师前来增援，又被一举击破，甑山、沌阳二镇守将皆弃城而遁。陈将鲁广达、陈纪以兵守涢口，元景山复遣兵击走之。

至此，隋朝发起的反击战取得了全面胜利，江北失地俱被收复。隋军一下将战线推至长江北岸，沿江布列，大有乘胜渡江之势。陈人大骇，举朝大震。那陈宣帝陈顼志复旧境，本想借北朝混乱时期，收复淮南，开拓土宇，没想到看错了隋代周兴的形势，被打得大败，遂又羞又恼，急火攻心，于开皇二年（582）正月初十，撒手人寰了。

陈宣帝在去世前，留下遗诏，让太子陈叔宝继位，说其"继体正嫡，年业韶茂，篡统洪基，社稷有主"，让"群公卿士，文武内外，俱罄心力，同竭股肱，送往事居，尽忠诚之节，当官奉职，引翼亮之功"。孰料公卿大臣们倒是"协和"，没甚动静，其亲生子嗣却出了问题。陈宣帝的第二个儿子陈叔陵，与太子陈叔宝同父异母。此人性苛刻狡险，阴有异志，一直想取代太子，将来自己好继承帝位。就在父皇逝后的第二天早晨，太子陈叔宝"哀顿俯伏"，闷绝于地，陈叔陵即乘机用"锉药刀"砍中他的颈项。陈叔宝的生母柳皇后见状急忙来救，也被连砍数下。亏得太子四弟、长沙王陈叔坚扑上前去，用手扼住陈叔陵，夺下他手中的锉药刀，然后用他自己的衣袖将他捆在柱子上。那陈叔陵力气颇大，挣脱开衣袖，冲出云龙门，乘车驰返自己的住所东府城，并马上令左右随从切断通往宫城的青溪道，令赦免东府城囚徒以充战士，又遣人前往新林，召回所部兵马。他自己则穿上甲胄，戴白布帽，登城西门招募百姓。仓促之下，陈叔陵总共聚得一千兵马，打算据城自守，等待援兵。

时陈军都被部署在沿江一带防守隋军，宫廷内外兵力空虚。陈叔坚启奏柳皇后，抓紧召来右卫将军萧摩诃，命其统率步、骑兵数百人攻东府城，屯于城西门外。

陈叔陵自知敌不过萧摩诃，无奈之下，回到自己府内，把王妃张氏及宠妾七人沉入井中，自己带着几百名兵士自小航渡河，想逃往新林，再乘舟投奔隋朝。行至白杨路时，遭萧摩诃军截击。陈叔陵部下多弃甲溃去，本人被萧摩诃部将刺落马下，并马上被斩首。一场混乱总算平息了下来。

太子陈叔宝惊魂未定，还好保住了性命。开皇二年（582）正月十三日，他带着颈伤，即皇帝位。

本来在江北就接连兵败，铩羽而归，自己内部又发生了这么大的变故，新即位的陈叔宝怎敢与隋朝叫板。正月二十四日，他遣使请和于隋，并把去年夺取的胡墅城归还给隋朝。

在前线监军的尚书左仆射高颎针对此等状况，也主要是他很能揣摩皇帝杨坚的心意，知道杨坚虽则志存高远，但这时候是"以理绥静"，不想继续征伐南陈，于是上疏：礼不伐丧。二月十五日，杨坚诏令高颎等人班师回朝。

第十九章　西和吐谷浑

差不多在南线对陈军作战的同时，隋朝在西面也向吐谷浑发起了强劲的反击。

开皇二年（582）八月，在给上大将军、行军元帅元谐的诏令中，杨坚嘱咐道：

> 公受朝寄，总兵西下，本欲自宁疆境，保全黎庶，非是贪无用之地，害荒服之民。王者之师，意在仁义。浑贼若至界首者，公宜晓示以德，临之以教，谁敢不服也！

这就清楚地表明，与吐谷浑的争战也跟对南陈一样，旨在边疆稳定，保境息民。因而当吐谷浑王吕夸派其大将、定城王钟利房率骑三千渡河，连结党项，猛冲过来时，元谐也不慌不忙，按照杨坚的统一布置，率行军总管贺娄子干、郭竣、元浩等，以步骑数万，从鄯州出击，邀其归路，只作局部战斗。那钟利房来势汹汹，集结两万兵马，与元谐展开大战，被元谐击败。隋军乘胜进击青海湖，前锋直指其大本营。吐谷浑王吕夸忙征发国中所有兵士，自曼头至于树敦，反扑过来。其太子可博汗以劲骑五万冲在前面，双方再次鏖战，杀声震天，烟尘蔽日。可博汗抵挡不住，一路溃退，隋军追奔三十余里，俘斩万计。吕夸自己率亲兵远遁，吐谷浑举国震骇。

到此地步，根据杨坚的事先布置，元谐停止进攻，改派使者到吐谷浑，谕以祸福，招其降附，结果，"其名王十七人、公侯十三人各率其所部来降"，杨坚大悦，专门为元谐下诏曰："褒善畴庸，有闻前载，谐识用明达，神情警悟，文规武略，誉流朝野。申威拓土，功成疆场，深谋大节，实简朕心。加礼延代，宜隆赏典。可柱国，别封一子县公。"同时，以吐谷浑高宁王移兹裒素得众心，"拜为大将军，封河南王，以统降众，自余官赏各有差"。善后事宜安排妥当，隋军随即撤回，只以行军总管、上开府贺娄子干镇凉川，防止吐谷浑再起和突厥入侵。

不久，吐谷浑复来寇边，隋朝西方多被其害，杨坚命贺娄子干予以讨之。贺娄子干以旭州刺史皮子信出兵抵拒，为吐谷浑所败，皮子信战死。汶州总管梁远驰驿至河西，发河西凉、甘、瓜、鄯、廓五州锐卒，深入到吐谷浑境境内，"入掠其国，杀男女万余口，二旬而还"。是役，再次打出了隋军的声威，以至于此后吐谷浑又寇岷、洮二州时，一听到贺娄了干大名，便胆战心惊，望风而遁。

在反击吐谷浑取得大胜后，杨坚鉴于陇西一带不设村坞，频被寇掠，故给贺娄子干发出一道敕书，要求他勒民为堡，营田积谷，以备不虞。贺娄子干没有"准诏行事"，认为陇西、河右，土旷民稀，边境未宁，百姓多以畜牧为事，不可广为田种。而且从以往的屯田情况来看，获少费多，虚役人功，卒逢践暴，不如将边远地方的那些屯田尽皆废除，使各镇戍连接，烽候相望，只在要路之所，加其防守，则"民虽散居，必谓无虑"。杨坚采纳了他的建议。此后在几年的时间里，吐谷浑没有侵扰隋境。

再说吐谷浑内部，其王吕夸在位多年，屡因喜怒无常，"废其太子而杀之"。后来，新立的太子惧怕被父王废辱，便图谋执吕夸投降隋朝，向隋朝边官请求援兵。秦州总管、河间王杨弘请将兵应之，杨坚不许。结果，这个太子谋露，被其父吕夸所杀。吕夸又立少子嵬王诃为太子。叠州刺史杜粲请乘吐谷浑内乱而出兵征讨，杨坚还是不予允许。

开皇六年（586），吐谷浑太子、崛王诃惧怕被父王吕夸诛杀，谋率部落一万五千人降隋，"遣使诣阙，请兵迎接"。杨坚不从，对侍臣说："浑贼风俗，特异人伦，父既不慈，子复不孝。朕以德训人，何有成其恶逆也！吾当教之以养方耳。"遂对崛王诃遣来的使者答复道："朕受命于天，抚育四海，望使一切生人皆以仁义相向。况父子天性，何得不相亲爱也！吐谷浑主既是崛王之父，崛王是吐谷浑主太子，父有不是，子须陈谏。若谏而不从，当令近臣亲戚内外讽谕。必不可，泣涕而道之。人皆有情，必当感悟。不可潜谋非法，受不孝之名。溥天之下，皆是朕臣妾，各为善事，即称朕心。崛王既有好意，欲来投朕，朕唯教崛王为臣子之法，不可远遣兵马，助为恶事。"

见杨坚是这个态度，崛王诃只好中止了投奔隋朝的谋划。

又过了两年，吐谷浑名王拓拔木弥请以千余家归顺隋朝，杨坚也还是没有答应，曰：

溥天之下，皆曰朕臣，虽复荒遐，未识风教，朕之抚育，俱以仁孝为本。浑贼昏狂，妻子怀怖，并思归化，自救危亡。然叛夫背父，不可收纳。又其本意，正自避死，若今遣拒，又复不仁。若更有意信，但宜慰抚，任其自拔，不须出兵马应接之。其妹夫及甥欲来，亦任其意，不劳劝诱也。

是岁，被隋朝封为河南王的移兹裒死，杨坚令其弟树归袭统其众。至于吕夸，仍旧控制着吐谷浑的多数地方。

第二十章 镇抚突厥（一）

经过一连串的反击，南陈和吐谷浑老实了下来，隋朝得以赶在突厥大规模进犯之前，解除了南面和西面的威胁，阻止了四方之敌结成联盟的潜在可能，从而化解了遭敌合击的风险，能够腾出更多的精力应付来自突厥的挑战。

开皇二年（582）四月，突厥兵分两路，一路南袭鸡头山，被隋大将军韩僧寿击破；另一路则于河北山被上柱国李充击退。见两路兵马皆败，沙钵略遂于五月十六日，"悉发五可汗控弦之士四十万入长城"。高宝宁亦配合突厥，引兵侵掠平州。杨坚闻报，即令柱国冯昱屯乙弗泊，兰州总管叱李长叉守临洮，上柱国李崇屯幽州，上大将军达奚长儒据周槃，全线防御。六月初九，又命卫王杨爽为凉州总管，行军元帅，率军七万出平凉。十二日，上柱国李光在马邑击败突厥。突厥又寇兰州，杨坚急令叱李长叉在兰州坚守拒敌，贺娄子干率部驰援。在可洛峐山，贺娄子干与突厥军遭遇，遂据河立营坚守，断敌水源，待其"不得水数日，人马甚敝"之时，纵兵出击，杀得敌军大败。杨坚闻之甚喜，传令嘉奖。

然而，隋朝设置的其他数道防线却被突厥突破。屯守乙弗泊的冯昱遭敌数万骑袭击，"力战累日，众寡不敌，竟为虏所败，亡失数千人，杀虏亦过当"；叱李长叉部在临洮被突厥打败；突厥与高宝宁

108

军联合，进犯幽州，李崇出战，也遭失利。到了十月，突厥纵兵自木峡、石门两道入寇，武威、天水、金城、上郡、弘化、延安六郡的牲畜都被劫掠一空。就在这时候，杨坚本人因过度操劳，竟致病倒，只好让太子杨勇率兵出屯咸阳，统筹大局。——根据敌我双方态势，隋朝在这段时期主要是深沟固垒，极力做好纵深布防。

十二月十五日，继以右武侯大将军窦荣定为秦州总管，进一步加强西北边备、抵御突厥进攻后，杨坚再派内史监、京兆尹虞庆则为元帅，驰往弘化拒敌。

此时突厥沙钵略亲率十多万兵马，寇掠而南，已逼近弘化城。危急时刻，虞庆则命屯据周槃的达奚长儒赶快出击。达奚长儒仅有兵马两千，一下陷入了突厥军的重重包围中。手下将士大惧，达奚长儒却是神色慷慨，镇定自若，激励将士死战求存。他把全军聚结成阵，且战且行，"为虏所冲，散而复聚，四面抗拒"。如此转战了三日，昼夜凡十四战，刀卷枪折、"五兵咸尽"后，士卒徒手与敌相搏，手皆见骨，杀敌数以万计。达奚长儒身先士卒，与敌死杀，身上五处受伤，两处前后贯穿，手下将士死伤十有八九。

沙钵略这次出战，本以为隋军在这一方兵力部署稍弱，自己大可长驱直入，秦、陇之地的粮食财物可尽掠而去，没想到碰上了达奚长儒，竟如此英勇无畏，贯颐奋戟。沙钵略一时胆怯，突厥大军锐气尽泄，面对所剩无几的隋军竟然无心发起最后冲击，又恐隋军此举是为了诱敌，也便停军不追。第二日，他们匆匆焚烧了伙伴的尸体，恸哭而去。

消息传来，杨坚极为振奋。毕竟这是与突厥作战以来取得的第一次重大胜利，而且是以区区两千兵马对敌十万之众，隋军声威大震，敌则魂飞魄散，再不像以前那般耀武扬威，不可一世。他随即发下诏书，奖掖达奚长儒，曰：

　　突厥猖狂，辄犯边塞，犬羊之众，弥亘山原。而长儒受任北鄙，式遏寇贼，所部之内，少将百倍，以昼通宵，四面抗敌，凡十有四战，所向必摧。凶徒就戮，过半不反，锋刃之余，亡魂窜迹。自非英威奋发，奉国情深，抚御有方，士卒用命，岂能以少破众，若斯之伟？言念勋庸，宜隆名器，可上柱国，馀勋回授一子。其战亡将士，皆赠官三转，子孙袭之。

这时，自去年就实施的"离强而合弱"的反间计也产生了实效。沙钵略南寇，发的是"五可汗控弦之士"，其中就包括西部的达头可汗玷厥。一开始，玷厥还服从沙钵略差调，后来打着打着，却不愿继续与隋朝为敌了。因而当沙钵略于开皇二年（582）底，欲引兵再行南侵，让玷厥也一同参加时，玷厥不从，率部退去。

沙钵略本来就被达奚长儒打得懊丧，气急败坏，如今自己这边又有人离去，更让他恚怒不已。偏偏长孙晟这时又过来游说，找到沙钵略的儿子，神神秘秘地说道："铁勒等部族谋反，打算袭击你们的牙帐。"

铁勒是漠北的一个部落，为匈奴之苗裔。"性凶忍，善于骑射，贪婪尤甚，以寇抄为生。""自突厥有国，东西征讨，皆资其用，以制北荒。"长孙晟此言是真是假且不说，正在前线的沙钵略一听儿子传话过来，自己的后院就要起火，可是大为惊惧，赶忙收兵，退回塞外。

隋朝与突厥的这场大战遂告结束。从四月到年底，战争时断时续，起起伏伏，持续了半年之久。其最终结果于隋朝而言，不啻一次重大胜利，有着极为重要的意义。借此一战，汉族以往逢漠北蛮夷不胜的历史宣告终结，几百年的屈辱得以洗雪，隋朝自是举国相庆，欢欣鼓舞。但在此时，杨坚却显得格外冷静。他心里清楚，这次突厥虽然退回塞北，但并没有遭受重创，实力仍然强大，且看最近天象，旱情犹在持续，北方的灾荒仍会蔓延，突厥为了抢夺粮草、牲畜，也可能很快就会卷土重来，需要及早做好再战准备，并且准备得越充分、越周全越好。

在随后的一段时间里，除了加紧进行兵马、粮秣等各方面的准备外，杨坚还更加重视修缮关塞，以及安定周边，防止出现疏漏，酿成后患。南面的陈朝和西面的吐谷浑目前无甚大问题，短期内不会制造麻烦，然此前一直忽略的后梁却不能不有所防范，别不声不响地惹出什么事端。

那后梁系由西魏扶持下建立的一个小朝廷，属地仅有江陵附近数县，过去是西魏、北周的附庸，隋代周后，后梁自然依附过来。这些年后梁虽说一向规矩、老老实实，但终归是个相对独立的国家，有自己的考虑和想法，存在一些不确定和不安定因素。为了与后梁进一步稳固关系，消除一切隐患，这年年底，杨坚纳后梁主萧岿的女儿为晋王杨广的妃子，还打算将他最钟爱的第五女兰陵公主嫁于萧岿之子萧玚。果然，晋王纳妃之后，后梁对大隋更为感恩，关系越发亲密，杨坚遂废掉负责监护后梁的江陵总管，不仅节省了人财物力，关键是南面更加稳定，隋朝可以倾全力对付北方的突厥了。

第二十一章　镇抚突厥（二）

果不出杨坚所料，开皇三年（583）一开春，突厥即又开始蠢蠢欲动。二月，派出小股兵马寇隋北边，作试探性进攻。四月，可就兴师动众，大举入侵了。

这让杨坚甚为气恼。对于突厥再次来寇，自己不是没有预判，当在掌握范围之内，可没想到，这次突厥发动的规模竟如此之大，来势如此凶猛，气焰如此嚣张。而且大隋刚刚迁都，自己也刚迁入大兴宫，突厥不依常规，遣使来聘，恭贺乔迁之喜也就罢了，竟还紧着慢着地大动干戈，添堵，可恶。

是时，隋朝在各方面都已有所准备，兵员、粮草颇为充足。最重要的是，经过去年的大战，隋军经受了考验，精神大振，士气高昂，由单纯防御变为积极反攻的条件已经成熟。反观突厥，内部业已出现裂痕，矛盾重重，号令难以统一，只要再挫其气焰，势必会造成内部更大的分裂，各自为营，实力大损。因此，杨坚决心利用敌方各种矛盾，实施各个击破，给沙钵略以决定性打击，实现敌我攻守之势的战略转折。

四月初五，杨坚下诏，历数突厥的种种罪恶及其内外困境，宣布大举讨伐：

往者魏道衰敝，祸难相寻，周、齐抗衡，分割诸夏。突厥之虏，俱通二国。周人东虑，恐齐好之深，齐氏西虞，惧周交之厚。谓虏意轻重，国逐安危，非徒并有大敌之忧，思减一边之防。竭生民之力，供其来往，倾府库之财，弃于沙漠，华夏之地，实为劳扰。犹复劫剥烽戍，杀害吏民，无岁月而不有也。恶积祸盈，非止今日。朕受天明命，子育万方，愍臣下之劳，除既往之弊。以为厚敛兆庶，多惠豺狼，未尝感恩，资而为贼，违天地之意，非帝王之道。节之以礼，不为虚费，省徭薄赋，国用有余。因入贼之物，加赐将士，息道路之民，务于耕织。清边制胜，成策在心。凶丑愚暗，未知深旨，将大定之日，比战国之时，乘昔世之骄，结今时之恨。近者尽其巢窟，俱犯北边，朕分置军旅，所在邀截，望其深入，一举灭之。而远镇偏师，逢而摧翦，未及南上，遽已奔北，应弦染锷，过半不归。且彼渠帅，其数凡五，昆季争长，父叔相猜，外示弥缝，内乖心腹，世行暴虐，家法残忍。东夷诸国，尽挟私仇，西戎群长，皆有宿怨。突厥之北，契丹之徒，切齿磨牙，常伺其便。达头前攻酒泉，其后于阗、波斯、挹怛三国一时即叛。沙钵略近趣周槃，其部内薄孤、束纥罗寻亦翻动。往年利稽察大为高丽、靺鞨所破，娑毗设又为纥支可汗所杀。与其为邻，皆愿诛剿。部落之下，尽异纯民，千种万类，仇敌怨偶，泣血拊心，衔悲积恨。圆首方足，皆人类也，有一于此，更切朕怀。彼地咎徵妖作，年将一纪，乃兽为人语，人作神言，云其国亡，讫而不见。每冬雷震，触地火生，种类资给，惟藉水草。去岁四时，竟无雨雪，川枯蝗暴，卉木烧尽，饥疫死亡，人畜相半。旧居之所，赤地无依，迁徙漠南，偷存晷刻。斯盖上天所忿，驱就齐斧，幽明合契，今也其时。故选将治兵，赢粮聚甲，义士奋发，壮夫肆愤，愿取名王之首，思挞单于之背，云归雾集，不可数也。东极沧海，西尽流沙，纵百胜之兵，横万里之众，亘朔野之追蹑，望天崖而一扫。

此则王恢所说，其犹射痈，何敌能当，何远不服！但皇王旧迹，北止幽都，荒遐之表，文轨所弃。得其地不可而居，得其民不忍皆杀，无劳兵革，远规溟海。诸将今行，义兼含育，有降者纳，有违者死。异域殊方，被其拥抑，放听复旧。广辟边境，严治关塞，使其不敢南望，永服威刑。卧鼓息烽，暂劳终逸，制御夷狄，义在斯乎！何用侍子之朝，宁劳渭桥之拜。普告海内，知朕意焉。

随后，杨坚命卫王杨爽、河间王杨弘、上柱国豆卢勣、上柱国窦荣定、左仆射高颎、右仆射虞庆则等为行军元帅，分八道出塞，向突厥发起猛烈攻击。

四月十二日，中路杨爽率总管李充等四将行次朔州，与沙钵略大军相遇于白道。李充进议，"突厥狃于骤胜，必轻我而无备，以精兵袭之，可破之"。诸将闻言，多以为疑，独长史李彻赞成。杨爽也认为可行，遂拨出精骑五千，由李彻和李充率领，夜袭突厥兵营。那沙钵略果然毫无防备，从睡梦中惊起，但见火炬荧荧，刀光闪闪，隋军四面八方掩杀而至，搞不清有多少兵马，一时仓皇失措，部众纷纷散逃。沙钵略本人身受重伤，弃所服金甲，潜草中而遁。其时突厥军中乏食，现在又吃了败仗，不但无处掳掠，反被隋军夺走数万牛羊，全军只能"粉骨为粮"，聊以充饥，加之疾疫流行，死者甚众。

幽州总管阴寿，闻沙钵略败还，乘机出率步骑十万出卢龙塞，往攻营州高宝宁。高宝宁忙向突厥求救，可沙钵略此时正遭败北，自顾不暇，哪还管得上他？四月十三日，高宝宁弃城出奔，遁入碛北。营州诸县悉平。阴寿设下重赏，捉拿高宝宁，又遣人离其腹心。高宝宁众叛亲离，只得逃奔契丹，嗣后为其麾下所杀。五月二十九日，杨坚颁诏，"赦黄龙死罪已下"，东北即宣告平定。

在西北方向，窦荣定率步骑三万人，径出凉州，与突厥阿波可汗相拒。阿波引军至高越原，屡战屡败，守寨自固。适前上大将军史万岁，因坐事褫职，流戍敦煌，听说窦荣定前来征讨突厥，便诣其军门，面请效力。窦荣定素闻史万岁勇名，相见大悦，留居麾下。五月二十五日，双方将要再一次交战。窦荣定派人去对阿波说："士卒何罪过，令杀之，但当各遣一壮士决胜负耳。"阿波许诺，即遣一骑讨战。窦荣定遂让史万岁出阵迎战。史万岁跃马向前，转眼间直取敌首而还。阿波大惊，不敢再战，遣使乞盟，引军而去。

当时长孙晟正在窦荣定军中任偏将，看出阿波可汗已经陷入了两难，跋前疐后，进退狐疑，便遣一辩士前去撺掇："摄图（沙钵略）每来，战皆大胜。阿波才入，便即致败，此乃突厥之耻，岂不内愧于心乎？且摄图之与阿波，兵势本敌。今摄图日胜，为众所崇，阿波不利，为国生辱。摄图必当因以罪归于阿波，成其夙计，灭北牙矣。愿自量度，能御之乎？"

这么一忽悠，阿波更加疑虑，忐忑不安。等他遣使到隋军这边回访时，长孙晟又舌灿莲花，一顿好说："今达头与隋连和，而摄图不能制。可汗何不依附天子，连结达头，相合为强，此万全之计。岂若丧兵负罪，归就摄图，受其戮辱邪？"

阿波心动，当下就与窦荣定立盟，又另遣使随长孙晟入朝，自己则于六月上旬引军北还。

从白道大败而回的沙钵略，正满腔羞愤，黯然神伤，一听人说阿波怀贰，暗通隋朝，擅自撤军，不禁怒从中来，立即举兵掩袭阿波北牙，尽获其众而杀其母。阿波还无所归，无处安身，便西奔素与沙钵略不和的达头可汗玷厥处，乞师十余万，东击沙钵略，讨还血债。

阿波与沙钵略正式决裂，反目成仇，也同时引起了突厥内部的巨大震动。贪汗可汗一向与阿波交好，遭沙钵略废黜，投奔了西方的达头可汗。沙钵略的从弟地勤察，别统部落，本来就与沙钵略有隙，现在干脆转投到其对手阿波那儿去。而沙钵略这边，只有他自己的亲弟弟处罗侯，过去两人还心存介蒂，如今关系反倒亲密起来，坚定地跟他站在一起。自此之后，突厥便分裂为东突厥和西突厥，双方你来我往，争斗不已。

这时的沙钵略虽连遭败绩，不少部众又弃他而去，大有浸衰，然仍不肯与隋朝善罢干休。在五月平定东北后，名将阴寿旋即去世，杨坚以李崇接任幽州总管。李崇系开国元勋李穆的侄子，"英果有筹算，胆力过人"。他甫一到任，"奚、霫、契丹等慑其威略，争来内附"。奚、霫、契丹等族，原是依附于突厥的，今见隋朝势强，便改弦易辙，纷纷归服过来。突厥日显穷蹙，孤俦寡匹。为改变这一颓势，同时也是为了复仇，沙钵略便以其弟处罗侯部众为主，寇掠幽州。

李崇亲自率步骑三千，出城拒敌。转战了十余日，麾下将士死伤众多，只得退守保砂城。突厥军蜂拥而来，将城团团围住。保砂城荒颓已久，城墙颓坏，难以坚守，军中又告断炊，但李崇和他的将士们依然毫不畏惧，拼死抵抗。他们时常利用夜幕的掩护，冲出城外，偷袭敌营，夺取牛羊以继军粮。突厥军畏之，"厚为其备"，每夜结阵以待，不让隋军有隙可乘。在保砂城内，李崇坚守数日，将士苦饥，出辄遇敌，几乎死亡殆尽。到最后，只剩下了一百余人，然大多已身负重伤，无力再战。

突厥想要逼迫李崇投降，许之以高官。李崇自知决难幸免，就对手下的士卒们说："崇丧师徒，罪当死，今日效命以谢国家。待看吾死，且可降贼，方便散走，努力还乡。若见至尊，道崇此意。"嘱咐完后，他只身冲入敌阵，手刃敌兵两人。突厥军乱箭射来，李崇身亡。

七月，杨坚命豫州刺史周摇继任幽州总管。

八月十六日，杨坚又遣尚书左仆射高颎出宁州道，内史监、右仆射虞庆则出原州道，以准备抗击突厥的反扑。

然而，突厥军再也没来。他们正忙于内部争斗，相互攻击，无心也无力再与隋朝为敌了。开皇三年（583）的这一场大战，又以大隋的胜利告终。接下来，大隋就等着东、西突厥竞相示好，请和求援了。

第二十二章　镇抚突厥（三）

开皇四年（584）二月十三日，突厥苏尼部男女万余口降隋。十八日，杨坚驾幸陇州，西突厥达头可汗请求降附。

由达头可汗统领的西突厥疆土甚广，东拒都斤，西越金山，"龟兹、铁勒、伊吾及西域诸胡悉附之"。现在肯来归降，于隋朝来说意义深长，说明国家已经强盛，能让四夷折服，近悦远来。从另一层意义上，也说明东、西突厥斗得厉害，互相残杀，更凶更狠，都已有些招架不住了。

这正是隋朝所乐意看到的结果。让昔日的仇敌窝里斗，继续自相鱼肉，自己缩手旁观，坐观成败，没什么不好。因此，杨坚对达头可汗的请求不予答应，以保持东、西突厥长期对峙的局面，使其相互牵掣，束厄局促。

目前，自去年六月就开始的阿波与沙钵略之争仍在激烈进行，两位族兄弟打得昏天黑地，你死我活。到了开皇四年（584）九月，沙钵略再也抵挡不住阿波的进攻，败下阵来。无奈之下，他只好向以往毫不放在眼里的隋朝请降，遣使朝贡，其可贺敦、千金公主宇文氏也自请改姓"杨"，乞为帝女。——沙钵略再不顾脸面、千金公主认仇为父，这对夫妇的处境显然窘困至极。此时晋王杨广正镇并州，主张"因其衅而乘之"，直接将沙钵略灭掉。杨坚不许。他是深知，草原鏖兵，无论谁是首领，都将成为隋朝的劲敌。所以，他欣然同意沙钵略夫妇的请求，遣开府仪同三司徐平和为使，前往沙钵略处，更封千金公主宇文氏为"大义公主"。沙钵略随即遣使致书，向杨坚谢恩：

> 辰年九月十日，从天生大突厥天下贤圣天子伊利俱卢设莫何始波罗可汗致书大隋皇帝：使人开府徐平和至，辱告言语，具闻也。皇帝是妇父，即是翁，此是女夫，即是儿例。两境虽殊，情义是一。今重叠亲旧，子子孙孙，乃至万世不断，上天为证，终不违负。此国所有羊马，都是皇帝畜生，彼有缯彩，都是此物，彼此有何异也！

在表书中，沙钵略指日誓心，低声下气，看上去服服帖帖，实际上根本不是那么回事儿，只要析其表文的体例，品一品首句，就知道其内心有多不服，并无俯首称臣之意。现在这个沙钵略仍然以突厥的君主自居，想与大隋皇帝杨坚平起平坐，铢两悉称，明显是在指山卖磨，想暂时忍耐以图东山再起。因此，杨坚觉得有必要继续压制他，挫其傲气，让他心服口服。马上复书云：

> 隋天子贻书大突厥沙钵略可汗：得书，知大有善意。既为沙钵略妇翁，今日视沙钵略与儿子不异。时遣大臣往彼省女，复省沙钵略也。

根据杨坚的旨意，尚书右仆射虞庆则出使东突厥，面见沙钵略，一同前去的还有车骑将军长孙晟。

沙钵略果然要起了花招。他以盛兵相见，在大帐前摆列珍宝，自己则高坐于中央，等虞庆则上前施礼。这哪是臣服之国对待天朝上国的礼数，分明是要隋朝来使向他低头。虞庆则气愤不过，当场正言诘责，斥其失仪，无礼。沙钵略诈称有病不能起立，且狞笑道："我诸父以来，从未向人下拜。"以前的"千金公主"宇文氏现在的"大义公主"杨氏也在一旁假意劝解虞庆则："可汗豺狼性，过与争，将啮人。"话中暗含威胁，双方一时僵在那里，气氛颇为尴尬。

这时长孙晟上前说道："突厥与隋俱是大国天子，可汗不起，安敢违意。但可贺敦为帝女，则可汗是大隋女婿，奈何不敬妇翁！"沙钵略词穷，只好勉强一笑，谓群下道："须拜妇公，我从之耳。"乃起拜顿颡，跪受玺书，戴诸首上，方才起身，嘱达官款待隋使。待虞庆则等人退往别帐，沙钵略又不禁自惭，与群下相聚恸哭。越日，虞庆则又入见沙钵略，迫令称臣。沙钵略装作不知，问左右侍从："什么是臣？"左右回答："隋言臣，犹此云奴耳。"沙钵略遂自我安慰道："得为大隋天子奴，虞仆射之力也。"赠虞庆则良马千匹，并妻以从妹，留住数旬，方才遣归。

经过这番较量，沙钵略傲气全失，再不敢托大，不自量力。但其实力尚存，其余突厥各部也颇强大，仍旧给隋朝构成威胁。由是，杨坚在安抚沙钵略的同时，于第二年五月"遣上大将军元契使于突厥阿波可汗"，向其内战双方都表示友好，继续坐山观虎斗，从中抑强扶弱，以收渔利。

开皇五年（585），沙钵略的处境更加窘促，阿波与达头联军步步紧逼，东边的契丹也趁势侵掠，实在支撑不下去了，遂遣使告急于隋，"请将部落度漠南，寄居白道川内"，希望能靠得隋朝近一些。杨坚允如所请，并命晋王杨广以兵相援，"给以衣食，赐以车服鼓吹"。

沙钵略得到了隋朝的援助，率部全力反击阿波，总算打了个胜仗。可是，就在他出击之时，阿拔国部落乘虚捣其营盘，掠其妻子，幸赖隋军帮他击败阿拔，并将所获全部给了他。这一下，沙钵略可是感激涕零，赶忙跟隋朝立约，以碛为界，并于七月二十七日上表，说是："……伏惟大隋皇帝之有四海，上契天心，下顺民望，二仪之所覆载，七曜之所照临，莫不委质来宾，回首面内。实万世之一圣，千年之一期，求之古昔，未始闻也。突厥自天置以来，五十余载，保有沙漠，自王蕃隅。地过万里，士马亿数，恆力兼戎夷，抗礼华夏，在于北狄，莫与为大。顷者气候清和，风云顺序，意以华夏其有大圣兴焉。况今被沾德义，仁化所及，礼让之风，自朝满野。窃以天无二日，土无二王，伏惟大隋皇帝，真皇帝也。岂敢阻兵恃险，偷窃名号，今便感慕淳风，归心有道，屈膝稽颡，永为藩附。虽复南瞻魏阙，山川悠远，北面之礼，不敢废失。当今待子入朝，神马岁贡，朝夕恭承，唯命是视。至于削衽解辫，革音从律，习俗已久，未能改变。阖国同心，无不衔荷，不任下情欣慕之至。谨遣第七儿臣窟含真等奉表以闻。"

这一次，沙钵略是心悦诚服，真的向隋朝称臣了。杨坚很是高兴，特颁下突厥称臣诏：

门下：突厥沙钵略可汗表如此。昔暴风不作，故南越知归，青云干吕，使西夷入贡。远人内向，乃事关天。獯鬻相踵，抗衡上国，止为冠盗，礼节无闻，唯有呼韩，永臣于汉，奇才重出，异代一揆。沙钵略称雄漠北，多历岁年，左极东胡之土，右苞西域之地，遐方部落，皆所吞并，百蛮之大，莫过于此。昔在北边，屡为草窃，朕常晓喻，令必修改。彼亦每遣行人，恒自悔责。今通表奏，万里归风，披露肝胆，遣子入侍，馨其区域，相率称藩，往迫和与，犹是二国，今作君臣，便成一体，情深义厚，朕甚嘉之。盖天地之心，爱养百姓，和气普洽，使其迁善，屈膝稽颡，畏威怀惠，虽衣冠轨物，未能顿行，而禀训承风，方当从夏，永为臣妾，以至太康。荷天之休，海外有截，岂朕薄德所致此。已敕有司，肃吉郊庙，宜普颁行天下，咸使知闻。

对奉表入京的沙钵略之子窟含真，杨坚盛情款待，策拜其为柱国，封安国公，还在内殿宴请于他，并把他引见给独孤皇后，赏劳甚厚。这让沙钵略喜出望外，"自是岁时贡献不绝"。开皇六年（586）正月十九日，隋朝"颁历于突厥"。开皇七年（587）正月，沙钵略遣其子入贡方物，又请猎于恒州、代州之间。杨坚予以允许，还遣人赐其酒食。沙钵略挈领部落，再拜受赐，一日手杀鹿十八头，赍尾舌以献。等他还至紫河镇时，听说自己的牙帐突被大火所烧，甚感不快，再加上其他一些原因，一个月后竟逝。闻知这一消息，杨坚特为之废朝三日，又遣太常前往吊祭，赠物五千段，隐示怀柔。

照突厥旧俗，可汗大位多是以弟代兄，因而沙钵略遗命，传位于其弟处罗侯。等突厥遣使上表，禀报可汗即位始末后，杨坚即派车骑将军长孙晟持节拜之，册立处罗侯为莫何可汗，赐以鼓吹、幡旗。

其时东、西突厥犹在争斗。以阿波可汗为代表的西突厥这几年拓土略地，号令诸胡，已是明显占据上风。莫何其人还算有勇有谋，他利用己方汗位交替而对手麻痹之机，打起隋朝刚刚赏赐的旗鼓，向西奇袭阿波。阿波部众以为是隋朝出兵支持莫何，大惊失色，望风降附。最后莫何所部竟直捣阿波北牙，把他生擒。莫何遂上书隋朝，请示如何处置阿波。

杨坚召来群臣会议，乐安公元谐认为应该就地将阿波枭首，武阳公李充则建议将阿波押送长安，由朝廷明令处死，以示天下百姓。杨坚问长孙晟有什么意见，长孙晟回答说："若突厥背诞，须齐之以刑。今其昆弟自相夷灭，阿波之恶非负国家。因其困穷，取而为戮，恐非招远之道。不如两存之。"左仆射高颎也说："骨肉相残，教之蠹也，宜存养以示宽大。"杨坚称善，下令饶恕阿波性命。

开皇八年（588），莫何挟战胜阿波之势，率军西征，中流矢而卒。其众奉沙钵略的儿子雍虞闾为主，是为颉伽施多那都蓝可汗。

都蓝继位后，也是援引俗例，将大义公主据为己妇，这"大义公主"也便做了第三次的可贺敦。并且，都蓝立即"遣使诣阙"，向隋示好，隋朝则"赐物三千段"。此后在很长一个时期，东、西突厥仍不时交战，东面的都蓝可汗和西面的达头可汗势不两立，都抢着讨好隋朝。特别是都蓝可汗，"每岁遣使朝贡"。他的弟弟钦羽设部逐渐强盛，与隋朝不和，都蓝忌而击之，将其斩首于阵。同年，都蓝又遣其母弟褥但特勤向杨坚进献于阗玉杖，杨坚封褥但特勤为柱国、康国公。第二年，突厥部落大人相率遣使贡马万匹，羊二万口，驼、牛各五百头。后都蓝又遣使请求缘边置互市，与隋朝开展贸易，杨坚下诏许之。

第二十三章　建仓与开渠

　　隋朝能让劲敌突厥臣服，北方的安全得以保证，固是其绥靖之策对路，打压、羁縻、笼络、怀柔等策略灵活运用，不断分化强敌，使之内部分裂，然后"以夷制夷"，以便自己操纵、掌控，然也主要是因为自己不断强大，方兴日盛，有着自己的硬实力，能够真正给突厥造成震慑。

　　自隋开国以来，天并不作美，连续几年旱魃肆虐，如惔如焚，尤其是京师所在的关中之地，灾情更为严重。弄得杨坚不时去往郊庙、野外，祭天祈雨，有关这方面的记载屡见其本纪。于此，关中产粮便少，为了加强边备，隋朝又几乎每年都更发丁夫，修缮长城，所费粮食巨多，京师及整个北方遂严重缺粮，仓廪空虚。开皇三年（583），杨坚不得不从河南等地紧急调运粮食入关，以解燃眉之急。第二年，情况更加严重，持续的旱灾使得关中出现饥荒，因运输多有不便，自关外运抵的粮食难以为继，杨坚只好率众到洛阳就食。然而，开皇五年（585）以后，关东的情况也严峻起来，河南诸州大水频发，庄稼遭受淹没。关中却是赤日炎炎，蝉喘雷干。关东、关中水旱交乘，灾情四起，朝廷疲于应付。

　　为改变这一状况，从开皇三年（583）始，杨坚命蒲、陕、虢、熊、伊、洛、郑、怀、邵、卫、汴、许、汝十三州，置募运米丁，又于卫州置黎阳仓、洛州置河阳仓、陕州置常平仓、华州置广通仓，"转相灌注"，"漕关东及汾、晋之粟，以给京师"，使不乏食。

这黎阳、河阳、常平、广通诸仓，均系官仓，建成之后可大大增加粮食储备，保证京师用粮乃至边备之用，但关键是漕运必须畅通，粮食转运无碍，洛阳向京师大兴的运输问题要解决好。长期以来，这一整段漕运有两段最为艰险难通，成为掣肘：一为洛阳至陕州段，一为潼关至大兴城段。

从洛阳至陕州段，黄河水流甚急，暗礁遍布，漕船难以通过。平常漕船由黄河上行，都是自小平起，转为陆运，穿过崎岖的山路，将粮食运抵陕州，再由此换船，通过黄河运至潼关。这段路程颇为艰险，运输效率极低，在开皇三年（583），杨坚遣仓部侍郎韦瓒，到蒲、陕以东地区招募运夫，规定能从洛阳运米四十石，经砥柱之险，达于陕州常平仓者，免其征戍。而潼关至大兴城段，走的是渭水，泥沙淤积过多，流有深浅，"漕者苦之"。

为打通这一瓶颈，开皇三年（583）六月二十一日，杨坚下令开凿"广通渠"，诏曰：

> 京邑所居，五方辐凑，重关四塞，水陆艰难，大河之流，波澜东注，百川海渎，万里交通。虽三门之下，或有危虑，但发自小平，陆运至陕，还从河水，入于渭川，兼及上流，控引汾、晋，舟车来去，为益殊广。而渭川水力，大小无常，流浅沙深，即成阻阂。计其途路，数百而已，动移气序，不能往复，泛舟之役，人亦劳止。朕君临区宇，兴利除害，公私之弊，情实愍之。故东发潼关，西引渭水，因藉人力，开通漕渠，量事计功，易可成就。已令工匠，巡历渠道，观地理之宜，审终久之义，一得开凿，万代无毁。可使官及私家，方舟巨舫，晨昏漕运，沿溯不停，旬日之功，堪省亿万。诚知时当炎暑，动致疲勤，然不有暂劳，安能永逸。宣告人庶，知朕意焉。

此渠的开凿由宇文恺负责，"总督其事"，以武山郡公郭衍为开漕渠大监，太子右卫率、兵部尚书苏孝慈督其役。凿成后的"广通渠"西起咸阳，引渭水，经大兴城北至潼关入黄河，全长三百余里。渠成后，不但使得潼关到大兴城的漕粮转运通利，"关内赖之"，"诸州水旱凶饥之处，亦便开仓赈给"，而且还兼向京师供水，沿途田地得到灌溉，故当地还将其称为"富民渠"。

在开凿"广通渠"的同时，杨坚还以蒲州刺史、加金紫光禄大夫的老臣赵芬领关东运漕，以确保关东的粮食财物源源不断运往关中。另外，为了便于江淮漕运，杨坚于开皇七年（587）四月，下令开凿"山阳渎"，南起扬州，北通山阳，大大缩短了江淮之间的距离。如此一来，从江南到关中，交通大为通畅。"时百姓承平日久，虽数遭水旱，而户口岁增。诸州调物，每岁河南自潼关，河北自蒲坂，达于京师，相属于路，昼夜不绝者数月"。

官粮转运有了保证，国家仓储大为增加，然因"天下州县多罹水旱，百姓不给"，民间时常遭受饥荒，也一样困扰着杨坚。对此，时任民部尚书长孙平在开皇三年（583）就曾提出建议，"奏令民间每秋家出粟麦一石已下，贫富差等，储之闾巷，以备凶年，各曰义仓"，"请勒诸州刺史、县令，以劝农积谷为务"。因这年事务繁多，与突厥作战等大事不断，皇帝杨坚无暇顾及此事。到了开皇五年（585）五月，已转任工部尚书的长孙平又再度上书，说"臣闻国以民为本，民以食为命，劝农重谷，先王令轨"，古代都是三年耕而余一年之积，九年作而有三年之储，这样即使水旱为灾，"而人无菜色，皆由劝导有方，蓄积先备故也"。在去年亢阳，关内不熟，百姓饥馁之时，皇上哀愍黎元，甚于赤子，运山东之粟，置常平之官，开发仓廪，普加赈赐，使"少食之人，莫不丰足"，如此鸿恩大德，前古未比，可谓至矣，然则让强宗富室，家道有余者，皆竞出私财，递相赒赡，此乃风行草偃，从化而然。积谷防饥，义资远算，实乃"经国之理，须存定式"。于是奏令诸州百姓及军人，劝课当社，共立义仓。"收获之日，随其所得，观课出粟及麦，于当社造仓窖贮之。即委社司，执帐检校，每年收积，勿使损败。若时或不熟，当社有饥谨者，即以此谷赈给"。这一次，长孙平所提建议得到了杨坚的批准。自是，各地义仓普遍设立，"诸州储峙委积"。其后当关中连年大旱，而青、兖、汴、许、曹、亳、陈、仁、谯、豫、郑、洛、伊、颍、邳等州大水，百姓饥馑之时，杨坚乃命苏威等人，分道开仓赈给，又命司农丞王亶，发广通之粟三百余万石，以拯关中，又发故城中周代旧粟，贱粜与人。随后，由官府买牛驴六千余头，分给尤贫者，令往关东就食。"其遭水旱之州，皆免其年租赋"。

而要使官仓、义仓充盈，"仓廪实"，最根本的还是种好庄稼，多打粮食。为此，隋朝十分重视兴修农田水利，在不少地方都开挖灌渠，改善河道，以灌溉、整治农田，增加粮食产量。

还是在开皇二年（582）三月，都官尚书兼领太仆的元晖就奏请决杜阳水灌三畤原，在京畿地区开始大规模兴修水利设施。建成后，"溉舄卤之地数千顷，民赖其利"。

在关东，有不少州府的水利设施也相继开工兴建。怀州刺史卢贲决沁水东注，名曰"利民渠"，又导入温县，名曰"温润渠"，使大片舄卤地得到了灌溉。

曾任度支尚书的杨尚希在出拜蒲州刺史后，甚有惠政，"复引瀍水，立堤防，开稻田数千顷"。

兖州城东，有沂、泗二水合而南流，泛滥大泽中，时任兖州刺史薛胄遂积石堰之，使河水西注，陂泽得以尽为良田。后薛胄"又通转运，利尽淮海，百姓赖之"，号为"薛公丰兖渠"。

寿州的芍陂旧有五门堰，芜秽不修。总管长史赵轨见此，亲自劝课人吏，更开三十六门，灌田五千余顷。

第二十四章 整治乡村

彼时，人口更似一个国家强弱的重要标志。有了更多的人，便意味着有更多军队、更多役丁，也会带来更多的赋税。隋代周时，全国就已有户四百六十余万，人口二千九百余万，远远多于南面的陈朝，北面的突厥和西面的吐谷浑更是不能相提并论。但杨坚还是认为此数不准不实，当有许多"浮客"以及其他瞒报、漏填之人，且存有不少更改年龄、冒充老人和小孩、以逃避丁役和少缴赋税的现象，有必要进行检括，重新建立户籍。

对于乡里闾巷的管理，多年以来，各朝各代大多实行"三长制"。北魏太和十年（486）规定："五家立一邻长，五邻立一里长，五里立一党长，长取乡人强谨者。"用以负责检查户口、征收租调、征收兵役与徭役。到了北齐，因文宣帝高洋刑罚酷滥，吏道因而成奸，豪党兼并，户口益多隐漏。"旧制，未娶者输半床租调，阳翟一郡，户至数万，籍多无妻。有司劾之，帝以为生事，由是奸欺尤甚。户口租调，十亡六七"。虽然在河清三年（564）又定令，"十家为比邻，五十家为闾里，百家为族党"，但实际执行也并不严格，"惟立宗主督护，所以民多隐冒，五十、三十家方为一户"。北周虽实行的是六官之制，"载师掌任土之法，辨夫家田里之数，会六畜车乘之稽，审赋役敛弛之节，制畿疆修广之域，颁施惠之要，审牧产之政""司均掌田里之政令",与北齐相比大有不同,然仍以"三长制"治理乡里,只不过更为稹密、谨严一些,"党族闾里正长之职,皆当审择,各得一乡之选,以相监统"。——因为"夫正长者,治民之基","基不倾者,上必安"。

隋朝的乡里制度,基本上沿袭北周。在《开皇令》中,"制人五家为保,保有长。保五为闾,闾四为族,皆有正。畿外置里正,比闾正,党长比族正,以相检察焉。男女三岁已下为黄,十岁已下为小,十七已下为中,十八已上为丁。丁从课役。六十为老,乃免"。设保长、闾正、族正(在畿外则为保长、里正、党长),采取更加细密、更加严格的"三长制",正是为了更好地"检察"乡里,其中就包括检括户口之事。

原北齐之地历经战乱,动荡不安,户口隐漏情况十分严重。迨至隋初,"山东尚承齐俗,机巧奸伪,避役惰游者十六七。四方疲人,或诈老诈小,规免租赋"。再从全国来看,"其时承西魏丧乱,周齐分据,暴君慢吏,赋重役,人不堪命,多依豪室。禁网隳紊,奸伪尤滋"。为了逃避繁重的赋税、工役,乡人不得不依附于豪门大族作佃家,求得荫庇,以图活命,从而造成了大量的"浮客",国家的役丁乃至赋税也相应减少。

在此情况下,开皇三年(583),杨坚令州县"大索貌阅",检括户口。所谓"大索",就是清点户口,登记姓名、出生年月和相貌,其目的在于搜括隐匿人口;所谓"貌阅","阅其貌以验老小之实"是也。根据人之相貌来检查户口,将百姓与户籍上描述的外貌一一核对,看看是不是存有假冒现象,有无隐瞒、虚报年龄,用诈老、诈小的办法逃避承担赋役之人。在进行"大索貌阅"时,还要貌定人的残疾、废疾、笃疾"三疾"状况,以此为免除或部分免除赋役,或享受"侍丁"待遇提供依据。

这次"大索貌阅",杨坚的态度非常坚决,要求甚是严格。他让各州、郡、县派官吏深入乡间,与"三长"们一起,挨家挨户,逐个阅视核实，登记造册。检查过后，若发现有"户口不实者"，具体负责检括的保长、里正和党长，要处以流刑，远配边地。又特设"相纠之科"，受理检举揭发隐瞒户口、弄虚作假等事。同时，还要求进行"析籍"："大功已下，兼令析籍，各为户头。"——就是规定凡属于堂兄弟同居一家的，一律令其分家，另立户籍，"以防容隐"。

　　鉴于当时"人间课输，虽有定分，年常征纳，除注恒多，长吏肆情，文帐出没，复无定簿，难以推校"，尚书左仆射高颎又请建"输籍之法"，也即"输籍定样"："定其名，轻其数，使人知为浮客，被强家收大半之赋，为编甿奉公上，蒙轻减之征。"按照高颎的这一办法，农户在确立户籍、"验明正身"的基础上，根据定样标准划分户等上下，重新规定征岁差役与应纳税额，写成定簿。"输籍，凡民间课输，皆籍其数，使州县长吏不得以走弄出没。"此法能使输籍额及每户所承担的赋税、徭役公开透明，州县官吏难以营私舞弊，又系"轻税之法"，农人作为官府的均田户较作为"豪室"的隐户——浮客，所受的盘剥程度要轻一些。

　　杨坚听从了高颎的建议，将"输籍之法"遍下诸州，要求均于每年正月五日，"县令巡人，各随便近，五党三党，共为一团，依样定户上下"。官府"先敷其信，后行其令，尜庶怀惠"，"自是奸无所容矣"。

　　应当说，杨坚所实行的"大索貌阅"和"输籍定样"，实际效果甚为显著。各州、郡按照诏令，抓紧动作，"县令巡人"时，不敢怠慢，各地保长、里正和党长等"三长"更是不敢造次，生怕出什么差错，自己受罚。有一个叫令狐熙的，任沧州刺史，"时山东承齐之弊，户口簿籍类不以实。熙晓谕之，令自归首，至者一万户"。——光是沧州一地，即检出这么多"浮客"，使之成为编入国家户籍的编户齐民。从全国范围来看，通过这次"大索貌阅"和"输籍定样"，共计帐进四十四万三千丁，新附一百六十四万一千五百口。

　　"古之为理也，在于周知人数，乃均其事役，则庶功以兴，国富家足，教从化被，风齐俗和。""三王以前，井田定赋。秦革周制，汉因秦法。魏晋以降，名数虽繁，亦有良规，不救时弊。"到了隋朝这时候，因了"大索貌阅"和"输籍定样"这么好的"轻税之法"，人口得到了核实，"浮客悉自归于编户"，故有人便说："隋代之盛，实由于斯。"后来，"隋氏资储遍于天下，人俗康阜，（高）颍之力焉"。

　　一项举措，一个诏令，即有如此之成效，杨坚自然高兴。在检括户口的过程中，乡里"三长"们发挥的作用不用说，州、郡、县各级官吏亦起到了重要作用。但杨坚也从中发现了一些问题，感觉州、郡、县多有重叠，官吏冗杂，吏治不清，确实应予以精简、更动，改柱张弦，整饬一新。

第二十五章　改设州县及选官

在地方行政区划和"分官设职"上，隋初仍采用的是州、郡、县三级制，除了京师大兴外，所有州、郡、县之称及辖区都未改，数量没有发生变化。

其地方官制，亦多依前代之法，《开皇令》中规定：

> 上上州，置刺史，长史，司马，录事参军事，功曹，户、兵等曹参军事，法、士曹等行参军，行参军；典签，州都光初主簿，郡正，主簿，西曹书佐，祭酒从事，部郡从事，仓督，市令、丞等员，并佐史，合三百二十三人。上中州，减上州吏属十二人。上下州，减上中州十六人。中上州，减上下州二十九人。中中州，减中上州二十人。中下州，减中中州二十人。下上州，减中下州三十二人。下中州，减下上州十五人。下下州，减下中州十二人。

> 郡，置太守，丞，尉，正，光初功曹，光初主簿，县正，功曹，主簿，西曹，金、户、兵、法、士等曹，市令等员，并佐史，合一百四十六人。上中郡，减上上郡吏属五人。上下郡，减上中郡四人。中上郡，减上下郡十九人。中中郡，减中上郡六人。中下郡，减中中郡五人。下上郡，减中下郡十九人。下中

郡，减下上郡五人。下下郡，减下中郡六人。

县，置令，丞，尉，正，光初功曹，光初主簿，功曹，主簿，西曹，金、户、兵、法、士等曹佐，及市令等员。合九十九人。上中县，减上上县吏属四人。上下县，减上中县五人。中上县，减上下县十人。中中县，减中上县五人。中下县，减中中县五人。下上县，减中下县十二人。下中县，减下上县六人。下下县，减下中县五人。

从中可以看出，各州、郡、县的职位繁杂，设员众多。尤其是州这一级，刺史既管军事，又掌地方，一身二任，州衙有两套机构，自长史到行参军，为管军政的府官；典签至佐史，为理民事的州官。不仅如此，许多州、郡、县管辖范围很小，滥设情况严重。原北齐之地，因"承魏末丧乱，与周人抗衡，虽开拓淮南，而郡县僻小"，州九十有七，郡一百六十，县三百六十五。北周"初有关中，百度草创，遂乃训兵教战，务谷劝农，南清江汉，西兼巴蜀，卒能以寡击众，戡定强邻"，及于东夏削平，多有省废。在大象二年（580），通计州二百一十一，郡五百零八，县一千一百二十四。而所有这些州、郡、县治，隋朝全都袭沿了下来。

开皇三年（583）十一月，时任河南道行台兵部尚书的杨尚希见天下州郡过多，上了一道奏表，说自秦并天下后，罢侯置守，汉、魏及晋，邦邑屡改。现在大隋的郡县，倍多于古，或地无百里，数县并置，或户不满千，二郡分领，"具僚以众，资费日多；吏卒人倍，租调岁减"，"清干良才，百分无一，动须数万，如何可觅"？所谓"民少官多，十羊九牧"是也。琴有更张之义，瑟无胶柱之理，为此他建议："存要去闲，并小为大，国家则不亏粟帛，选举则易得贤才。"

杨坚看过这道奏表，认为不错，其建议正与自己不谋而合。再想到诸如检括户口时的种种不利，他立即做出批示，对地方行政机构和官制进行整顿。

不过，在地方行政机构的设置上，杨坚并没有采用杨尚希"存要去闲，并小为大"的建议，而是采取更为彻底的措施，干脆取消"郡"这一级，由州、郡、县三级制，改为州、县二级制。这地方行政"二级制"在秦汉时原已采用，算不上杨坚"初创"，然州、郡、县三级制已经实行了五六百年，历经多个朝代，此番杨坚更始、厘革，也算"惟新朝政"。

杨坚做事，真称得上果断，雷厉风行。从开皇三年（583）十一月开始到十二月底，仅用不到两个月的时间，即"罢天下诸郡"。包括郡改县、郡改州在内，全国共计废郡四百五十九个。

这"废郡"可不是简单地将郡制废掉了事，势必牵涉官署职位的变动、人员的裁减和分流等问题，触及数以万计的官吏。杨坚也同样干净利落，各州郡衙自行辟召的属僚，自州都光初主簿到市令、丞等员，各郡衙自县正到市令等员，连同佐史，一律黜退，"旧周、齐州郡县职，自州都、郡县正已下，皆州郡将县令至而调用，理时事。至是不知时事，直谓之乡官"。并且在"罢郡"，以州统县后，还将原州衙两套机构合而为一，州官被取消，纳入乡官行列。

如此以来，地方官吏的职位及其任命就发生了巨大变化，直接黜退地方长官辟召的属僚，意味着地方"辟除"制度到此结束，杨坚实行了新的选官制度："别置品官，皆吏部除授，每岁考殿最。刺史、县令，三年一迁，佐官四年一迁。佐官以曹为名者，并改为司。"也就是由地方"辟除"制改为由朝廷"除授"制，对官员的任期与考核也从此有了新的规定。

"辟除"自汉代开始推行，与"征召"一起构成了"征辟制"，以征召"布衣"出仕。其中，朝廷召之称征，三公以下召之称辟。作为高官选聘、任用属吏的主要方式，辟除又可分两种情况：一种是三公府辟召，试用之后，由公府高第或由公卿荐举与察举，可出补朝廷官或外长州郡，故公府掾属官位虽低，却易于显达；另一种是州郡辟召，由州郡佐吏，因资历、功劳，或试用之后，以有才能被荐举或被察举，亦可升任朝廷官吏或任地方长吏。

魏晋以后，除了继续采用"征辟制"外，还开始实行"九品中正制"。其主要程序先是设置"中正"，由朝廷选择"贤有识鉴"的官吏兼任原籍地的州、郡、县的大小中正官，负责察访本州、郡、县散处在各地的士人，然后是"品第人物"，由中正官综合所察士人的门第、德才情况，定出其"品"和"状"，供吏部选官参考。

现在，郡遭废除，品官由"吏部除授"，"辟除制"和"九品中正制"事实上已被废止，吏部要考选全国大小官吏，势必需要有大量的后备人才。而此时朝廷各省部、地方各州县，又急需大批官吏，非得采取更好更管用的办法不可。

还在开皇二年（582）正月，杨坚就发下敕书，令山东卅四州刺史举人，通过"制举"进行人才选拔：

> 君临天下，所须者材，苟不求材，何以为化？自周平东夏，每遣搜扬，彼州俊人，多未应起。或以东西旧隔，情犹自疏；或以道路悬远，虑有困之，假为辞托，不肯入朝。如能仕者，皆得荣位，沉伏草莱，尚为萌伍，此则恋目下之利，忘久长之策。刺史守令，典取人情，未思此理，任而不送。朕受天命，四海为家，关东关西，本无差异，必有材用，来即铨叙，虚心待之，犹饥思食。彼州如有仕齐七品已上官及州郡县乡望、县功曹已上，不问在任下代，材干优长堪时事者，仰精选举之。纵未经仕官，材望灼然，虽乡望不高，人材卓异，悉在举限。或旧有声绩，今实老病，或经犯赃货枉法之罪，并不在举例。凡所举者，分为三番，具录官历家状户属姓名，送尚书吏部曹。……今令举送，宜存心简选，送名之后，朕别遣访问，若使被举之人有不及不举者，罪归于公等，更不干余等官司。公等宜将朕此敕宣示于人，令知朕意。此事专委于公等，必不得滥荐，复勿使失材也。

　　翌年十一月，几乎在诏令废郡的同时，杨坚又再次下诏制举，"如有文武才用，未为时知，宜以礼发遣，朕将铨擢"。这一次，"制举"的范围已扩大到了全国，且地方长官举荐贤才，吏部考选后，皇帝杨坚还要亲自"铨擢"起用。

　　"钩入枉而出直，此言圣君贤佐之制举也。"但制举的人才毕竟是少数，代替不了正常的铨选。因此，到了开皇七年（587）年正月十九日，杨坚下诏："制诸州岁贡三人。"这岁贡也就是"常举"，每年都要进行。

　　于是在每年某个时候，各州贡士集中到京师大兴，参加朝廷举行的分科考试。一开始，应试的科目主要有秀才和明经两种。通常，"策秀才，必五策皆通，拜为郎中"，故此科十分难中。"明经"就是通晓经学，大抵要考帖经、经义和时务策。贡士在"常举"考中之后，即取得了做官的资格，再经吏部遴选，便可授官。此"常举"之制，后经演变，不断改善，遂成为"科举制"也。

第二十六章　扬清抑浊

随着州、县二级制的实施，"制举""常举"等制度的推行，隋朝的官制和选官制度改革宣告完成。朝廷设三省六部，地方由州至县直至乡间，从尚书仆射到县级市令，人员各司其职，各就各位，基本上不用再作大的调整和变动。然而对整个官场的治理、官风的整顿却一直都在进行，没有停止过。

谁都知道，杨坚这人俭省、淳朴，从来都崇俭倡廉，弘扬朴实之风、清新正气。当时，负责监察百官的治书侍御史李谔见官场文风浮夸，"属文之家，体尚轻薄，递相师效，流宕忘反"，上书谏言，说他听闻古先贤哲王在教化民众的时候，必定变其视听，防其嗜欲，塞其邪放之心，示以淳和之路。五教六行为训民之本，《诗》《书》《礼》《易》为道义之门。故而能够家复孝慈，人知礼让，"正俗调风，莫大于此"。古时凡上书献赋、制诔镌铭，莫不褒德序贤，明勋证理。如非惩恶扬善，"义不徒然"。

降及后代，风教渐落，可就不一样了。曹魏之三祖，更尚文辞，忽视人君之大道，喜好雕虫小艺，于是"下之从上，有同影响，竞骋文华，遂成风俗"。等到了江左齐、梁二朝，其弊弥甚。无论贵贱贤愚，唯务吟咏，"遗理存异，寻虚逐微"，竞一韵之奇，争一字之巧。连篇累牍，不出月露之形，积案盈箱，唯是风云之状。世俗以此相较高低，朝廷据兹擢士。禄利之路既开，爱尚之情愈笃。结果，"闾里童昏，贵游总丱，未窥六甲，先制五言"，世人再不关心羲皇、舜、禹之典，不听伊、傅、周、孔之说，皆"以傲诞为清虚，以缘情为勋绩，指儒素为古拙，用词赋为君子"。故文笔日繁，其政日乱，良由弃大圣之轨模，构无用以为用也。"损本逐末，流遍华壤，递相师祖，久而愈扇"。

李谔最后说，"及大隋受命，圣道聿兴，屏黜轻浮，遏止华伪，如非怀经抱质，志道依仁，不得引预搢绅，参厕缨冕"。各方面都焕然一新，也应该更新文翰格式，简化公文案牍。杨坚遂于开皇四年（584），普诏天下，令公私之翰，一律据实撰写。

这年九月，偏有个泗州刺史司马幼之按照以往的规矩，精心写了篇奏章，雕文织彩，辞藻华丽。杨坚一看，不由得大怒，马上将其交付有司治罪，以儆效尤。自是公卿大臣，"咸知正路，莫不钻仰坟集，弃绝华绮，择先王之令典，行大道于兹世"。

随后，李谔针对州、县在荐举人才时存在的一些歪风邪气，再次上书："如闻外州远县，仍钟敝风，选吏举人，未遵典则，至有宗党称孝，乡曲归仁，学必典谟，交不苟合，则摈落私门，不加收齿；其学不稽古，逐俗随时，作轻薄之篇章，结朋党而求誉，则选充吏职，举送天朝。盖由县令、刺史未行风教，犹挟私情，不存公道。臣既忝宪司，职当纠察。若闻风即劾，恐挂网者多，请勒诸司，普加搜访，有如此者，具状送台。"

紧接着，他又以当官者好自矜伐，自吹自擂，第三次上书，曰：

臣闻舜戒禹云："汝惟不矜，天下莫与汝争能；汝惟不伐，天下莫与汝争功。"言偃又云："事君数，斯辱矣，朋友数，斯疏矣。"此皆先哲之格言，后王之轨辙。然则人臣之道，陈力济时，虽勤比大禹，功如师望，亦不得厚自矜伐，上要君父。况复功无足纪，勤不补过，而敢自陈勋绩，轻干听览！世之丧道，极于周代，下无廉耻，上使之然。用人唯信其口，取士不观其行。矜夸自大，便以干济蒙擢；谦恭静退，多以恬默见遗。是以通表陈诚，先论己之功状；承颜敷奏，亦道臣最用心。自衒自媒，都无惭耻之色；强干横请，唯以干没为能。自隋受命，此风顿改，耕夫贩妇，无不革心，况乃大臣，仍遵敝俗！如闻刺史入京朝觐，乃有自陈勾检之功，喧诉阶墀之侧，言辞不逊，高自称誉，上黩冕旒，特为难恕，凡如此辈，具状送台，明加罪黜，以惩风轨。

杨坚看后，认为俱是妙言要道，切理会心，也很快将李谔这前后所奏颁示天下。四海由此"靡然向风，深革其弊"，官场得到荡涤，风气为之一变。

在整饬吏治、杜弊清源时，杨坚还十分注意发现并褒扬良吏，以树立楷模，作为表率，轨物范世。早在开皇元年（581）十月，杨坚在驾幸岐州时，见刺史梁彦光有惠政，"悦其能"，下诏予以褒美：

赏以劝善，义兼训物。彦光操履平直，识用凝远，布政岐下，咸惠在人，廉慎之誉，闻于天下。三载之后，自当迁陟，恐其匮乏，且宜旌善。可赐粟五百斛，物三百段，御伞一枚，庶使有感朕心，日增其美。四海之内，凡曰官人，慕高山而仰止，闻清风而自励。

房恭懿性深沉，有局量，"达于从政"。在开皇初，被苏威推荐为雍州新丰县令，政绩为三辅之最。杨坚闻而嘉之，赐物四百段。房恭懿以其所赐分给穷苦百姓。未几，又赐其米三百石，他又拿去赈济贫民。这更让杨坚称赞，叹为观止。时雍州诸县令每朔朝谒，杨坚每次见到房恭懿，必将其呼至榻前，问之以治术。之后房恭懿超授泽州司马，仍有异绩，被赐物百段，良马一匹。转任德州司马后，更是被考评为天下第一。杨坚因此对诸州赴京的朝集使说："如房恭懿志存体国，爱养我百姓，此乃上天宗庙之所佑助，岂朕寡薄能致之乎！朕即拜为刺史。岂止为一州而已，当今天下模范之，卿等宜师学也。"言犹未尽，接着对满朝文武说道："房恭懿所在之处，百姓视之如父母。朕若置之而不赏，上天宗庙其当责我。内外官人宜知我意。"于是下诏，曰：

> 德州司马房恭懿出宰百里，毗赞二藩，善政能官，标映伦伍。班条按部，实允金属，委以方岳，声实俱美。可使持节海州诸军事、海州刺史。

· 反过来，对那些徇私枉法、贪赃舞弊、蝇营狗苟之徒，杨坚可是深恶痛绝，不论是谁，一律惩处。

当年，郑译、刘昉二位，曾为杨坚矫诏辅政、篡夺北周立下过大功，等到隋朝开国后，这两人却因一个"性轻险，不亲职务，而赃货狼藉"，一个"性粗疏，溺于财利"且"不以职司"，俱被疏远。郑译只是得了不少赏赐，以上柱国公归第。刘昉也仅进位柱国，改封舒国公，闲居无事，"不复任使"。

那郑译在家没有事干，心里又老觉得憋屈，便偷偷叫一帮道士过来"章醮"，以祈福助。谁知被他家中婢女告发，说他厌蛊左道，居心叵测。杨坚把他召来，教训了一通。恰在此时，宪司又弹劾郑译与母别居，为子不孝。如此，杨坚可就不客气了，专门下诏曰：

> 译嘉谋良策，寂尔无闻，鬻狱卖官，沸腾盈耳。若留之于世，在人为不道之臣，戮之于朝，入地为不孝之鬼。有累幽显，无以置之，宜赐以《孝经》，令其熟读。

被皇帝下了这等诏书，大大羞辱了一番不算，郑译还被除名为民，勒令与其母共住，好好孝顺。

而那个刘昉却比郑译显得更加低俗，"有奸数"。他自以为有佐命元功，未获重用，反遭疏离，遂对杨坚心生不满，对新朝颇有怨恨，言行上很不检点，甚或有些肆无忌惮。开皇初，京师发生饥馑，为了节省粮食，杨坚下令禁酒。刘昉非但不肯遵守，还故意让其妾租赁店面，当垆沽酒。治书侍御史李谔的前任梁毗为此劾奏他说："臣闻处贵则戒之以奢，持满则守之以约。昉既位列群公，秩高庶尹，縻爵稍久，厚禄已淹，正当戒满归盈，鉴斯止足，何乃规曲糵之润，竞锥刀之末，身昵酒徒，家为逋薮？若不纠绳，何以肃厉！"起初杨坚因刘昉确有大功，有诏不治。后来他竟与人勾结，作奸犯科，图谋不轨，杨坚遂干脆将其处斩。并且，在刘昉伏诛后，杨坚还籍没其家，自己素服临射殿，尽取刘昉等人家中资物置于前，"令百僚射取之，以为鉴戒"。

庞晃曾跟杨坚有"射雉之符"，相交多年，关系密切。杨坚践祚，他恃宠倨傲，目中无人，朝廷中任谁也不放在眼里。"时广平王（杨）雄当涂用事，势倾朝廷，晃每陵侮之。尝于军中卧，见雄不起，雄甚衔之。复与高颎有隙。"对于这么一位鲁莽功臣，杨坚不好与之计较，然亦不能听之任之。所以，自从开国初加其上开府，拜右卫将军，进爵为公后，十多年不予升迁，官不得进。

还有一位豆卢通，出自鲜卑贵族，又娶杨坚二妹昌乐长公主为妻，正宗的皇亲国戚。他刚到相州任刺史时，不知是为了感谢皇帝，还是为了显摆，弄了些绫文布贡了上来。杨坚一看，好不尴尬，也气得不行，直接叫人把贡品抬到朝堂，当场焚毁，并把豆卢通好一顿责骂。

要医时救弊，正本清源，特别是要激励地方官员尽心为治，光靠下几道诏令、树几个楷模、惩处污吏似还不够，还必须让官员有进有退，以严考政绩为纲来黜陟幽明，做到"黜陟合理，褒贬无亏，便是进必得贤，退皆不肖"。开皇六年（586）二月五日，杨坚"制刺史上佐每岁暮更入朝，上考课"，开始实行按政绩黜陟州、县官的制度，"黜退其幽者，升进其明者"。而且，他还经常亲自主持考课，"尝大集群下，令自陈功绩"，便使这黜陟幽明之制得以严格执行。

那沧州刺史令狐熙在任时，不仅捡括户口做得好，各方面也都很不错，"在职数年，风教大洽"，深得民心。开皇四年（584），杨坚幸洛阳，令狐熙前往述职，沧州吏民以为他要调职，悲泣于道。等他回来，百姓喜出望外，"出境迎谒，欢叫盈路"。开皇八年（588），他因"考课"优秀徙为河北道行台度支尚书，沧州吏民依依不舍，相与立碑颂德。其后行台废，令狐熙又被授并州总管司马，后被征为雍州别驾，寻为长史，迁鸿胪卿。再往后，他又兼吏部尚书，往判五曹尚书事，"号为明干，上甚任之"。

元亨在卫州刺史任上八年，治术优异，民风大好。"后以老病，表乞骸骨"时，当地吏人诣阙上表，请留卧治，让杨坚感叹不已。元亨病重回京，杨坚甚是关心，"令使者致医药，问动静，相望于道"。

刘旷性情谨厚，"每以诚恕应物"。开皇初，为平乡令。在任七年间，大崇惠政，百姓感其德化，更相笃励，"狱中无系囚，争讼绝息，囹圄尽皆生草，庭可张罗"。及至他调离，当地官吏无论大小老少，号泣于路，百姓相送数百里不绝。迁为临颍令后，刘旷清名善政，为天下第一。杨坚亲自召见他，赞赏道："天下县令固多矣，卿能独异于众，良足美也！"又顾谓侍臣曰："若不殊奖，何以为劝！"于是下优诏，将其擢为莒州刺史。

为了辅佐改封蜀王的皇四子杨秀，兵部尚书、平昌郡公元岩被委任为益州总管长史。在益州，元岩奉公不阿，"蜀中狱讼，岩所裁断，莫不悦服"。就连那些因罪受到惩处的，也相谓曰："平昌公与吾罪，吾何怨焉。"杨坚因此甚为嘉许，赏赐优洽。元岩去世时，"益州父老，莫不殒涕，于今思之"，杨坚也"悼惜久之"。

第二十七章　监察防范

　　在吏治上，隋朝还强力施行监察制度，将其作为纠察官吏、监督地方、正风肃纪的重要手段。不仅其主要官署——御史台的设置更为规整，人员更加强干，还被赋予了更大的权力，行使起来更加严刻、峻厉。因而，其功能和作用也发挥得更好，更见成效。

　　杨坚对御史们多有支持，总是激励他们要直道而行，放心大胆地绳愆纠谬，救偏补弊。朝廷官员无论人小，俱在宪官纠弹之列。"恒令左右觇视内外，有小过失，则加以重罪。"若谁有过失，受到弹劾，则一律处治，严惩不贷。大司徒王谊是杨坚的太学同学，其子王奉孝娶杨坚的第五女兰陵公主。不久，王奉孝病死。一年后，王谊上表，说是兰陵公主还年轻，请提前免其孝服。时任御史大夫的杨素遂严词弹劾王谊，说"三年之丧，自上达下，及期释服，在礼未详"。兰陵公主虽贵为王姬，现终成下嫁之礼，公则主之，犹在移天之义。那王谊竟"欲为无礼"，实乃薄俗伤教，为父则不慈；轻礼易丧，致妇于无义。如果纵而不正，恐伤风俗，杨素请求将其"付法推科"。

　　这是对皇亲贵胄，御史大夫愣是不留情面，紧紧揪住不放。当时还未入御史台、只为屯田侍郎的柳彧也敢跟"百官之首"——尚书左仆射高颎"叫板"。

　　时制三品以上，门皆列戟，以示显贵。高颎的二儿子高弘德被封应国公，按常理倒是符合规制，便禀文申请戟门。不想这份禀文到了也兼管朝官仪仗事宜的柳彧那儿，柳彧判曰："仆射之子更不异居，父之戟槊已列门外。尊有压卑之义，子有避父之礼，岂容外门既设，内阁又施！"此事最终没被批准。高颎闻后，不但没有记恨，反而对柳彧很是叹服。随后柳彧迁治书侍御史，专行监察之事，"当朝正色，甚为百僚之所敬惮"。杨坚嘉其婞直，勉励柳彧说："大丈夫当立名于世，无容容而已。"赐钱十万，米百石。

就在柳彧上任后不久，有应州刺史唐君明，在居母丧期间，娶了雍州长史库狄士文的从父妹，即上疏弹劾：

> 臣闻天地之位既分，夫妇之礼斯著，君亲之义生焉，尊卑之教攸设。是以孝惟行本，礼实身基，自国刑家，率由斯道。窃以爱敬之情，因心至切，丧纪之重，人伦所先。君明钻燧虽改，在文无变，忽劬劳之痛，成宴尔之亲，冒此苴缞，命彼褕翟。不义不昵，《春秋》载其将亡，无礼无仪，诗人欲其遄死。士文赞务神州，名位通显，整齐风教，四方是则，弃二姓之重匹，违六礼之轨仪。请禁锢终身，以惩风俗。

杨坚收到这份奏劾后，马上予以处理，唐君明和库狄士文两人双双获罪入狱。因隋朝是在历经丧乱之后所建，风俗颓坏，柳彧多有矫正，杨坚对他很是赞赏。

对同为治书侍御史的李谔，杨坚也甚为激赏，其所上的奏书，全部予以采纳。位望通贵的朝廷重臣苏威，曾因临道的店舍，俱为求利之徒所为，"事业污杂，非敦本之义"，于是奏请杨坚，要他们归农种田。有愿继续从商的，由所在州县录附市籍，其旧店尽数撤毁，并限定时限，令其搬到偏僻的地方去。正值严冬，天寒地冻，但是无人陈诉，不敢申辩。李谔因为别事出使外地，正巧碰上这事，觉得士农工商，四民有业，各附所安，客舍和旗亭，自古就有，情况各异，即附市籍，于理不可，且店舍为行旅之所托，哪能一朝而废，徒为劳扰，于事非宜。遂令店家暂不搬迁，一切照旧，等他使还诣阙，然后奏闻皇上。杨坚非常认可李谔的这一做法，对他说道："体国之臣，当如此矣。"

上仪同三司李孝贞，在开皇初，即拜冯翊太守，后数岁，迁蒙州刺史，"吏民安之"。但自此之后，不复留意于政事，人问其故，他慨然叹曰："五十之年，倏焉而过，鬓垂素发，筋力已衰，宦意文情，一时尽矣，悲夫！"于是每到闲暇之日，辄引宾客弦歌对酒，终日为欢。此后李孝贞又被征拜为内史侍郎，与内史令李德林一起参典文翰。然他并没有发挥其应有的作用，"颇称不理"，杨坚因此深为谴怒，"敕御史劾其事"，李孝贞由是出为金州刺史。

"察举无所回避，弹奏无所屈挠。"御史们在纠察朝廷百官时，不仅谁都不肯放过，而且纠察的范围也十分广泛，举凡行政执法、政风官纪、忠诚廉洁、仪容仪表等"公务"，乃至个人之品行操守，皆都察纠。文武百官若有甚不良行为，即行弹劾。遂使他们颇以宪官纠弹为意，平日里谨言慎行，不敢过于放纵。

对于州、县地方官吏，杨坚从控驭和约束的角度，首先在其官纪上做出种种限制。开皇四年（584）四月，"敕总管、刺史父母及子年十五已上，不得将之官"。其后，又"制外官九品已上，父母及子年十五已上，不得将之官"，"制州县佐吏，三年一代，不得重任"，"文武官以四考交代"，"县令无故不得出境"等。其次，经常遣派大员外出巡省，考核黜陟。开皇元年（581）二月，隋朝建立伊始，他即遣八使巡省风俗，此后在开皇二年（582）、开皇三年（583）、开皇四年（584），连年派出巡省大使，开皇六年（586），更以民部尚书苏威为大使，巡省山东各地。其中在开皇三年（583）十一月发使巡省风俗时，杨坚专门下诏，说"朕君临区宇，深思治术，欲使生人从化，以德代刑，求草莱之善，旌闾里之行"，因此"已诏使人，所在赈恤，扬镳分路，将遍四海，必令为朕耳目"。他要求巡省大使去往各地时，一定多了解掌握情况，"民间情伪，咸欲备闻"，而且"远近官司，遐迩风俗，巨细必纪，还日奏闻"。

杨坚所派出的巡省大使，多为台省主官，甚至还有内史监虞庆则、纳言苏威这等要员。他们代表天子行使权力，可"便宜行事"，职任颇重。若在巡省的时候，主要是为了黜陟幽明、举荐人才，则杨坚即径派黜陟大使。这些巡省大使或者黜陟大使们，对于州、县官吏的升降、进退具有重大影响。整修五门堰的寿州总管长史赵轨，最初任齐州别驾时，就有能名，连续四年考绩最优，持节使者梁子恭将其事迹上报，杨坚大喜，赐物三百段，米三百石，征其入朝为官，与秘书监牛弘等撰定律令格式，后又转为原州总管司马、寿州总管长史等职。而对于不遵法度乃至为非作歹的官吏，巡省大使一到，也能给予相当威慑，甚或直接惩处。刑部侍郎皇甫诞，执法严格，不徇私情，迁治书侍御史，"朝臣无不肃惮"，旋被委任为河南道大使。待他回朝后，奏事称旨，杨坚甚悦，令判大理少卿。柳彧更是厉害，有一年，他持节巡省河北五十二州，一下就奏免长吏赃污不称职者二百余人，致使"州县肃然，莫不震惧"。杨坚深为嘉许，赐其绢布二百匹、毡三十领，拜仪同三司。岁馀，又加员外散骑常侍，治书侍御史如故。其后多次让他出任巡省大使，巡省多处州、县。

不光遣派巡省大使，杨坚本人也经常出巡，行幸州、县，甚至于探访乡间。——此即"皇矣上帝，临下有赫，监观四方，求民之莫"，以监察天下，观风问俗，了解各地状况。在出巡时，杨坚很是用心，"乘舆四出，路逢上表者，则驻马亲自临问。或潜遣行人采听风俗，吏治得失，人间疾苦，无不留意"。有一年，他行至雍州渭南县，见县治所在地明光原上缺水，遂令将渭南县治迁至酒水东侧苻秦城南。上柱国、晋熙郡公张威是开国功臣，官至河北道行台仆射，其后又拜青州总管。杨坚对他颇为信任，多有赏赐。但他自恃功绩，在青州任上，颇治产业，"遣家奴于民间鬻芦菔根，其奴缘此侵扰百姓"。被杨坚发现后，深加谴责，将其免官，"坐废于家"。后来杨坚巡行洛阳时，召见他，痛心地说道："自朕之有天下，每委公以重镇，可谓推赤心矣。何乃不修名行，唯利是视？岂直孤负朕心，亦且累卿名德。"这让张威本人深感羞愧，对其他地方官员也是一次强烈的警示，引为鉴戒。

正是因为有了严格的监察防范，扶正黜邪，清流荡浊，又遵道秉义、明辨是非、考绩幽明合理，使得隋朝吏治廓清，"由是州县史多称职，百姓富庶"，甚至是"开皇之治，以赏良吏而成"。

第五篇

　　"三吴、百越，九江五湖，地分南北，天隔内外，谈黄旗紫盖之气，恃龙蟠兽据之险，恒有僭伪之君，妄窃帝王之号。时经五代，年移三百，爰降皇情，永怀大道，愍彼黎献，独为匪人。今上利建在唐，则哲居代，地凭宸极，天纵神武，受脤出车，一举平定。于是八荒无外，九服大同，四海为家，万里为宅。乃休牛散马，偃武修文……"这是薛道衡《高祖文皇帝颂》中的词句，说的是隋文帝杨坚统一南北之事。在这篇"颂"里，他还写道："……吴越提封，斗牛星象，积有年代，自称君长。大风未缴，长鲸漏网，授钺天人，豁然清荡。戴日戴斗，太平太蒙，礼教周被，书轨大同。复禹之迹，成舜之功，礼以安上，乐以移风……"能使华夏重归统一，结束了自西晋以来300多年的分裂局面，杨坚确实厥功至伟，值得这么一"颂"。

　　谁都知道，分裂对一个国家来说意味着什么。天下纷乱，骨肉相争、相离，江山残破，无论怎么也不算是强国。因而，当杨坚在雄踞北方，旋乾转坤，实力壮大以后，便就决心兵发江南、消灭南陈，建立大一统的隋朝了。

　　这是一个宏伟而又十分艰难的目标，需要殚思极虑、倾心竭力方能实现，也更需要有一个伟大人物作为统帅，才得以最终实现。杨坚出现了，他也做到了。"乃以开皇八年十月，承少昊之秋气，动文昌之将星。下蜀汉之舟，翩翩龙跃；集幽并之骑，萧萧马鸣。一苇而可以横大江，三令而可以陵汤火。蒋山苦战，子文之魂魄飞扬；建业大崩，叔宝之金汤不守"。从此，南北两朝合而为一，华夏民族重又融为一起，大隋王朝呈现了崭新的完整的版图，一个泱泱大国屹立在了世界东方。

据说，衡量一个朝代是否为治世或是盛世至少要满足四个条件：一是国家统一，疆域辽阔；二是政治清明，社会安定；三是经济繁荣，人民安居乐业；四是没有外患或外患不严重，四方来朝，八方来贺。若是如此，则这"开皇盛世"只有在大隋消灭南陈、实现统一后才算名副其实，或者说到了这时，"盛世"才算开始。"万树青青入望遥，行人犹白说隋朝"。那"盛世"下的大隋是多么大气磅礴，怎样一番太平景象，至今让人感念不忘。

而于杨坚本人，"降精熛怒，飞名帝箓，开运握图，创业垂统，圣德也；拨乱反正，济国宁人，六合八纮，同文共轨，神功也；玄酒陶匏，云和孤竹，禋祀上帝，尊极配天，大孝也；偃伯戢戈，正礼裁乐，纳民寿域，驱俗福林，至政也。张四维而临万宇，侔三皇而并五帝，岂直锱铢周、汉，么麽魏、晋而已"。如此有"圣德"、"神功"、"大孝"、"至政"、开创了伟业、造就了"盛世"的一代帝王，却"为而不恃，成而不居"，在公卿庶尹、遐迩岳牧们都认为如今已是天平地成，应登封降禅，"宜其金泥玉检，展礼介丘，飞声腾实，常为称首"之时，杨坚却"冲旨凝邈"，固辞弗许。于是，人们至此才知道，六十四卦中，以谦损之道为尊，"七十二君，告成之义为小"。在薛道衡之类文人的眼里，杨坚是"巍巍荡荡，无得以称焉"，而其深诚至德，感达于穹壤，和气薰风，简直"充溢于宇宙"了。

第二十八章　平陈谋略

　　杨坚的确胆识过人，大有气魄，还在"受禅"、立国之初，就"阴有并江南之志"，想着灭掉南陈、统一天下了。不过他亦深知，这绝非易事，非得细密筹划、条件具备且时机成熟了不可。在此之前，只有养精蓄锐、积聚力量，以等待时机。因而在开皇元年（581），当南陈挑起战争的时候，他只是略作反击、以求边境稳定即行，并没有头脑发热，意气用事，贸然向江南发起进攻。相反地，隋朝还不时遣使，聘问南陈，频频向其示好。就在开皇二年（582）六月，杨坚以"礼不伐丧"为名宣布停止与南陈敌对后，还派出专使至陈，吊唁死去的陈宣帝；开皇三年（583）四月，再派兼散骑常侍薛舒、兼通直散骑常侍王劭使于陈。

　　开皇四年（584）十一月，杨坚又遣兼散骑常侍薛道衡等出使南陈。薛道衡的文人劲儿一上来，觉得一定要"不辱使命"，专门上了份奏书，说："江东蕞尔一隅，借擅遂久，实由永嘉已后，华夏分崩。刘、石、符、姚、慕容、赫连之辈，妄窃名号，寻亦灭亡。魏氏自北徂南，未遑远略。周、齐两立，务在兼并，所以江表逋诛，积有年祀。陛下圣德天挺，光膺宝祚，比隆三代，平一九州，岂容使区区之陈，久在天网之外？臣今奉使，请责以称藩。"杨坚一看，知道薛道衡领会错了这次出使的本章，遂赶快提醒他道："朕且含养，置之度外，勿以言辞相折，识朕意焉。"

此后每年，隋朝也都向南陈派去使节。开皇五年（585）九月，"隋使李若等来聘"；六年（586）八月，"遣散骑常侍裴豪等来聘"；七年（587）四月，"遣兼散骑常侍杨同等来聘"；八年（588）三月，"遣兼散骑常侍程尚贤等来聘"。

不仅在两国交往中放低姿态，以缓和关系，诱敌骄慢倨傲，而且杨坚还一再拒绝陈将来降，有意制造和平、安定气氛，使南陈更加放松警惕。还在开皇三年（583）四月，"陈郢州城主张子讥遣使请降，上以和好，不纳"；四年（584）八月，"陈将夏侯苗请降，上以通和，不纳"。

同时，隋朝在两国边境继续采取守势，保持克制，按行自抑，借以麻痹敌军，助长其轻敌心理。开皇二年（582）后，南陈虽肯与隋修好，每年都遣使回聘，却也"犹不禁侵掠"，屡屡寻衅犯边。开皇五年（585）九月，陈将湛文彻就曾率军进犯和州。对此，隋军只是按照杨坚命令，像以前一样坚守拒敌，或仅作有限反击，将敌击退。而且每次捕获南陈间谍，都厚给衣马，以礼遣还。这样就更给南陈造成了误解，认为隋朝软弱可欺，不敢与己作对。

杨坚的这一系列巧妙构思、精心安排，即营造出了隋陈友好的太平表象，两国关系尚算融洽，隋朝力求和睦相处，互不侵犯。其实杨坚是将南陈玩于股掌之上，自己无时不在考虑平陈方案。这几年，他不仅自己思谋，还积极向臣下密询计策，多方征求意见。尚书左仆射高颎献计说：江北地区气温偏寒，庄稼成熟稍晚，而江南水田，庄稼早熟。估计在南陈收获的季节，我方征调少量兵马，声言要过江袭击，他们必然要屯兵守御，这就足使他们耽误收获，废其农时。待他们兵马聚集起来，我们就解甲收兵。如此反复，接二连三，他们便会习以为常。此后如果我们真的调集大军，他们得到消息后，也必定不肯相信。趁他们犹豫的时候，我方大军已经渡江，与敌交战，士气定会大增。再说，江南水浅土薄，房舍多用茅竹搭成，所有的储积都不是藏在地窖里。如果我们秘密派人过江纵火，焚其房舍和储积，等他们重修后，再去烧毁。这样不出几年的工夫，南陈的财力将损耗殆尽。杨坚采纳了高颎的这一计策，果然"陈人益敝"，被搞得精疲力竭，困惫不堪。

高颎计谋见用，御史大夫杨素、吴州总管贺若弼、光州刺史高劢和原司农少卿、现任虢州刺史崔仲方等人，亦争相献策。其中，杨素上方图江表，又数进取陈之计；贺若弼献取陈十策，"上称善，赐以宝刀"。高劢上取陈五策，又上表说陈荒悖滋甚，"民神怨愤，灾异荐发"，"天讨有罪，此即其时"，如果戎车雷动，戈船电迈，讨伐南陈，他愿效鹰犬之力。杨坚览表嘉之，答以优诏。

那崔仲方在论取陈之策的奏书中，先是引经据典，阐述了一通陈朝当灭的五行运历道理，十分肯定地说是"以今量古，陈灭不疑"。"盖闻天时不如地利，地利不如人和，况主圣臣良，兵强国富，动植回心，人神叶契。陈既主昏于上，民讟于下，险无百二之固，众非九国之师。夏癸、殷辛尚不能立，独此岛夷而稽天讨！"接下来，他笔锋一转，提出对陈用兵的具体部署："今唯须武昌已下，蕲、和、滁、方、吴、海等州更帖精兵，密营渡计；益、信、襄、荆、基、郢等州速造舟楫，多张形势，为水战之具。"因蜀、汉两水是长江的上流，水陆交通要冲，为兵家必争之地。敌军虽然在流头、荆门、延州、公安、巴陵、隐矶、夏首、蕲口、溢城等地配置了许多战船，然终归还是要聚集在汉口、峡口两地，用水战来同我方进行大决战。如果敌军断定我军在上江上游驻有重兵，令精兵前来增援，那么，我军下游诸将便可择机横渡长江；如果敌军按兵不动，拥众在下游守卫，我们的上游诸军即可顺流而下，鼓行向前。总之，南陈"虽恃九江五湖之险，非德无以为固，徒有三吴、百越之兵，无恩不能自立"。

杨坚览此奏书，甚为高兴，马上任命崔仲方为基州刺史，赐之以御袍裤，并杂彩五百段，将其进位开府，令他去汉水中游，好好筹备南下伐陈之事。

在此期间，后梁发生了一系列变故，又为隋朝伐陈增添了理由，促使杨坚加紧部署，正式亮出了伐陈的旗号。

开皇五年（585）八月，后梁主萧岿去世，临终前上表给杨坚，说："臣以庸暗，曲荷天慈，宠冠外藩，恩逾连山，爱及子女，尚主婚王。每愿躬擐甲胄，身先士卒，扫荡逋寇，上报明时。而摄生乖舛，遽罹疴疾，属纩在辰，顾阴待谢。长违圣世，感恋呜咽，遗嗣孤藐，特乞降慈。伏愿圣躬与山岳同固，皇基等天日俱永，臣虽九泉，实无遗恨。"并献上自己所佩戴的"金装剑"，这让杨坚不胜嗟悼。在其子萧琮继位后，杨坚一来为了勉励他，二来也是因他年幼，缺乏主见，叔父们又位高权重，怕出什么闪失，故赐玺书曰：

> 负荷堂构，其事甚重，虽穷忧劳，常须自力。辑谐内外，亲任才良，聿遵世业，是所望也。彼之疆守，咫尺陈人，水潦之时，特宜警备。陈氏比日虽复朝聘相寻，疆埸之间犹未清肃，唯当恃我必不可干，勿得轻人而不设备。朕与梁国，积世相知，重以亲姻，情义弥厚。江陵之地，朝寄非轻，为国为民，深宜抑割，恒加馈粥，以礼自存。

萧琮收到杨坚发来的玺书后不长时间，也不知是为了向隋朝表明态度，还是他年少气盛，还是南陈侵扰在先，反正他急着派大将军戚昕率舟师袭击南陈的公安城，却是不克而还。后梁内部，遂也开始出现不稳，其大将军许世武密以江陵城招引南陈大将、荆州刺史陈慧纪，事泄后被萧琮诛杀。萧琮的几个叔父也蠢蠢欲动，动向不甚明朗。见此情形，杨坚主动采取措施，防患于未然。将萧琮的一个叔父萧岑征召入朝，拜为大将军，封怀义公，留在京师，不令回国。同时复置江陵总管，以加强对后梁的监视。

开皇七年（587）八月，杨坚又召后梁主萧琮入朝，让其臣下二百余人相随。并且，还以严酷出名的大将崔弘度为江陵总管，率军前来戍守。此一诏令颁下，后梁举国震动，江陵父老送萧琮入京时，莫不陨涕相谓曰："吾君其不反矣！"

崔弘度军至都州，萧琮的另一个叔父萧岩和他的弟弟萧瓛等惧其掩袭，抢先行动，引陈人陈慧纪率兵进至江陵城下。九月十九日，驱文武官吏、平民百姓十万人投奔南陈。杨坚闻讯，下令废除后梁，并派尚书左仆射高颍赶往江陵，安集遗民。

而南陈听闻萧岩等人渡江请降，大喜，举朝庆贺，颁诏大赦。陈主陈叔宝以陈慧纪应接之功，加其侍中、金紫光禄大夫、开府仪同三司、征西将军、增邑并前六千户。其后，又以萧岩为开府仪同三司、东扬州刺史，萧瓛为吴州刺史。

杨坚见南陈竟是如此所为，勃然大怒道："我为民父母，岂可限一衣带水不拯之乎！"遂下令大造战船，开始全面进入战备状态。新到任的信州总管杨素在永安建造各种战舰，其大舰名曰"五牙"，上起楼五层，高百余尺，旗帜飘扬，前后左右置六拍竿，俱五十尺高，可载战士八百人；次一级的战舰曰"黄龙"，可置兵百人；以下还有"平乘""舴艋"等大小不等的战舰。

当时有人劝杨坚秘密备战，以免打草惊蛇，过早地暴露了自己的作战意图，杨坚却反其意而行，答道："吾将显行天诛，何密之有！"反而命令将造船砍削下来的碎木投入江中，有意上陈人知道，冠冕堂皇地说："若彼惧而能改，吾复何求！"

第二十九章 玉树后庭花

隋朝这边磨刀霍霍，虎视眈眈，那边南陈却是花天酒地，纸醉金迷，犹在歌舞升平。

南陈皇帝陈叔宝荒淫无度，即位后，"宾礼诸公，唯寄情于文酒，昵近群小，皆委之以衡轴"，致使政刑日紊，尸素盈朝，"耽荒为长夜之饮，嬖宠同艳妻之孽"。他本人喜爱诗文，其周围便聚集了一批文人骚客。前太子詹事江总，素长文辞，"于七言、五言尤善"，陈叔宝嗣位，即除授他为祠部尚书，未几转为吏部尚书，不久又超拜尚书仆射（后又授尚书令），成了宰辅。这江总虽系百官之首，却不亲政务，常与都官尚书孔范、散骑常侍王瑳等十余人，侍奉皇帝游宴后庭，无复尊卑之序，谓之"狎客"。有宫人袁大舍等，颇通翰墨，能作诗歌，被陈叔宝命名为"女学士"。每次酒宴，妃嫔群集，"女学士"及诸"狎客"两旁列坐，飞觞醉月，即夕联吟，彼唱此酬。又采其中特别艳丽的诗作，按歌度曲，选宫女千余人习而歌之，分部迭进，更番传唱。陈叔宝自己也作诗词歌赋，多为赞美妃嫔之容色，极尽夸张之能事。比较著名的有"璧户夜夜满，琼树朝朝新"两句。更有一首《玉树后庭花》，谱上新曲后，被广为演唱，传诵一时。其词曰：

丽宇芳林对高阁，新装艳质本倾城。

映户凝娇乍不进，出帷含态笑相迎。

妖姬脸似花含露，玉树流光照后庭。

花开花落不长久，落红满地归寂中。

陈叔宝立有皇后沈婺华，贵妃张丽华，两个贵嫔龚氏和孔氏。此后又广选美女，得王、李二美人，张、薛二淑媛，并袁昭仪、何婕妤、江修容等七人。在后宫之中，最受陈叔宝宠爱的自是张丽华，其次是龚、孔两贵嫔，再往后是王、李、张、薛、袁、何、江等。至于皇后沈婺华，因太过端静，"寡嗜欲"，渐受冷落，排名竟在最后。

开皇四年（584），陈叔宝特命在光照殿前，添筑临春、结绮、望仙三阁，各高数十丈，袤延数十间。凡窗牖壁带，悬楣栏槛，俱用沉檀香木制成，饰以金玉，杂嵌珠翠，外施珠帘，内设宝床宝帐，一切服玩，统是瑰奇珍丽，光怪陆离，近古所未有。每遇微风吹送，香达数里，旭日映照，光激后庭。阁下又积石为山，引水为池，杂植奇花异卉，备极点染。

三阁建成后，陈叔宝自居临春阁，贵妃张丽华居结绮阁，龚、孔二贵嫔居望仙阁。三阁并有复道，互便往来。

那张丽华本兵家女，家贫，父兄以织席为生。早年龚贵嫔为太子陈叔宝良娣时，她被选入宫，服侍于前。陈叔宝见而悦之，得幸，生有皇子陈深。张丽华长得漂亮，娉婷袅娜，一头黑发长达七尺，其光可鉴。人又非常聪颖敏慧，有神彩，进止详华，"每瞻视眄睐，光采溢目，照映左右"。她极善体察主上心意，笼络后宫，在陪陈叔宝与其宾客游宴时，由她引妃、嫔前来，"荐诸宫女预焉"。因此，后宫无论妃、嫔，还是内侍、宫女，都盛称贵妃德惠，竞言其善，她便愈发芳名鹊起，甚得主欢。除此之外，张丽华还很擅厌魅之术，"常置淫祀于宫中，聚女巫鼓舞"，更把陈叔宝弄得得神魂颠倒，五迷三道的。

陈叔宝本人耽于酒色，怠于政事，常不视朝，所有百司启奏，统由宦官蔡脱儿、李喜度等人传递。每有奏书传将进来，陈叔宝将张丽华抱置膝上，两人一起批阅，共决可否。有时蔡、李两厮或不能悉记，张丽华即逐条裁答，竟无所遗脱。这让陈叔宝十分惊异，对张丽华更加宠爱、信任有加，朝廷政务，任由她裁决。自是，宦官近习，内外连结，援引宗戚，横行不法，"卖官鬻狱，货赂公行；赏罚之命，不出于外"。若有招摇罹法者，但向张丽华乞求，无不代为洗刷。王公大臣若是不从内旨，亦只由她一言，便即疏斥。整个陈朝上下，不知有陈叔宝，但知有张贵妃，执掌朝政的公卿大臣皆都从风谄附，似蚁贪膻，如蚋奔酸。

这样，整个南陈朝廷，除了江总等一帮文才出众、却偏偏不懂治国理政的文人，就是一些趋炎附势、巴高望上的臧仓小人和碌碌之辈。有一个中书舍人施文庆，曾在东宫侍奉过陈叔宝，因其颇涉书史，博闻强记，"明闲吏职，心算口占，应时条理"，由是大被陈叔宝亲幸。施文庆又荐引沈客卿、阳惠朗、徐哲、暨慧景等人，说他们皆有吏能，这几位也便都获得了重用。其中，沈客卿与施文庆一样，成为中书舍人，还兼掌中书省金帛局，徐哲当上了刑法监。

沈客卿能言善辩，熟知朝廷典章规制。按照旧有制度，军人、士人都无关市之税。因这几年陈叔宝大修宫室，穷奢极欲，致使府库空虚，财用枯竭。沈客卿遂奏请，"不问士庶并责关市之征"，而且增加原来的税率。陈叔宝自然照准。于是，朝廷任命阳惠朗为大市令，暨慧景为尚书金、仓都令史。阳、暨二人都是小吏出身，考校簿领，分毫不差，然皆放饭流歠，鼠目寸光，"督责苛碎，聚敛无厌"，士民因之怨声载道。不过，通过沈客卿的这一办法，府库每岁所入，超出常格数十倍。陈叔宝大悦，越发感到施文庆有知人之明，能够荐引沈客卿等众多"贤才"，对他更加亲重，朝廷大事小事，无不委任。施文庆则呼朋唤友，相互引荐，以至于因此成为达官显贵的就有五十人之多。

再说那个都官尚书孔范，为了攫取权力，与孔贵嫔结成兄妹。

陈叔宝讨厌听别人说自己的过失，所以每当他做了什么恶事，有甚差错，孔范总是千方百计地为其掩罪藏恶，文过饰非。他因此很受陈叔宝器重，"宠遇优渥，言听计从"。群臣但有敢向皇帝纳言进谏的，一律被他横加罪名，逐出朝廷。此人自以为文武全才，举朝无人能比。有一次，他禀告陈叔宝说："外间诸将，起自行伍，匹夫敌耳。深见远虑，岂其所知！"陈叔宝为此又向施文庆征询意见。施文庆因畏惧孔范，便随声附和，其他近臣也以为然。自此以后，将帅稍有过失，便黜夺其兵权，转交给文吏。领军将军任忠任蛮奴，素有战功，偶挂吏议，其部曲即被夺去，交与孔范等分管。由是陈朝文武懈体，士庶离心。

这几年，陈朝文武百官中，如任忠这般，因偶有过失，即受黜罚，或是因敢言直谏而遭抑绌的，不少，甚至于含冤负屈，性命不保。秘书监、右卫将军兼中书通事舍人傅縡，"为文典丽，性又敏速，虽军国大事，下笔辄成，未尝起草，沉思者亦无以加焉"，曾深为陈叔宝所重，但因其负才使气，不愿与施文庆、沈客卿等人同恶相济，遂遭这帮人构陷，被捕下狱。

在狱中，傅縡愤而上书，说："夫君人者，恭事上帝，子爱下民，省嗜欲，远谄佞，未明求衣，日旰忘食，是以泽被区宇，庆流子孙。陛下顷来酒色过度，不虔郊庙大神，专媚淫昏之鬼；小人在侧，宦竖弄权，恶忠直若仇雠，视生民如草芥；后宫曳绮绣，厩马馀菽粟，百姓流离，僵尸蔽野；货贿公行，帑藏损耗，神怒民怨，众叛亲离。恐东南王气，自斯而尽。"

此书呈奏，陈叔宝大为恚怒。等过了一会儿，怒气稍解，他派人去问傅縡："我欲赦卿，卿能改过不？"傅縡却回答说："臣心如面，臣面可改，则臣心可改。"这下子，陈叔宝可实在止不住怒火了，令宦者罗织傅縡的罪行，"穷治其事"，将他赐死在狱中。

陈叔宝如此作为，自己不以为耻，反以为荣。他的年号本为"至德"，在至德五年也就是开皇七年（587）正月，有人报称甘露降，灵芝生，这让他大喜过望，随即下诏，改元应瑞，改年号为"祯明"，说是"今三元具序，万国朝辰，灵芝献于始阳，膏露凝于聿岁，从春施令，仰乾布德，思与九有，惟新七政。可大赦天下，改至德五年为祯明元年"。谁知诏敕方颁，即闻地震，那些媚臣谐子，却信口开河，称这是阳气振动，万汇昭苏的吉兆。此后，整个江南天怒人怨，妖异特众，雨飚不时。鄞州水黑，淮渚暴溢，有群鼠渡淮入江，淹没无数。东冶铸铁，空中突然堕下一物，隆隆如雷形，色甚赤，致使铁飞出墙外，毁及民居。又有蔓草久塞的临平湖，无故自开，草随波流。陈叔宝闻知，心中未免惊异，乃自卖于佛寺为奴，作为厌胜。贵妃张丽华本来就佞佛，动辄托词鬼神，蛊惑皇帝，遂在宫中竞设淫祀，召集妖巫，祈福禳灾。陈叔宝又在建康敕建大皇寺，内造七级浮图，尚未完工，就为火所焚。皇室那祭天告庙的礼仪，他反多阙略，不当回事儿，倒有好几年不见驾临。

有大市令章华，博学能文，因为朝臣所抑，尝郁郁不得志，至是独上书极谏，略云：

> 昔高祖南平百越，北诛逆虏，世祖东定吴会，西破王琳，高宗克复淮南，辟地千里，三祖之功，勤亦至矣。陛下即位，于今五年，不思先帝之艰难，不知天命之可畏；溺于嬖宠，惑于酒色；祠七庙而不出，拜三妃而临轩；老臣宿将，弃之草莽，谄佞谀邪，升之朝廷。今疆埸日蹙，隋军压境，陛下如不改弦易张，臣见麋鹿复游于姑苏台矣！

此书与傅縡狱中所呈如同一口，几无二致。陈叔宝还能轻饶了他？也像对傅縡一样，即日命斩章华。他自己呢，当然是视若无睹，充耳不闻，且益逞荒淫，犹有过之。

第三十章　精心部署

开皇八年（588）正月，南陈遣使聘于隋，随后却又派散骑常侍周罗睺率军驻屯峡口，侵隋峡州。

这一次，隋朝可是再没忍让，或是继续采用欲擒故纵之策，而是与陈正式决裂，进入战争状态。三月初九，杨坚下诏曰：

昔有苗不宾，唐尧薄伐，孙皓僭虐，晋武行诛。有陈窃据江表，逆天暴物。朕初受命，陈顼尚存，思欲教之以道，不以龚行为令，往来修睦，望其迁善。时日无几，衅恶已闻。厚纳叛亡，侵犯城戍，勾吴闽越，肆厥残忍。于时王师大举，将一车书，陈顼反地收兵，深怀震惧，责躬请约，俄而致殒。矜其丧祸，仍诏班师。叔宝承风，因求继好，载仁克念，共敦行李。每见珪璪入朝，辂轩出使，何尝不殷勤晓喻，戒以惟新。而狼子之心，出而弥野。威侮五行，怠弃三正，诛翦骨肉，夷灭才良。据手掌之地，恣溪壑之险，劫夺闾阎，资产俱竭，驱蹙内外，劳役弗已。征责女子，擅造宫室，日增月益，止足无期，帷薄嫔嫱，有逾万数。宝衣玉食，穷奢极侈，淫声乐饮，俾昼作夜。斩直言之客，灭无罪之家，剖人之肝，分人之血。欺天造恶，祭鬼求恩，歌儛衢路，醋醉宫闱。盛粉黛而执干戈，曳罗绮而呼警跸，跃马振策，从旦至昏，无所经营，驰走不息。负甲持仗，随逐徒行，追而不及，即加罪谴。自古昏乱，罕或能比。介士武夫，饥寒力役，筋髓罄于土木，性命俟于沟渠。君子潜逃，小人得志，家家隐杀戮，各各任聚敛。天灾地孽，物怪人妖，衣冠钳口，道路以目。倾心翘足，誓告于我，日月以冀，文奏相寻。重以背德违言，摇荡疆场，巴峡之下，海筮已西，江北江南，为鬼为蜮。死陇穷发掘之酷，生居极攘夺之苦。抄掠人畜，断截樵苏，市井不立，农事废寝。历阳广陵，窥觎相继，或谋图城邑，或劫剥吏人，昼伏夜游，鼠窜狗盗。彼则羸兵敝卒，来必就擒，此则重门设险，有劳藩捍。天之所覆，无非朕臣，每关听览，有怀伤恻。有梁之国，我南藩也，其君入朝，潜相招诱，不顾朕恩。士女深迫胁之悲，城府致空虚之叹。非直朕居人上，怀此无忘，既而百辟屡以为言，兆庶不堪其请，岂容对而不诛，忍而不救！近日秋始，谋欲吊人。益部楼船，尽令东骛，便有神龙数十，腾跃江流，引伐罪之师，向金陵之路，船住则龙止，船行则龙去，四日之内，三军皆睹，岂非苍旻爱人，幽明展事，降神先路，协赞军威！以上天之灵，助戡定之力，便可出师授律，应机诛殄，在斯举也，永清吴越。其将士粮仗，水陆资须，期会进止，一准别敕。

诏书既发，杨坚令抄录三十万份，潜送至江南，令家喻户晓。又正式遣使赍送玺书于陈，历数陈叔宝二十大罪状。

大张旗鼓，闹闹哄哄，把动静搞得这么大，然而隋朝却并没有马上发兵江南，与南陈开战，仍是继续调集军队、修订作战部署、选将定帅，进行临战前的各方面准备：首先是在全国范围内征集军队。隋朝本就兵强将勇，几年来东征西战，所向无敌。如今为了攻击陈朝，又在南边新增军府，扩充兵力。同时，将大批乡兵编进正规军队，参加平陈。不用半年的时间，就组成了强大的攻击力量，与南陈相比，占有压倒性的优势。其次，通盘确定作战方案。杨坚认真听取军将、谋士们的平陈建议，博采众长，集思广益，经过反复斟酌，权衡论证，最终确定了一个更为缜密、周全且规模宏大的作战计划。按此计划，隋军在"东接沧海，西拒巴、蜀，旌旗舟楫，横亘数千里"的长江沿线向陈军发起进攻。其主攻方向是南陈京都建康，长江上、中游的宜都郡、江陵、郢州、蕲州以及东面的吴郡，也为主要攻击点。这样就将陈军截成三段，令其顾此失彼，左支右绌，既不能组织起有效的抵抗，又无法回援京师，最终被各个击破。最后，遴选主帅和将领。根据统一的作战部署和安排，杨坚于开皇八年（588）十月在寿春设立淮南行台，以晋王杨广为行台尚书令，主持伐陈大局。又任命左仆射高颎为晋王元帅府长史，行台右仆射王韶为司马，军中大事皆取决于他们二人。

十月二十八日，杨坚以出师讨伐南陈，告诸太庙，授钺南征。再命晋王杨广、秦王杨俊和信州总管、清河公杨素三人为行军元帅，令杨广出六合，杨俊出襄阳，杨素出永安，并饬荆州刺史刘仁恩出江陵，蕲州刺史王世积出蕲春，庐州总管韩擒虎出庐江，吴州总管贺若弼出广陵，青州总管燕荣出东海。讨陈大军共计总管九十，兵五十一万八千，皆受晋王杨广节度。

十一月初二，杨坚亲自为出征将士饯行，诏购擒获陈叔宝者，封上柱国、万户公，激励士气，以壮行色。十日，他又驾临定城，陈师誓众，一直把大军送出潼关，送过黄河。

反观陈叔宝这边，在三月初隋皇杨坚发出讨伐诏书及玺书时，他还有些震恐，惴惴不安。可等过了些时日，见长江两岸与往常一样平静，隋军并没有什么异动，一派祥和景象，陈叔宝便以为隋朝这次又是故作姿态，虚声恫吓，肯定会不了了之，遂故态复萌，忙着在后宫饮酒作乐，写他的那些艳诗，还着急忙慌地改立太子。

本来，陈叔宝已经册立他的庶长子陈胤为皇太子，陈胤的生母早逝，其嫡母即为沈皇后。这样册立原本不错，退一步说，即使感觉不甚理想，过几年再行废立亦无不可，然而陈叔宝却经不住张丽华张贵妃的撺掇，再加上孔范之徒的谗言，于开皇八年（588）五月，废掉太子陈胤，将其降为吴兴王，改立张丽华的儿子陈深为太子。陈深倒也聪惠，有志操，容止俨然，"虽左右近侍未尝见其喜愠"，但在这个节骨眼儿上，陈叔宝还忙着做这等事，却也真真没心没肝。并且，光这还不算完，他还想把沈皇后废掉，改立张丽华为皇后呢。

第三十一章　伐陈（一）

开皇八年（588）十二月，隋朝秦王杨俊率三十名总管，水陆军十余万进屯汉口，为上流节度，大有渡江径取武昌之势。

南陈闻知，诏令驻扎在峡口的周罗睺率长江上游诸军回防，堵御隋军，又以荀法尚率劲兵数万屯驻鹦鹉洲。

陈军一被调动，行军元帅杨素旋由长江上游发起攻势，引舟师下三峡，由此揭开了伐陈的序幕。

杨素出峡口时，在狼尾滩为陈军所阻。那儿地势险峭，山高水急，陈将戚昕带"青龙"舰百余艘、数千兵士据险扼守，隋军因此有些担忧。行军司马、开府李安提出建议，说是："水战非北人所长。今陈人依险泊船，必轻我而无备。以夜袭之，贼可破也。"杨素以为信然，乃决计在夜间发起袭击，并坚定地对手下将士们说：

"胜负大计，在此一举。若昼日下船，彼见我虚实，滩流迅激，制不由人，则吾失其便，不如以夜掩之。"

入夜，杨素亲督"黄龙"舰数千艘，衔枚疾进，冲击陈舰，又令开府仪同三司王长袭率步卒从南岸袭击戚昕的一座营垒，大将军刘仁恩率甲骑自北岸下白沙。戚昕仓猝遇敌，水战、陆战全都失利，只得弃狼尾滩东走。杨素将所虏获的陈军慰劳一番后，全部予以释放，秋毫无犯。

及至狼尾滩初战告捷，杨素驱水军东下，舳舻蔽江，旌甲曜日。他人容貌壮伟，高坐"五牙"大舰之首，陈人仰望，惊为江神。于是陈军望风披靡，沿岸镇戍，顺次陷落。

消息传至京师大兴，杨坚很是兴奋。隋军水战能够获胜，其意义非同小可，何况这又是伐陈的第一战，第一胜。他遂马上下令厚赏司马李安，将其进位上大将军，除郢州刺史，并颁诏书劳曰：

> 陈贼之意，自言水战为长，险隘之间，弥谓官军所惮。开府亲将所部，夜动舟师，摧破贼徒，生擒虏众，益官军之气，破贼人之胆，副朕所委，闻以欣然。

而当杨素率水军冲出三峡、顺流东下之时，南陈沿江守将相继飞书奏报朝廷，执掌朝政的施文庆、沈客卿却将奏报全部压下，不向陈叔宝禀告。

在此以前，陈叔宝因为萧岩、萧瓛都系后梁宗室，对于他们率江陵军民来降，表面上是热情欢迎，心里到底还是有所疑忌，所以将其带来的部众疏散到远方。并且，在以萧岩为东扬州刺史、萧瓛为吴州刺史的同时，他又派领军任忠任蛮奴出守吴兴郡，以牵制东扬州和吴州，监视二萧。时近年底，陈叔宝忙着大办新年元会，特命萧岩和萧瓛参加。为了将元会办得隆重，也为了向萧岩、萧瓛炫耀军威，震慑他们俩一下，陈叔宝让镇守江州的南平王陈嶷和镇守南徐州的永嘉王陈彦率缘江诸防船舰，一并还都。这样一来，长江中游便再没有一条南陈的战船。上游诸州军队又为隋杨俊、杨素军所阻或者受其牵制，无法增援。

又有一个湘州刺史、晋熙王陈叔文，在职多年，深得人心。陈叔宝却因他据有长江上流，"阴忌之"，便征其还朝。可他又没找到继湘州任的合适人选，干脆提拔自己的近宠施文庆出任都督、湘州刺史，给他精兵两千，令他西上就职。

施文庆由中书舍人迁大州都督，当然十分高兴，然而又担心离京出任后，"执事者持己知长"，揭短攻讦，故他一面荐其党徒沈客卿自代，一面赖在京都不去就职，结果造成湘州无人主持军务、政务，变为一盘散沙。

在这段时间里，南陈朝政即由施文庆和沈客卿共同执掌。护军将军樊毅眼见隋军逼近，京都建康防守空虚，急得不行，忙进白时任尚书仆射的袁宪道："京口、采石，俱系要地，须各出锐兵五千，分载金翅舟二百艘，沿江守御，借备不虞。"袁宪亦深以为然，遂与文武群臣共议，想面奏皇帝陈叔宝，请按樊毅的建议进行部署。但是施文庆担心因此会触动原本配属于他的兵力，"无兵从己，废其述职"，而沈客卿又认为施文庆离京出任，有利于自己专权，若是因此弄得施文庆日后走不出去了，则会大大影响自己，于是这二位便在朝议上说诸公一定要有所论议的话，不必面君陈述，"但作文启，即为通奏"。

袁宪等人信以为真，赶快起草了奏章。施、沈二位赍启入宫，对陈叔宝说道："此是常事，边城将帅足以当之。若出人船，必恐惊扰。"陈叔宝当真听信了这二位的意见，未向京口和采石增派战船，也没多加一兵一卒。

待到隋朝大军进至长江北岸，探子频频报知，袁宪等人又再三奏请。施文庆却说是："元会将逼，南郊之日，太子多从；今若出兵，事便废阙。"

"今且出兵，若北边无事，因以水军从郊，何为不可！"陈叔宝本人在向施文庆提出质疑后，又接着说道："如此则声闻邻境，便谓国弱。"

施文庆见皇帝有了加派战船和锐兵、以加强江岸布防的意思，便用财物贿赂宰辅江总，让他入宫为之游说。陈叔宝于是"重违其意，而迫群官之请，乃令付外详议"，而江总又利用职权多方压制袁宪等人，因此朝议久而不决。

"王气在此。齐兵三来，周师再来，无不摧败。彼何为者邪！"

最后，不知因为什么，陈叔宝又忽然来了底气。

都官尚书孔范也马上附和，大言不惭道："长江天堑，古以为限隔南北，今日房军岂能飞渡邪！边将欲作功劳，妄言事急。臣每患官卑，房若渡江，臣定作太尉公矣！"

这时有人妄言，说是隋军的战马现已死了很多，孔范便接着大吹法螺：

"可惜，此是我马，何为而死！"

陈叔宝哈哈大笑。遂对隋军来犯置若罔闻，根本没做认真防备。自己仍是耽乐如常，奏乐侑酒，赋诗不辍。

第三十二章　伐陈（二）

开皇九年（589）正月初一，陈叔宝朝会群臣，大雾四塞，入鼻皆酸，他本人昏然入睡，至晡时方才醒转过来。

就在这一天，贺若弼自广陵引军渡江。此前，他为了麻痹敌人，故意用老马换取陈人的船只并隐藏起来，又买了五六十艘旧船，停泊在江边。南陈派人暗中窥探，误认为中原没有战船。并且，贺若弼还要求沿江防守的军兵每次换防的时候，先要集中到广陵走走，届时大列旗帜，营幕被野。陈军以为隋军大至，急忙发兵为备，随后知道是对岸换防，便将调集过来的兵马撤回。后来陈军对此习以为常，就不再加强戒备。贺若弼又经常派兵沿江打猎，人马喧噪，吵吵闹闹。故等这次大军真的渡江了，陈军也便毫无察觉，浑然不知。

几乎在同时，韩擒虎率五百精兵自横江浦夜渡采石。采石守军当时全都喝得大醉，隋军轻而易举就将他们擒获，这一江防重地随即易手。

两路先锋渡江均告成功，晋王杨广率大军马上跟进，于建康对岸的六合镇桃叶山驻屯。

第二天，从采石逃脱的南陈守将徐子建急速赶到建康告变，陈叔宝不知所措，次日才想起召集公卿入议军情，商量对策，装模作样地下诏书曰：

犬羊陵纵，侵窃郊畿，蜂虿有毒，宜时扫定。朕当亲御六师，廓清八表，内外并可戒严。

于是，南陈以骠骑将军萧摩诃、护军将军樊毅、中领军鲁广达并为都督，司空司马消难、湘州刺史施文庆并为大监军；遣南豫州刺史樊猛率舟师出白下，散骑常侍皋文奏将兵镇南豫州。又重重设立赏格，令僧、尼、道士，皆服兵役。

正月初六，贺若弼率军攻克京口，生俘陈南徐州刺史黄恪，其部下六千余人，也尽作俘囚。这支隋军纪律严明，秋毫无犯。有军士到民间买酒，即被贺若弼以违犯军令罪而立即斩首。对所俘获的陈人，贺若弼则予以全部释放，并好言安慰，"给粮劳遣"，又分发给每人一份伐陈诏书，让他们分道宣谕。因此，贺若弼大军所到之处，陈人都闻风归附。

时陈南豫州刺史樊猛还在建康城中，由他的儿子樊巡代理南豫州事务。正月初七，韩擒虎率大军进攻姑孰，半日便就攻克，俘虏了樊巡及其全家，守将皋文兵败后逃入建康城中。江南百姓平时就闻知韩擒虎的威名，如今前来军门拜见者络绎不绝。

南陈那边却是更加乱套。新被任命的都督鲁广达有两个儿子鲁世真和鲁世雄，驻守新蔡。这哥俩率所部投降了韩擒虎不算，还遣使致书招抚自己的亲爹。鲁广达驻屯建康，接到儿子的书信后，马上上表自劾，且亲往廷尉请罪。陈叔宝对他倒也大度，好言劝慰一番，并加赐黄金，让他返回军营。而樊猛此刻正与左卫将军蒋元逊率八十艘"青龙"船在白下城附近的江面上游弋，以防御从六合方面发动进攻的隋军，陈叔宝却因其子及全家已被隋军俘获，怕他心怀异意，打算以镇东大将军任忠接替他，让萧摩诃去向他慢慢讲明情况。这让樊猛很不高兴。陈叔宝也恐"重伤其意"，乃止。

此时贺若弼从北道，韩擒虎从南道，两路并进，夹攻建康。南陈沿江诸戍，望风尽走。其中贺若弼分兵占领曲阿，隔断了南陈援军的通道。陈叔宝忙命司徒、豫章王陈叔英率军守卫朝堂，萧摩诃屯乐游苑，樊毅屯耆暗寺，鲁广达屯白土冈，孔范屯宝田寺。正月十五日，任忠率军自吴兴入援京师，驻守朱雀门。

之后，贺若弼进据钟山，顿白土冈之东南。晋王杨广遣总管杜彦与韩擒虎合军，步骑共计二万屯于新林。同时，洛从公、青州总管燕荣率水军出东海，入长江，南下入太湖，取吴郡。蕲州总管王世积以舟师出九江，破陈将纪瑱于蕲口，所部骠骑将军史祥攻拔江州。陈人大骇，降者相继。杨广上表禀报军情，杨坚大悦，宴赐群臣。

攻克江州于全局来说影响甚巨。此役将陈朝长江下游江防截为数段，彻底断绝了陈军之间的联络，致其防御体系全线崩溃。因之，杨坚特地下诏嘉奖史祥：

> 朕以陈叔宝世为僭逆，挺虐生民，故命诸军，救彼涂炭。小寇狼狈，顾恃江湖之险，遂敢泛舟楫拟抗王师。公亲率所部，应机奋击，沉溺俘获，厥功甚茂。又闻帅旅进取江州。行军总管、襄邑公贺若弼既获京口，新义公韩擒虎寻克姑熟。骠骑既渡江岸，所在横行。晋王兵马即入建康，清荡吴、越，旦夕非远。骠骑高才壮志，是朕所知，善为经略，以取大赏，使富贵功名永垂竹帛也。

第三十三章　伐陈（三）

这会儿，陈叔宝再也没有"闲情雅致"了，而是昼夜啼泣，将台省和皇宫之所在——台城内的所有军情处置，全部委任给施文庆。施文庆呢，知道诸将早就痛恨自己，今又唯恐他们立下功勋后，更不会把他放在眼里，因此向陈叔宝上奏说：

"此辈怏怏，素不伏官，迫此事机，那可专信。"

由是诸将凡有启请，皆搁置不行。

当时建康城内尚有军队十余万。还在隋将贺若弼进攻京口之时，萧摩诃即请求率军迎战，陈叔宝没有答应。及至贺若弼进占钟山，萧摩诃又奏请说："贺若弼悬军深入，声援犹远，且其垒堑未坚，人情惶惧，出兵掩袭，必大克之。"陈叔宝还是犹豫不定。不过，这次他尚算开明，并没有一味听信施文庆的话，自己找来萧摩诃、任忠等将，于内殿定议。萧摩诃坚持主动出战，任忠却认为不可，说：

"兵法有云'客贵速战，主贵持重'。今国家足食足兵，宜固守台城，沿淮立栅，北军虽来，勿与交战，但分兵阻截江路，无令彼信得通。又给臣精兵一万，'金翅'战船三百艘，下江径掩六合。如此以来，敌兵必会认为其渡江将士已被俘获，自然挫气。淮南土人与臣旧相知悉，今闻臣往，必皆景从。臣复扬声欲往徐州，断彼归路，则各路隋军就会不战自退。待春水既涨，上游周罗睺等众军必沿流赴援，表里夹攻，必可破敌。"

这其实不失为一个退敌良策，陈叔宝却没有听从。两个作战方案终未能决。谁知踌躇了一夜后，第二天陈叔宝忽跃然出殿，说道："兵久不久，令人心烦，可叫萧郎出战。"

任忠叩头苦谏，请求千万不能出战。此时孔范却上奏说："请与隋军决一死战，臣当为陛下在燕然山刻石记功！"

萧摩诃承宣趋入。陈叔宝勉励他道："公可为我与敌一决胜负！"

"从来行阵，为国为身。今日之事，兼为妻子。"萧摩诃答道。这话听上去有些慷慨，又似还若有所指。

陈叔宝可顾不得那么多了，只管多出金帛，颁赏诸军。

开皇九年（589）正月二十日，萧摩诃出与诸军组织阵势。令中领军鲁广达陈兵白土岗，居众军之南；镇东大将军任忠次之；护军将军樊毅、都官尚书孔范依次北排，自己则居最北。陈军南北延袤二十里，好似一字长蛇阵，然却断断续续，首尾进退，各不相知。

贺若弼带轻骑登上钟山，望见陈军阵势，已知大略，即驰下山麓，与所部七总管共甲士八千，勒阵以待。陈军主将萧摩诃呢，因陈叔宝与其妻子私通，他其实从一开始就无战意，此战即观望不前。唯鲁广达出军与战，势颇锐悍，隋军三战三却，战死二百余人。贺若弼令军士纵火放烟以自隐，迷住敌目，方得稳住阵脚，"窘而复振"。而鲁广达部下初战得胜，枭得隋军首级，皆纷纷回到建康城，去求陈叔宝封赏。见敌这样骄惰，贺若弼复驱军再进，自己亲率精兵直冲孔范军阵。孔范素未经战，哪是贺若弼对手，刚一接触，便慌忙败退。任忠和樊毅部也被牵动，骑卒乱溃，不可复止，死者五千人。萧摩诃心灰意冷，拨马便走。隋军冲上前来，将其擒住，送至贺若弼处。贺若弼一看是敌主将，"命牵斩之"，萧摩诃面不改色，镇定自若。这反令贺若弼称奇，乃释缚不杀，以礼相待。

却说任忠驰马奔回都阙，向陈叔宝报称败状，然后说："陛下好自为之，臣无能为力矣。"陈叔宝大为着急，赶紧拿出两袋金子，让任忠募兵出战。任忠道："陛下唯当具舟楫，就上流众军，臣愿以死奉卫。"

陈叔宝应诺，敕令他出去布置安排，让宫人整好装束，准备出发。谁知左等右等，也不见人回来。

却原是任忠耍的花招。隋军韩擒虎部自新林进击建康，任忠出去后，即带数骑潜赴石子冈迎降，且引韩擒虎直入朱雀门。南陈守军欲进行抵抗，任忠摇手示意道："老夫尚降，诸军何事？"军众一听，皆都散走。

这会儿台城内风声骤紧，文武百官，一概遁去，唯尚书仆射袁宪在殿中，尚书令江总等极少数人在省中。陈叔宝见殿中再无他人，不禁酸楚，凄凉地向袁宪说道：

"我从来接遇卿不胜余人，今日但以追愧。非唯朕无德，亦是江东衣冠道尽。"

扔下这句话后，他即匆遽入内，意欲避匿。袁宪正色道："北兵之入，必无所犯。大事如此，陛下去欲安之！臣愿陛下正衣冠，御正殿，依梁武帝见侯景故事。"

袁宪是想让陈叔宝效法当年的梁武帝，在"侯景之乱"时，虽然战败，仍坐在宫殿里以君主的身份接见敌人，保持天子的尊严。但是陈叔宝哪有这等胆魄？着急下榻驰去，边跑边说：

"锋刃之下，未可交当，吾自有计！"

他跑到后宫，叫上自己最宠爱的贵妃张丽华还有孔贵嫔，一起跳入景阳殿后井中。

此时台城已无守兵，一任隋军驰入。韩擒虎走进殿中，没有发现陈叔宝，即令部众搜寻，却是四觅无着。等有军士寻至景阳井边，听得里面隐隐有什么响声，遂趋近探视并往下喊话，无人应答。军士扬言要往里面扔石头，这才有人连声求饶。将绳索抛下去，几名军士往上拽的时候却甚感吃力。待好不容易拉上来一看，原是陈叔宝把自己和张贵妃、孔贵嫔系在了一起，三人"同束而上"。

　　而当隋军搜至沈皇后住处时，却见她像往常一样，毫不惊慌。太子陈深年方十五岁，闭阁门而坐，有太子舍人孔伯鱼在一旁侍奉。隋军士叩阁门而入，陈深安坐如故，从容与语道：

　　"戎旅在途，不至劳也！"

　　隋军将士全都向他致敬，不敢相侵。

　　当时南陈宗室王侯在建康者有一百余人。此前陈叔宝怕其生变，便将他们全都集中到朝堂，统归豫章王陈叔英监督。等现在台城失守，这些人皆相继出降。

　　陈军里面，只有鲁广达率余部仍在坚持，在乐游苑，与贺若弼部苦战不止，杀死、俘获隋军数百人。战至日暮，鲁广达手下已所剩无几，他才解下盔甲，面向台城再拜恸哭道：

　　"我身不能救国，负罪深矣！"

　　士卒们皆流涕唏嘘，遂放下武器，让隋军俘获。

　　贺若弼自北掖门进入台城，闻韩擒虎已抢先进入，捉住了陈叔宝，便呼令相见。陈叔宝惶惧异常，流汗股栗，向贺若弼叩拜再三。贺若弼对他说道："小国之君当大国之卿，拜乃礼也。入朝不失作归命侯，无劳恐惧。"乃将其关进德教殿内，派兵监守。

　　晋王元帅府长史高颎在杨广之先进入建康城，料理善后事宜。高颎的儿子高德弘时任晋王杨广的记室，杨广派他驰马赶到高颎那里，令将张丽华留下。高颎说："昔太公蒙面以斩妲己，今岂可留丽华！"随后即在青溪将张丽华斩首。杨广闻听，怫然作色，愤愤地说道："昔人云，'无德不报'，我必有以报高公矣！"由是，他开始对高颎怀恨在心。

　　正月二十二日，杨广入建康，以南陈施文庆受委不忠，曲为谄佞以蔽耳目，沈客卿重赋厚敛以悦其上，与太市令阳惠朗、刑法监徐哲、尚书都令史暨慧景皆为民害，斩于石阙下，以谢三吴。又让高颎和元帅府记室裴矩收取陈朝的图籍，封存府库，所有资财、金帛珍玩一无所取。于是军民人等都称颂杨广，以为他贤明。

第三十四章　伐陈（四）

当杨广所统率的贺若弼、韩擒虎部攻占建康的时候，南陈散骑常侍、水军都督周罗睺与郢州刺史荀法尚率兵据守江夏，进屯汉口的秦王杨俊受其阻挡，不得前进，双方相持了一个多月。

在上江上游，南陈荆州刺史陈慧纪派南康内史吕忠肃驻岐亭，据守巫峡，并在江北岸岩石上凿孔，跨江连上三条铁链，横截上流，堵遏隋师。吕忠肃还拿出自己的全部私财，以充军用，故而深得人心。

从上游顺流东下的杨素以大将军刘仁恩向吕忠肃守军奋力发起攻击。双方交战四十余次，吕忠肃据险固守，隋军损失惨重，战死五千多人。陈军士兵争相割取隋军死难将士的鼻子，去向吕忠肃邀功讨赏。不过，随后隋军开始连战连捷，将所俘获的陈军士卒，分三次全部释放。

艰难拿下岐亭后，杨素将拦江的三条铁链除掉，大军直冲吕忠肃退守的荆门之延洲要塞。这次，他遣来一千名巴蜑士卒，乘四艘"五牙"大舰，用拍竿击碎陈军战船十多艘。于是陈军大败，俘获士卒两千有余，吕忠肃侥幸子身遁走。

闻上流兵败，驻守安蜀城的南陈信州刺史顾觉，弃城逃走。陈慧纪驻守公安，亦自知难守，悉烧其积蓄，引兵东下。这么一来，巴陵以东，再也没有守城抵抗的陈军了。

是时，陈慧纪手下尚有将士三万，楼船千余艘。他之所以放弃公安，烧其储备，引兵沿江而下，一来是主动撤退，二来也是想入援建康。可是到了汉口附近，即为杨俊所阻。正赶上南陈晋熙王陈叔文卸任湘州，还至巴州，陈慧纪便想推他为盟主，号召沿江各军。却不承想，陈叔文此时已率巴州刺史毕宝等人向隋杨俊致书请降，而杨俊也"遣使迎劳之"了。悲愤的陈慧纪徒望东慨叹，无计可施。

待到建康城破，南陈皇帝陈叔宝被捉后，杨广马上让他作书，招谕长江上流诸将。被派往陈慧纪那儿"谕指"的是他的儿子陈正业，派往周罗睺那儿的是降将樊毅。时南陈长江上流大小城池绝大多数闻风解甲，或是接到陈叔宝的"告谕"后停止了抵抗，周罗睺与诸将"大临三日"，放兵散马，然后向杨俊投降。陈慧纪势孤力蹙，也只好出降。上江上流遂全部平定。杨素下至汉口，与杨俊会师。

另一路隋将王世积在蕲口，闻陈已亡，迅速派人告谕江南诸郡，豫章等郡相继归降。

开皇九年（589）正月二十九日，杨坚下诏，遣使持节巡抚南陈州郡，且令将建康城邑宫室全部夷为耕地，移州治于石头城，名为蒋州。二月初一，撤销淮南行台省。

不过，这并不意味着伐陈之役结束，江南已经太平。在吴州，当地人推萧瓛为主，继续抗隋，南陈永新侯陈君范也从晋陵赶来投奔。杨坚得报，即派右卫大将军宇文述率军水陆并进，前往讨伐，燕荣的水军亦受其节度。

在宇文述的大军到来之前，萧瓛在晋陵城东设立栅栏，并留兵抵御宇文述，又派部将王褒守卫吴州，萧瓛自己则从义兴入太湖，打算从背后袭击隋军。

宇文述攻破晋陵城东栅栏后，马上迂回太湖袭击萧瓛。萧瓛被打得大败。宇文述又派兵从别道掩袭吴州，守将王褒化装成道士，弃城逃走。萧瓛率余部退保太湖中的包山，又被燕荣的水军击败。没办法，萧瓛只得带领几名亲信藏到百姓家中，被人抓获。宇文述率军进至奉公埭，南陈东扬州刺史萧岩于会稽献城投降。萧瓛和萧岩被一同押至隋京师大兴，马上被斩首。

杨素率大军攻到荆门的时候，曾派别将庞晖将兵略地，南下至湘州。城中南陈将士，莫有固志，相率谋降。该州刺史、岳阳王陈叔慎时年十八，设酒宴请文武僚吏。酒酣之时，他感叹地说："君臣之义，尽于此乎！"

长史谢基投袂起座，伏而流涕。湘州助防、遂兴侯陈正理慨然起语道：

"主辱臣死。诸君独非陈国之臣乎！今天下有难，实致命之秋也；纵其无成，犹见臣节，青门之外，有死不能！今日之机，不可犹豫，后应者斩！"

众闻此言，齐声许诺。于是刑牲结盟，并派人向隋将庞晖赍诈降书。庞晖轻信，遂贸然驰至湘州城内。陈叔慎事先埋下伏兵，待庞晖来到，即将其抓住，斩首示众，庞晖所带来的部从也都遭杀害。随后陈叔慎亲至射堂，招合士众，数日之内，就招得五千人。衡阳太守樊通、武州刺史邬居业，皆举兵入助。

这时，隋朝新任命的湘州刺史薛胄率军赶到，与杨素所辖刘仁恩部合兵共击湘州。陈叔慎派陈正理与樊通出城迎战，被隋军击败。薛胄乘胜攻入城中，俘获陈叔慎及陈正理等。刘仁恩在横桥与邬居业展开激战，也将其俘获。陈叔慎、陈正理、邬居业等人被押往汉口，秦王杨俊下令将他们处斩。

陈朝灭亡后，岭南未有所附。高凉郡太夫人冼氏，威爱素孚，望重岭外，岭南各郡即推戴她为主，称作"圣母"，以保境自守。杨坚派柱国韦洸等持节安抚，却为占据南康的南陈豫章太守徐璒所阻。晋王杨广遂让陈叔宝修书给冼太夫人，告知南陈已亡，使其归附隋朝。冼太夫人召集各部首领数千人，相对恸哭，然后派她的孙子冯魂率众迎接韦洸。

在南康，韦洸率军击败徐璒，将其处斩，正奉冯魂来迎。于是韦洸便在冯魂的带领下，赶到广州，慰谕诸郡，略定岭南。又表请冯魂为仪同三司，册封冼太夫人为宋康郡夫人。

南陈衡州司马任瑰，劝都督王勇进据岭南，再访求陈氏宗室子孙，立以为帝。王勇没有听从他的劝告，而是率其部众降隋。任瑰乃弃官自去。

至此，整个伐陈之役宣告胜利，南陈皆平，其地悉入隋朝。大隋共得州三十，郡一百，县四百。这南陈自陈武帝篡南梁开始，至陈叔宝止，共历五主，凡三十二年。由此往上数，整个南朝从宋代东晋，历经宋、齐、梁、陈四朝，共计一百六十九年，最后为隋所并，南北朝终结，华夏复归统一。

第三十五章　伐陈（五）

开皇九年（589）三月初六，杨广奏凯还朝，振旅而归。那亡国的陈叔宝及其王公百司、后妃子女，被一并带回。在押往隋朝京师大兴的路上，这些南陈降人前前后后、断断续续的，五百里累累不绝。

此前，杨坚已下令暂将大兴城中部分民宅腾退出来，内外修整一新，作为降人住处，并派使者到城外迎接、慰劳，尽可能地让他们有"宾至如归"之感。

四月初六，杨坚亲至骊山，慰劳凯旋的将士。十二日，诸军入大兴城，献俘太庙。以"皇帝"陈叔宝为首，原南陈王公将相，以及乘舆服御、天文图籍等，依次继进。两旁用铁骑夹道，由晋王杨广、秦王杨俊引入庙中，列于殿庭，献告如仪。

礼毕入朝，杨坚封杨广为太尉，赐辂车、乘马、衮冕之服、玄圭、白璧。

越日，杨坚坐在广阳门观阙上，召见陈叔宝以及原南陈太子、诸王二十八人，还有从司空司马消难到尚书郎共二百多名官员。他先是让纳言宣诏抚慰，又令内史传敕，责备他们君臣"不能相辅"、同心同德，招至灭国。陈叔宝与其臣下俱愧惧伏地，无言以对。既而杨坚才下敕书，赦免了他们。曾经的皇帝陈叔宝慌忙舞蹈谢恩，余众亦随着叩谢。

四月十七日，风和日丽，杨坚再御广阳门，赐宴将士，从门外一直到南郭城的大道两旁堆满了布帛，按班赏赐。三军沸腾，普天同庆，光这一次，即颁赐布帛三百多万段。是日，杨坚还宣布："故陈之境内，给复十年，余州免其年租赋。"次日更宣布大赦天下。

四月二十八日，杨素被进爵为越公，并封赏其二子爵位，赐物万段，粟万石；高颎被加位上柱国，进爵齐公，赐物九千段；贺若弼是被杨坚请上御座，赐物八千段，加位上柱国，进爵宋公，真食襄邑三千户，加以宝剑、宝带、金甕、金盘各一，并雉尾扇、曲盖，杂彩二千段，女乐二部；韩擒虎被进位上柱国，赐物八千段。其余伐陈将领也都一一加官进爵，各有封赏，皆大欢喜。

对于南陈降臣，杨坚也还亲加甄别，陟罚臧否，各有异同。原南陈尚书令江总被授上开府仪同三司；原尚书仆射袁宪、骠骑将军萧摩诃、领军任忠等人，被授开府仪同三司。其中袁宪在南陈危难关头，留在宫中护卫陈叔宝，此等雅操让杨坚很是欣赏，特地下诏表彰，称他为江南群臣之首，授昌州刺史。杨坚又听说原南陈散骑常侍袁元友多次向陈叔宝直言诤谏，便擢授其吏部主爵侍郎。原南陈大将周罗睺坚守长江上流，忠诚王事，受杨坚召见，对他好言安慰，许以富贵。周罗睺垂泣答曰："臣荷陈氏厚遇，本朝沦亡，无节可纪。得免于死，陛下之赐也，何富贵之敢望！"

时贺若弼也在一旁，跟周罗睺笑言道："闻公郢、汉捉兵，即知扬州可得。王师利涉，果如所量。"

"若有机会再与你周旋，胜负尚未可知。"

周罗睺也毫不客气地回答。不久，杨坚即拜他为上仪同三司。

相反，对于南陈那些奸邪佞臣，杨坚可是处置严厉，根本不留情面。当初在隋军攻破建康时，杨广处斩了施文庆、沈客卿、阳惠朗、徐哲、暨慧景五佞，高颎斩了张丽华，却未将都官孔范、散骑常侍王瑳和王仪、御史中丞沈瓘等人治罪。等到了大兴城，这几个人的劣迹一一被揭露，方知孔范是如此奸诡；王瑳刻薄贪鄙，忌害才能；王仪倾巧侧媚，献二女以求亲昵；沈瓘险惨苛酷，"发言邪诡"。杨坚将他们的罪行予以公布，一同投诸四裔，以谢江南。那个领军任忠任蛮奴，虽因主动降隋而被受爵，其为人却很为杨坚所鄙视，特引春秋时卫国大夫弘演为卫懿公殉死一例与之相比，对群臣说：

"平陈之初，我悔不杀任蛮奴。受人荣禄，兼当重寄，不能横尸徇国，乃云无所用力，与弘演纳肝何其远也！"

原南陈晋熙王陈叔文亦是降将。此前杨坚在广阳门对陈朝君臣多有责备，却没责及他，这让他颇为自喜，"独欣然有得色"，既而复上表自陈，说"昔在巴州，已先送款，乞知此情，望异常例"！杨坚甚为厌恶，嫌其不忠，只不过为了怀柔江表，才勉强授其开府仪同三司，拜宜州刺史。

至于南陈"皇帝"陈叔宝，杨坚是将其留寓京师大兴城内，不仅赏赐甚厚，还"数得引见，班同三品"。每次陈叔宝参加宴会时，杨坚怕他触景伤怀，引起亡国之悲，便禁止演奏吴地音乐。其后负责监守他的官吏上奏，说陈叔宝老嫌自己在隋朝没什么官秩品位，却常要参加朝会宴集，因此"愿得一官号"。杨坚听后，不禁叹息道："叔宝全无心肝！"

监守官又报告："那陈叔宝经常喝醉，罕有醒时。"杨坚问他，陈叔宝每天喝多少酒？监守官回答说："与其子弟日饮一石。"

"喝这么多！"杨坚颇为吃惊，让监守官劝陈叔宝有所节制，俄尔又说道，"任其性。不尔，何以过日！"

因为陈氏宗室子弟很多，杨坚恐怕他们在京师惹是生非，又怕他们也像陈叔宝一样终日饮酒为乐，便下令把他们分置边州，使给田业，作为生计，且"岁时赐衣服以安全之"。而陈叔宝的那些姊妹、宫人们，多被没入掖庭，其中三个妹妹，曾经的皇姑、公主，一个进宫为嫔，即是将来的宣华夫人，一个由杨坚赐给了杨素，一个赐给了贺若弼。

一番庆功，策勋饮至，奖励优渥，又赏忠黜邪，安置好降敌，安抚好江南之后，杨坚发布诏书，宣告天下大同，曰：

> 往以吴越之野，群黎涂炭，干戈方用，积习未宁。今率土大同，含生遂性，太平之法，方可流行。凡我臣僚，澡身浴德，开通耳目，宜从兹始。丧乱已来，缅将十载，君无君德，臣失臣道，父有不慈，子有不孝，兄弟之情或薄，夫妇之义或违，长幼失序，尊卑错乱。朕为帝王，志存爱养，时有臻道，不敢宁息。内外职位，遐迩黎人，家家自修，人人克念，使不轨不法，荡然俱尽。兵可立威，不可不戢，刑可助化，不可专行。禁卫九重之余，镇守四方之外，戎旅军器，皆宜停罢。代路既夷，群方无事，武力之子，俱可学文，人间甲仗，悉皆除毁。有功之臣，降情文艺，家门子侄，各守一经，令海内翕然，高山仰止。京邑庠序，爰及州县，生徒受业，升进于朝，未有灼然明经高第，此则教训不笃，考课未精，明勒所由，隆兹儒训。官府从宦，丘园素士，心迹相表，宽弘为念，勿为踢促，乖我皇猷。朕君临区宇，于兹九载，开直言之路，披不讳之心，形于颜色，劳于兴寝。自顷逞艺论功，昌言乃众，推诚切谏，其事甚疏。公卿士庶，非所望也，各启至诚，匡兹不逮。见善必进，有才必举，无或喋默，退有后言。颁告天下，咸悉此意。

第三十六章　偃武修文

在开皇九年（589）发布的太平诏书中，杨坚就已经表示，如今南北混一，朝野清平，当裁汰军队，振兴文教，由重视武功转向加强文治。开皇十年（590）五月初九，他就府兵管理制度改革，专门下发诏令：

> 魏末丧乱，宇县瓜分，役车岁动，未遑休息。兵士军人，权置坊府，南征北伐，居处无定。家无完堵，地罕包桑，恒为流寓之人，竟无乡里之号。朕甚愍之。凡是军人，可悉属州县，垦田籍帐，一与民同。军府统领，宜依旧式。罢山东、河南及北方缘边之地新置军府。

过去，"兵""农"分离，不相统一。府兵由军府管理，"军人及其家属居城者置军坊，居乡者为乡团，置坊主、团主以领之"，其户口田地，州、县地方无从掌握。而且由于府兵不负担赋税徭役，所以百姓相率挂名兵籍，再加上随营家属，其数量就显得十分庞大，由此造成了许多问题，对于府兵自身和地方管理都不甚有利。这次，杨坚对现行的府兵制度进行了彻底改革。根据诏令，军府所掌握的所有人口户籍一律移交州、县，通过府兵在当地入籍，使得大量随军的寄居浮游人口无从隐匿，成为当地居民。自此以后，"军户"这样一个特殊的阶层不再存在，兵民分治变成了兵民合治。同时，这一改革还使得军役与户籍分开。府兵保有其军籍——军名，无论在军、在役或在家，凡军人必须履行的职责及其生活训练等事，仍属军府按照旧有条例管理，而兵士登记在籍后，与普通百姓一同编户，则增加了军人自己的归属感，也有利于州、县管理，使国家对人口的控制更为准确和全面。

和户籍一起移交州、县的还有军府所属的垦田。原先军队平战结合，特别是驻屯边地的军队，其粮食军需有很大部分要自给自足，而为数众多的随军人口，更使得军队必须拥有大量田地。现在把军队垦田交给地方，军垦土地纳入了均田体制，府兵及其家属也一样受田纳租，既消除了军府的土地特权，又大量增加了国家掌握的户口和田赋，可谓一举双得。军人平时务农，闲时训练，战时出征，每年有一定时间轮番宿卫，资装自备。这种在乡为民、在军为兵、寓兵于民的军事制度，也最终让府兵制与均田制有机结合起来，实现了真正意义上的"兵农合一"。

在这一诏令中，还宣布废除山东、河南以及北方沿边之地新置的军府。河南军府，为当年北周平齐时增设；山东军府，则为齐亡后新立。无论是河南军府还是山东军府，皆出于一时军事之需。至于北方缘边军府，则完全是出于防御突厥的需要。现在山东、河南之地，早就安定，突厥已经臣服，再保留军府，屯那么多军队在那儿，没甚必要，裁撤势在必然。为平定江南，去年隋朝曾在江淮之地增加了几个军府，许多乡兵被吸收到府兵体制以内，随着伐陈之役的结束，这几个军府也随之解散，乡兵回去务农。如今再将山东、河南及北方沿边的军府撤销，所属将士解甲归田，则既减轻了国家负担，又在无形中取消了一大部分地方豪族武装。因此，通过这些军府的置废，隋朝即乘机消化掉了不少乡村豪强势力，于国家的长治久安大有裨益。

之后，杨坚继续对军府加以整顿，并坚决取缔非法武装，加强兵器管制。开皇十五年（595）二月，下令除关中和缘边地带，天下兵器一律上缴，"敢有私造者，坐之"。

开皇十八年（598）正月，又针对江南屡生民变的情况，发布禁令："吴越之人，往承弊俗，所在之处，私造大船，因相聚结，致有侵害。其江南诸州，人间有船长三丈已上，悉括入官。"

这是偃武囊兵情况。若说"修文"、兴学，文治教化，则杨坚其实抓得更早，似乎一直就很重视。开皇二年（582）十二月，就在抗击突厥的紧张日子里，杨坚仍不忘记国子寺里的那些生员，"赐国子生经明者束帛"。这一举动，也感染了主张文治的朝臣儒士。好礼笃学的潞州刺史柳昂抓住机会，上书杨坚，指斥因长期战乱造成风气败坏，"儒风以坠，礼教犹微"，请求行礼劝学，"道教相催"，以使"家知礼节，人识义方"。杨坚"览而善之"，并于开皇三年（583）四月，也是在讨伐突厥的要紧时刻，下发诏书：

> 建国重道，莫先于学，尊主庇民，莫先于礼。自魏氏不竞，周、齐抗衡，分四海之民，斗二邦之力，递为强弱，多历年所。务权诈而薄儒雅，重干戈而轻俎豆，民不见德，唯争是闻。朝野以机巧为师，文吏用深刻为法，风浇俗弊，化之然也。虽复建立庠序，兼启黉塾，业非时贵，道亦不行。其间服膺儒术，盖有之矣，彼众我寡，未能移俗。然其维持名教，奖饰彝伦，微相弘益，赖斯而已。王者承天，休咎随化，有礼则祥瑞必降，无礼则妖孽兴起。人禀五常，性灵不一，有礼则阴阳合德，无礼则禽兽其心。治国立身，非礼不可。朕受命于天，财成万物，去华夷之乱，求风化之宜。戒奢崇俭，率先百辟，轻徭薄赋，冀以宽弘。而积习生常，未能惩革，闾阎士庶，吉凶之礼，动悉乖方，不依制度。执宪之职，似塞耳而无闻，莅民之官，犹蔽目而不察。宣扬朝化，其若是乎？古人之学，且耕且养。今者民丁非役之日，农亩时候之馀，若敦以学业，劝以经礼，自可家慕大道，人希至

德。岂止知礼节，识廉耻，父慈子孝，兄恭弟顺者乎？始自京师，爰及州郡，宜祗朕意，劝学行礼。

此诏书发出后，从京师到州郡，莫不兴教办学，"自是天下州县皆置博士习礼焉"。甚至有些州还于"每乡立学"，"非圣哲之书不得教授"，从而使"人皆克励，风俗大改"。同时，杨坚还多方征辟博学鸿儒，让其"国子讲授"，传播儒雅之道，经礼之学。到了现在，陈朝被灭，杨坚遂又把"江南士人，悉播迁入京师"，其"硕学通儒，文人才子，莫非彼至"。这些人，有不少被充实到部院寺监府司中，另有一些名士还充任州、县博士。

开皇十年（590）十一月初七，杨坚亲临国子寺主持特别释奠，王公以下毕集。学礼结束后，命国子祭酒、江阳公元善讲《孝经》。元善通涉五经，风流蕴藉，于是"敷陈义理，兼之以讽谏"，把忠孝之义讲得头头是道，且又音韵清朗，神采飞扬，杨坚听得高兴，称赞道："闻江阳之说，更起朕心。"当场赏绢百匹，衣一袭。接着，"为儒者所宗"的太学博士马光升座讲礼，把隋朝的这一治国伦理阐述得透彻，"启发章门"。已而有十多个儒生依次上来"论难"，皆为当时硕学之士。马光一一剖析疑滞，理义弘赡，诘难者莫测其浅深，于是"咸共推服"，也让杨坚听得高兴，"嘉而劳焉"。

除了一直重视劝学行礼、搜罗文士、奖掖大儒，杨坚在学制和文教管理方面，也大有成就。

隋初创立了书学、算学和律学，且在确定官制时，将书学和算学置于国子寺，与经学并立，将律学置于大理寺，从而形成了较为完整的中央官学。国子寺各学中，均设博士和助教，其中国子、太学、四门各有博士五名和助教五名，书学、算学各有两名博士和助教。大理寺则设八名律学博士，明法二十名。中央官学的学生中，国子学一百四十人，太学、四门各三百六十人，书学四十人，算学八十人。

随着官学体系的形成和文教的发展，杨坚在开皇十三年（593）

"罢隶太常，又改寺为学"，将原隶属太常寺的国子寺分离出来，其名称也进行了改换。由是，"凡国学诸官，自汉以下，并属太常，至隋使革之"。——这一改革把中央官学从偏重于宗教事务管理的太常寺下解放出来，自成系统，国子祭酒官品上升，改变了宗教统辖文教的传统，有利于学术的独立。

而对于基础性的文献图籍的收集整理，杨坚更是属意。自开皇三年（583）采纳秘书监牛弘的建议，诏购天下异本，让国家在"一二年间，篇籍稍备"后，杨坚又于开皇六年（586），命将散佚的洛阳三体《石经》运至京师大兴，并敕令名儒加以考订，进行修补。及至这次伐陈，隋军攻入建康，高颎和裴矩将陈朝图籍封存，尽数运回京师，杨坚即下令征召天下工书法之士，于秘书省内补续残缺，仔细誊抄并编制目录，分作正、副两部，一部藏于宫中，另一部藏于秘书内、外之阁。经过这番补充、整理，隋朝藏书达到了三万余卷。

以后在许善心的推动和影响之下，隋朝的图籍管理又有了新的进步。许善心是江南名儒，开皇八年（588）作为原陈朝使节聘于隋，"礼成而不获反命"，"留絷宾馆"。及陈亡，许善心被杨坚拜为通直散骑常侍、虞部侍郎。开皇十六年（596），有神雀降于含章闼，杨坚以为祥瑞。许善心于座请纸笔，当场写下一篇《神雀颂》，文不加点，笔不停毫，一气呵成，让杨坚大为赞叹。翌年，被任命为秘书丞。其时秘藏图籍尚多淆乱，许善心便效仿南朝梁目录学家阮孝绪的《七录》之法，更制《七林》，"各为总叙，冠于篇首。又于部录之下，明作者之意，区分其类例焉"。并且，他还奏追李文博、陆从典等学者十余人，在秘书省正定经史错谬，遂把隋朝图籍管理由征购收集、抄写副本推进到分类整理、校勘研究的新阶段。

征服四夷，灭掉陈朝，已使杨坚的武功大盛，如今偃武修文，盛修文教，又使他的文治再臻，隋朝的文教也得以蓬勃发展，隆隆日上。后有人这样称赞道：

高祖膺期纂历，平一寰宇，顿天网以掩之，贲旌帛以礼之，设好爵以縻之，于是四海九州强学待问之士，靡不毕集焉。天子乃整万乘，率百僚，遵问道之仪，观释奠之礼。博士罄悬河之辩，侍中竭重席之奥，考正亡逸，研核异同，积滞群疑，涣然冰释。于是超擢奇秀，厚赏诸儒，京邑达乎四方，皆启黉校。齐、鲁、赵、魏，学者尤多，负笈追师，不远千里，讲诵之声，道路不绝。中州儒雅之盛，自汉、魏以来，一时而已。

第三十七章 定正乐（上）

隋朝在平陈后，也将所获的江南乐器车载以归，并将其有名的乐工一并带回。杨坚让他们当廷演奏，听罢，不由得感叹道："此华夏正声也。"于是，他下令调五音为五夏、二舞、登歌、房内等十四调，供宴享和祭祀时使用。还特地命太常寺置清商署，掌管乐师和乐器，并诏求原陈朝太乐令蔡子元、于普明等人，复居其职。

"大音，本乎太始而生于人心，随物感动，播于形气。形气既著，协于律吕，宫商克谐，名之为乐。""乐者，太古圣人治情之具也。人有血气生知之性，喜怒哀乐之情。情感物而动于中，声成文而应于外。圣王乃调之以律度，文之以歌颂，荡之以钟石，播之以弦管，然后可以涤精灵，可以祛怨思。施之于邦国则朝廷序，施之于天下则神祇格，施之于宾宴则君臣和，施之于战阵则士民勇。"是故，历朝历代莫不重视音乐的功用，视其为"升平之冠带，王化之源本"，"树风成化，象德昭功，启万物之情，通天下之志"。

开皇初，隋朝沿用的是北周礼乐，少有改变。开皇二年（582），学士颜之推以太常所奏雅乐并用胡声，建议杨坚参照南梁朝音乐，"考寻古典"，改定隋乐。杨坚当场予以拒绝："梁乐亡国之音，奈何遣我用邪？"乃命乐工齐树提检校乐府，改换声律。可是齐树音乐修养有限，折腾了多时，益不能通。不久，上柱国、沛国公郑译上奏，请求修正雅乐。杨坚于是下诏，让太常卿牛弘、国子祭酒辛彦之、国子博士何妥等议正乐。

修定乐律在当时是件十分困难的事情。因南北长期分裂，各自的音乐大相异趣，不仅"自永嘉之后，咸、洛为墟，礼坏乐崩，典章殆尽"，而且"陈、梁旧乐，杂用吴、楚之音；周、齐旧乐，多涉胡戎之伎"，因此乐律混杂，"沦谬既久，音律多乖"。牛弘等人召集伶官开始修定，也是"措思历载无成，而郊庙侑神，黄钟一调而已"。此事一直拖到开皇七年（587），杨坚甚为恼怒，责问道："我受天命七年，乐府犹歌前代功德邪？"遂下令将牛弘等人治罪。亏得治书侍御史李谔劝解，说是"武王克殷，至周公相成王，始制礼乐。斯事体大，不可速成"，杨坚才收回成命，重又下诏访求知音之士，参定音乐，令原贬退在家、后又复授开府的郑译也参与了进来。

郑译这人还是颇有学识的，又兼知钟律。当初他曾考寻过乐府钟石律吕，发现皆有宫、商、角、徵、羽、变宫、变徵之名，且七声之内，有三声乖应，后世却没有谁能通晓。后来在北周武帝时，有位名叫苏祗婆的龟兹人随突厥皇后入朝，善弹琵琶，郑译跟他学习过一段时间，始得七声之正。在此基础上，郑译又以琵琶推演音律，更立七均，合成十二，以应十二律。因每律有七音，音立一调，故成七调十二律，合八十四调。以其所定之乐考校太乐所奏，则全都乖越，莫有通者。于是郑译又在七音之外更立一个音级，称作"应声"，变成了八音之乐。

时苏威的儿子苏夔，亦称明乐，本对郑译的八音之乐主张持有异议，后经相互诘难后，两人渐趋　致。而且，他们两人还共同提出："案今乐府黄钟，乃以林钟为调首，失君臣之义，清乐黄钟宫，以小吕为变徵，乖相生之道。今请雅乐黄钟宫以黄钟为调首，清乐去小吕，还用蕤宾为变徵。"之后，两人又一块儿商量，"欲累黍立分，正定律吕"。

虽说郑译和苏夔的音乐主张日益获得支持，但仍有不少人认为音律久已不通，非是他们两人一朝就能确定。同样参与修乐的国子博士何妥因自恃宿儒，却在音乐造诣方面不及郑译等人，所以总提反对意见，"沮坏其事"。他先是"立议"，质疑十二律旋相为宫，说"经文虽道旋相为宫，恐是直言其理，亦不通随月用调，是以古来不取。若依郑玄及司马彪，须用六十律方得和韵。今（郑）译唯取黄钟之正宫，兼得七始之妙义。非止金石谐韵，亦乃篪虞不繁，可以享百神，可以合万舞矣"。又与"七调之义"相左，提出自己的主张："近代书记所载，缦乐鼓琴吹笛之人，多云三调。三调之声，其来久矣。请存三调而已。"

这样一来，修乐的班子里面就起了纷争，"竞为异议，各立朋党，是非之理，纷然淆乱"。皇帝杨坚素不悦学，"总知乐事"的太常卿牛弘又不精音律，故难作裁决。有人提出，可让他们依据各自的主张"造乐"，等到乐律制成后再相互比较，择善而从。何妥一听，怕是乐律一成，"善恶易见"，优劣立判，遂报请立即进行演奏，并且先对杨坚讲了一番"黄钟者，以象人君之德"的道理，造成先入为主的印象。待用黄钟之调演奏完，杨坚大赞："滔滔和雅，甚与我心会。"何妥趁机建议今后只用黄钟一宫，余律皆不假用。杨坚很是高兴，不仅表示同意，还赏赐了何妥一班修乐者。

对何妥这等做法，郑译、苏夔等人自然不甚服气。按照自己确定的律调，郑译等人制成了黄钟音律，并呈奏上来。杨坚命太常寺太乐署乐师们演奏，并召来"妙达钟律，遍工八音"的伶人万宝常，征求他的意见。万宝常听后，毫不客气地说道："此亡国之音，岂陛下之所宜闻！"又极言其乐声哀怨淫放，非雅正之音，请求以水尺为律，以调乐器。杨坚答应让他试试。万宝常遂以《周礼》所定的"三分损益法"确定音高，采用雅乐之七音音阶，制造了多种乐器，"其声率下郑译调二律"，同时又撰《乐谱》六十四卷，具论八音旋相为宫之法，改弦移柱之变，定八十四调，一百四十四律，一千八百声。然他所改制的乐器和乐谱主张却同样不为大家所认同，"其声雅淡，不为时人所好，太常善声者多排毁之”。

这修乐之事便再次陷入停顿。翻来覆去折腾了多年，到底没有确定下来。及至这次平陈，天下既一，异代器物，皆集乐府，特别是从江南得到了“华夏正声”，修乐又有了新的转机和更好的条件。开皇九年（589）八月，牛弘上奏：“前克荆州，得梁家雅曲，今平蒋州，又得陈氏正乐。史传相承，以为合古。且观其曲体，用声有次，请修缉之，以备雅乐。其后魏洛阳之曲，据《魏史》云‘太武平赫连昌所得’，更无明证。后周所用者，皆是新造，杂有边裔之声。戎音乱华，皆不可用。请悉停之。”

杨坚答复道：“制礼作乐，圣人之事也，功成化洽，方可议之。今宇内初平，正化未洽。遽有变革，我则未暇。”

随后，杨广又上表恳请，杨坚才予以应允，于十二月初五下诏：

　　朕祗承天命，清荡万方。百王衰敝之后，兆庶浇浮之日，圣人遗训，扫地俱尽，制礼作乐，今也其时。朕情存古乐，深思雅道。郑、卫淫声，鱼龙杂戏，乐府之内，尽以除之。今欲更调律吕，改张琴瑟。且妙术精微，非因教习，工人代掌，止传糟粕，不足达神明之德，论天地之和。区域之间，奇才异艺，天知神授，何代无哉！盖晦迹于非时，俟昌言于所好，宜可搜访，速以奏闻，庶睹一艺之能，共就九成之业。

同时，诏令太常卿牛弘、通直散骑常侍许善心、秘书丞姚察和通直郎虞世基等议定作乐。

第三十八章　定正乐（下）

　　根据杨坚重新"更调律吕"的诏书，牛弘依多数人的意见，折中郑译之说和古五声六律论，提出雅乐每宫只用一调，唯迎气乐奏五调，谓之"五音"，而缦乐则用七调，在祭祀时使用。他还进一步阐明，古代作律吕时，要辨天地四方阴阳之声，定各调尊卑先后秩序，"故律吕配五行，通八风，历十二辰，行十二月，循环转运，义无停止"。"还相为宫者，谓当其王月，名之为宫。"可是现在只用黄钟一宫，唯用七律，无法与季节月令相对应，比如十一月不以黄钟为宫，"十三月"不以太簇为宫，致使春木不王，夏王不相，终会造成阴阳失度，天地不通。因之，须依礼作还相为宫之法，取互相转调之义。

　　杨坚听后，想起何妥此前对他说的话，批示道："不须作旋相为宫，且作黄钟一均也。"

　　虽说皇帝已经有所倾向，但牛弘也并没有完全屈就，何况在负责修乐的一班人中，仍存在不小争议，各派之间分歧很大。

　　这其中，又以苏夔与何妥最为对立。开皇九年（589），杨坚调整充实了议定作乐的人员，郑译、苏夔、何妥等原班人马仍包括在内。苏夔少有盛名，加上其父苏威的背景，自然在朝廷上下都十分引人瞩目，海内文人宾客趋之若鹜。在音律主张上，他与郑译基本趋同。开皇十一年（591）八月郑译死后，苏夔成为修乐的主要成员，且仍坚持与郑译原有的主张。

之前，何妥与郑译持有不同意见，现在跟苏夔也往往相左。当时各种乐制并存，牛骥同皂，泥沙俱下，异议纷呈本算是正常现象。然而何妥"性劲急，有口才，好是非人物"，与苏夔的父亲苏威原来就有矛盾，便使问题变得复杂和微妙起来。苏威一直很受杨坚重用，权兼数司，何妥对其许多政见均表示不满，曾多次奏言苏威不可信任，甚至上书指斥他在朝中结纳朋党。等苏威被任命为尚书右仆射后，何妥跟他的矛盾更是加深。开皇十二年（592），苏威在主考文学时，又与何妥发生了激烈冲突，苏威勃然怒道："无何妥，不虑无博士！"何妥亦不相让，应声曰："无苏威，亦何忧无执事！"由是，两人的间隙越发扩大，"更相诃诋"，难以调和。

与苏氏父辈的矛盾，谁知又延绵到了儿子苏夔身上。在议定作乐时，何妥经常与苏夔发生争执。两人的见解本就不同，各有所持，这下更好，苏夔若是有所建议，何妥必持反对意见，挑其短处，大加批评。可上下左右如果不是苏夔的人，也要看其父苏威的面子，在"夔、妥俱为一议，使百僚署其所同"的时候，"朝廷多附威，同夔者十八九"。这便让何妥甚是恼火，恚恨道："吾席间函丈四十余年，反为昨暮儿之所屈也！"

为发泄私愤，他先是上表，再次陈述自己的音乐主张，说乐有奸声和正声之分，"奸声感人而逆气应之，逆气成象而淫乐兴焉。正声感人而顺气应之，顺气成象而和乐兴焉"。是故乐行而伦清，耳目聪明，血气和平，移风易俗，天下皆宁。反映到音律上，"宫乱则荒，其君骄；商乱则陂，其官坏；角乱则忧，其人怨；徵乱则哀，其事勤；羽乱则危，其财匮"，若是五者皆乱，则天下大乱，国亡无日。考古时圣人之作乐，并非只为苟悦耳目，而是"欲使在宗庙之内，君臣同听之则莫不和敬；在乡里之内，长幼同听之则莫不和顺；在闺门之内，父子同听之则莫不和亲"。因此，现在应着力推行以"三调、四儋"为主的"正声"，若令教习传授，庶得流传古乐，然后取其会归，撮其指要，因循损益，更制嘉名，就可使"歌盛德于当今，传雅正于来叶"。

接着，何妥又揭发苏威与礼部尚书卢恺、吏部侍郎薛道衡、尚书右丞王弘、考功侍郎李同和等人共为朋党，以曲道任其从父弟苏彻、苏肃罔冒为官，如此等等之事。

杨坚本来就很赞同何妥的音律意见，现在对其"乐至则无怨，礼至则不争，揖让而治天下"的"礼乐之谓"更是称赏，也十分认可他的"三调、四儋"声曲。至于何妥所揭发的苏威朋党一案，则更引起了他的特别注意。他安排蜀王杨秀和上柱国虞庆则主持审理，在查明属实后，苏威和卢恺、薛道衡等人轻则废黜于家，重则配防岭表，知名之士受牵连者百余人，苏夔也由此获罪，而何妥本人不久即被任命为国子祭酒。

经过这事，朝中再没有谁敢聒噪什么音律相配旋相为官之类的话了。牛弘等人改弦易调，"附顺上意"，杨坚也便"甚善其义"，修乐之事似也变得顺利起来。开皇十四年（594）三月，乐定。牛弘等人共同上奏：

> 臣闻蒉桴土鼓，由来斯尚，雷出地奋，著自《易经》。邃古帝王，经邦驭物，揖让而临天下者，祀乐之谓也。秦焚经典，乐书亡缺，爰至汉兴，始加鸠采，祖述增广，缉成朝宪。魏、晋相承，更加论讨，沿革之宜，备于故实。永嘉之后，九服崩离，燕、石、苻、姚，遁据华土。此其戎乎，何必伊川之上，吾其左衽，无复微管之功。前言往式，于斯而尽。金陵建社，朝士南奔，帝则皇规，粲然更备，与内原隔绝，三百年于兹矣。伏惟明圣膺期，会昌在运。今南征所获梁、陈乐人，及晋、宋旗章，宛然俱至。曩代所不服者，今悉服之，前朝所未得者，今悉得之。化洽功成，于是乎在。臣等伏奉明诏，详定雅乐，博访知音，旁

求儒彦，研校是非，定其去就，取为一代正乐，具在本司。

在此之前，杨坚已命内史侍郎李元操、直内史省卢思道等撰清庙歌辞十二曲，其初迎神七言，象《元基曲》；献奠登歌六言，象《倾杯曲》；送神礼毕五言，象《行天曲》。牛弘等人对这些歌辞不敢妄改，只是变换了一下音声，让其符合新的钟律，与自己撰写的三十首歌辞一并奏上。

由于新乐律是承风顺旨修订的，歌辞也合乎圣上旨意。所以牛弘等人的奏请很快就获得了钦定。开皇十四年（594）四月一日，杨坚下诏颁行新乐。

在昔圣人，作乐崇德，移风易俗，于斯为大。自晋氏播迁，兵戈不息，雅乐流散，年代已多，四方未一，无由辨正。赖上天鉴临，明神降福，拯兹涂炭，安息苍生，天下大同，归于治理，遗文旧物，皆为国有。比命所司，总令研究，正乐雅声，详考已讫，宜即施用，见行者停。人间音乐，流僻日久，弃其旧体，竞造繁声，浮宕不归，遂以成俗。宜加禁约，务存其本。

"王者功成作乐，治定制礼；其功大者其乐备，其治辨者其礼具。"——隋朝修乐搞了十多年，至此总算议定。不管其是否单调、呆板，过于严肃，也毕竟是"正乐"，是杨坚文治武功俱成之后的一个重要"呈现"。

第三十九章　八方来朝（上）

隋朝廓定江表，一统华夏，绝对成了大国、强国。其疆域东西约九千里，南北约一万四千八百里，东、南皆至于海，西至吐谷浑，北至五原，周边不论哪个国家与之相比，都显得实在太小，难以望其项背。这在无形中，就给周边国家带来极大威慑，也从而奠定了隋天朝大国的地位。

西边的吐谷浑自隋朝建立以来，屡屡进犯，虽说经过开皇初年的几次较量而遭受重创，但仍不死心，伺机相扰。等南陈灭亡的消息传过去，年迈的吐谷浑王吕夸大惧，忙"遁逃保险，不敢为寇"。

开皇十一年（591），吕夸卒，其子伏继位。伏马上派遣自己的侄子无素向隋奉表称藩，敬献方物，并请献美女以充杨坚后宫。杨坚看穿了伏的心思，对臣下说："此非至诚，但急计耳。"遂对无素婉言道："朕知浑主欲令女事朕，若依来请，他国闻之，便当相学。一许一塞，是谓不平。若并许之，又非好法。朕情存安养，欲令遂性，岂可聚敛子女以实后宫乎？"献女之事到底没被应允。杨坚只在第二年，遣刑部尚书宇文弼前往吐谷浑抚慰了一番。

为了安抚一下吐谷浑，开皇十六年（596），杨坚将光化公主嫁与伏为妻。伏很是感激，上表请称光化公主为"天后"，不过并没有得到允许。次年，吐谷浑发生大乱，国人杀伏，立其弟伏允为主。伏允遣使入朝，陈废立之事，并谢专擅之罪，请求依俗尚光化公主，杨坚同意其所请。自是，吐谷浑每年都向隋朝贡。

在与北边突厥的关系上，由于近几年国势日益强盛，隋朝也一直占据着主动。平陈时，隋朝缴获陈叔宝宫内珍宝无数，杨坚特地从中挑选出一具屏风，派人送给突厥大义公主。此前这位大义公主虽改姓"杨"，却实非所愿，不过是穷鸟投人，迫不得已。及至屏风赐至，她睹物伤情，不由想起北周覆灭的往事，作诗一首，书于屏风之上：

盛衰等朝露，世道若浮萍。

荣华实难守，池台终自平。

富贵今何在？空事写丹青。

杯酒恒无乐，弦歌讵有声！

余本皇家子，漂流入虏庭。

一朝睹成败，怀抱忽纵横。

古来共如此，非我独申名。

唯有昭君在，偏伤远嫁情。

此诗传入隋廷，杨坚知悉其中寓意，不免厌恶，自是对大义公主礼赐寝薄。而这位"大义公主"，似也"无情无义"，人既已三次改醮，做了三任可贺敦，却又与胡人安遂迦暗地私通。适有一个名叫杨钦的隋人流亡至突厥，谬言彭国公刘昶与妻族宇文氏联络，欲谋反隋，密遣其来，请突厥发兵外应。大义公主以为这是大好时机，遂煽动都蓝可汗，不修职贡，潜出扰边。杨坚遣长孙晟驰往突厥，传敕诘问，并暗中观察其动向。都蓝表面上还算老实，大义公主却是颇有微词，出言不逊，还暗中派安遂迦找杨钦计议。长孙晟返回京师后，将所见所闻具以状奏。

开皇十三年（593），杨坚再次让长孙晟前往突厥，索要杨钦，都蓝不与，诡称"检校客内，无此色人"。怎知长孙晟早已密赂突厥达官，访得杨钦所在，乘夜掩捕，牵示都蓝。同时，他还当众揭露大义公主与安遂迦私通的丑闻，令都蓝羞惭满面，国人也以为大耻，立即将安遂迦拿下，与杨钦一并交于长孙晟带回。

杨坚对长孙晟重重嘉奖，授其开府仪同三司，仍遣他赍敕北行，传语都蓝，莅杀大义公主。怕都蓝不从，杨坚还特地叫牛弘挑选了四位美妓，携往突厥，送给都蓝。恰在此时，突厥北方的突利可汗染干向隋遣使求婚，杨坚让裴矩对其使者说："当杀大义公主，乃许婚。"突利闻言，便捏造谣传，大说大义公主的坏话。都蓝果然中计，一怒之下，将大义公主杀死于帐内。

随后，都蓝入朝进贡，一方面修补关系，另一方面再求和亲。杨坚组织"朝议"，准备答应下来，独长孙晟献议道："臣观雍（虞）间（都蓝），反复无信，特共玷厥（达头）有隙，所以依倚国家。纵与为婚，终当必叛。今若得尚公主，承藉威灵，玷厥、染干（突利）必又受其征发。强而更反，后恐难图。且染干者，处罗侯之子也，素有诚款，于今两代。臣前与相见，亦乞通婚，不如许之，招令南徙，兵少力弱，易可抚驯，使敌雍间，以为边捍。"

长孙晟提出的议策，实又是反间计也。杨坚称善，再遣他出使突厥，慰谕突利，许其和亲之事。突利非常高兴，厚待长孙晟，将其优礼送归。只是隋朝这边尚未指定哪位公主出塞，也是有意拖延，好让突厥各方都来求亲，以加深关系。突利也便只好乖乖地等着，未遽来迎，如此过了三四年。

开皇十七年（597），杨坚终于答应将宗室女安义公主嫁于突利为妻。这年七月，突利遂遣大批使者来京师大兴迎娶，杨坚让他们住在太常寺，并派人教他们纳采、问名、纳吉、纳徵、请期、亲迎等婚制"六礼"。为了更好地离间突厥，刺激一下别的部众，隋朝故意将这次婚礼操办得特别隆重，相继派遣太常卿牛弘、民部尚书斛律孝卿等人为使，前往突利处。而突利这边也更是殷勤，光为了迎娶之事，就前后遣使入朝三百七十人次。

　　按照长孙晟原先提出的意见，突利在娶了安义公主后，率其部族南徙，居度斤旧镇，作为隋朝的屏藩。隋朝对其锡赉优厚，安排得甚为妥帖。这使都蓝忿忿不平，怒曰："我，大可汗也，反不如染干！"就想着断绝朝贡，抄掠隋边。然而有突利居中，伺知其动静后，辄遣奏闻，由是隋朝边鄙事先都有所准备，都蓝根本无机可乘。

　　与此同时，若突厥内部发生冲突，隋朝则继续采取中立政策。近年都蓝和达头之间的战事转入拉锯状态，双方都遣使来隋，请求支持。杨坚对哪一方也不偏袒，只是派工部尚书长孙平持节宣谕，劝他们和解，各自罢兵。都蓝因其势弱，再加上近来对隋朝多有冒犯，所以对隋朝的调停格外感激，送给长孙平良马二百匹。

　　正是由于隋朝目前太过强大，又能对突厥施以有效的策略，这几年突厥各部遂算帖服，不时遣使朝贡。即便中间有一些摩擦，发生了战事，每次也都是隋朝取得压倒性的胜利。

第四十章　八方来朝（下）

　　华夏周边，早已有西戎、北狄、东夷、南蛮等"四夷"之称。在隋朝开皇年间，所谓的"西戎"，大国主要就是吐谷浑，其余党项、高昌、焉耆、龟兹、疏勒等众多小国，时有时灭，然其大多对隋保持友好，遣使入朝。"北狄"之中，除了突厥，还有奚、霫、契丹等族，奚、霫二族这些年来也一直向隋朝称臣，不时贡献方物。那契丹的祖先与奚异种而同类，本居黄龙之北数百里。开皇五年（585），契丹部众款塞，杨坚予以接纳，听任他们居住于故地。第二年（586），其内部发生内讧，互相攻击，又与突厥相互侵夺，杨坚遣使责让。契丹也随即派使臣诣阙，顿颡谢罪。其后契丹别部出伏等率众内附，杨坚将其安置于渴奚那颉之北。开皇末，又有四千余家来附，在辽西正北二百里，逐水草而居，其东西亘五百里，南北三百里，部落渐众，分为十部。各部兵多者三千人，少者千余人。

　　"东夷"诸国，有靺鞨、高丽、百济、新罗和倭国等。靺鞨共分粟末、伯咄、安车骨、拂涅、号室、黑水、白山等七个部落，各有酋长，不相统一。开皇初年，其部族相率遣使贡献。杨坚诏其使，说："朕闻彼土人庶多能勇捷，今来相见，实副朕怀。朕视尔等如子，尔等宜敬朕如父。"来使对曰："臣等僻处一方，道路悠远，闻内国有圣人，故来朝拜。既蒙劳赐，亲奉圣颜，下情不胜欢喜，愿得长为奴仆也。"因靺鞨西北与契丹相接，彼此经常争斗，互相劫掠。等以后靺鞨使者入阙时，杨坚告诫道："我怜念契丹与尔无异，宜各守土境，岂不安乐？何为辄相攻击，甚乖我意！"使者谢罪。此后靺鞨便与契丹和睦相处，少有纷争，也对隋朝愈加恭顺，尤其跟隋相距较近的粟末、白山二族，更是时常遣使贡方物。

高丽国东西二千里，南北一千余里，京都在平壤城，与汉城、国内城并为都会之所，被呼为"三京"。开皇初期，高丽还与隋朝交好，其主汤被杨坚进授大将军，封为高丽王，岁遣使朝贡不绝。以后却是渐渐疏远，转而跟江南的陈朝亲近起来。并且，还不时侵扰隋朝的藩属靺鞨和契丹。等隋朝灭陈之后，高丽王汤可是大为恐慌，怕隋前来征伐，便抓紧"治兵积谷，为守拒之策"。

开皇十年（590）七月，杨坚给高丽王汤送去一封措辞强烈的长篇玺书，责其"虽称藩附，诚节未尽"，"王既人臣，须同朕德，而乃驱逼靺鞨，固禁契丹。诸藩顿颡，为我臣妾，忿善人之慕义，何毒害之情深乎"？质问他为什么"潜行财货，利动小人，私将弩手，逃窜下国"，"岂非修理兵器，意欲不臧，恐有外闻，故为盗窃"？又指其"数遣马骑，杀害边人，屡驰奸谋，动作邪说，心在不宾"，而且"专怀不信，恒自猜疑，常遣使人，密觇消息"，违背了纯臣之义。

在玺书中，杨坚还告诫他"今日以后，必须改革。守藩臣之节，奉朝正之典，自化尔藩，勿忤他国，则长享富贵，实称朕心"，"慎勿疑惑，更怀异图"。最后以南陈的覆亡向其发出警告：

> 王谓辽水之广，何如长江？高丽之人，多少陈国？朕若不存含育，责王前愆，命一将军，何待多力！殷勤晓示，许王自新耳。

这道玺书，简直就像最后通牒，读得高丽王汤胆战心惊，不寒而栗。适逢他患病在身，一惊之下，旋即死去。其子元嗣立后，派人向隋朝告哀。杨坚照例遣使册封元为上开府、仪同三司，袭爵辽东郡公，赐衣一袭。元于开皇十一年（591）正月遣使朝贺，奉表谢恩，此后在开皇十二年（592）及开皇十七年（597）都遣使朝贡。

与高丽比，百济与隋朝的关系就好了许多。这百济在高丽南边，东西四百五十里，南北九百余里。其祖先出自高丽，居民除当地人外，还有新罗人、高丽人和倭人，汉人也有不少。百济国"俗尚骑射，读书史，能吏事，亦知医药、蓍龟、占相之术"，有僧尼，多寺塔；有鼓角、箜篌、筝、竽、篪、笛之乐，投壶、围棋、樗蒲、握槊、弄珠之戏；行原江南宋朝的《元嘉历》，以建寅月为岁首，受华夏汉族影响很大。开皇初年，百济王余昌遣使向隋贡方物，杨坚拜其为上开府、带方郡公、百济王。

在隋朝伐陈时，有一战船漂至海上。在返回途中，经过百济，余昌资送甚厚，并遣使奉表贺隋平陈。杨坚很高兴，下诏曰："百济王既闻平陈，远令奉表，往复至难，若逢风浪，便致伤损。百济王心迹淳至，朕已委知。相去虽远，事同言面，何必数遣使来相体悉。自今以后，不须年别入贡，朕亦不遣使往，王宜知之。"

开皇十八年（598），百济王余昌又遣使来献方物。杨坚对其热情相待，"厚其使而遣之"。

朝鲜半岛东南还有一国叫作新罗，为西汉时乐浪郡的故地。国内居民有汉人、高丽人、百济人等，"其文字、甲兵同于中国"，"五谷、果菜、鸟兽物产，略与华同"。开皇十四年（594），国王金真平遣使入隋，杨坚封金真平为上开府、乐浪郡公、新罗王。

在百济、新罗东南，大海之中，倭国依山岛而居。"其服饰，男子衣裙襦，其袖微小，履如屦形，漆其上，系之于脚。人庶多跣足。不得用金银为饰。故时衣横幅，结束相连而无缝。头亦无冠，但垂发于两耳上。""躯竹为梳，编草为荐，杂皮为表，缘以文皮。""无文字，唯刻木结绳。""俗无盘俎，藉以槲叶，食用手哺之。"西汉光武帝时，倭王曾派使臣入阙朝天，自称大夫，接受册封。东汉安帝时，又遣使朝贡，谓之倭奴国。其后自魏晋南北朝一直到隋，倭国世代来朝，"译通中国"。

开皇二十年（600），倭王姓阿每，字多利思北孤，号阿辈鸡弥，遣使诣阙。杨坚令人入倭，访其风俗。去查访的人回来报告，说是倭王以天为兄，以日为弟，"天未明时出听政，跏趺坐，日出便停理务，云委我弟"。杨坚评价道："此太无义理。"于是，向倭国发出训令，让其加以改正。

而林邑、赤土、真腊和婆利，为"南蛮"比较大的四个国家。林邑在隋朝所辖交趾郡南，延袤数千里，盛产香木、金宝。其人深目高鼻，发拳色黑，"俗皆徒跣，以幅布缠身。冬月衣袍。妇人椎髻。施椰叶席"。赤土在南海中，水行百余日而达所都。"土色多赤，因以为号。"真腊在林邑西南，"人形小而色黑"，"每旦澡洗，以杨枝净齿，读诵经咒"，"饮食多苏酪、沙糖、杭粟、米饼"。婆利国，自交阯浮海，南过赤土等国后，乃至其国。其"祭祀必以月晦，盘贮酒肴，浮之流水"，在每年十一月，必设大祭。"海出珊瑚"。这几个国家，皆与隋朝保持着往来。在隋平陈后，林邑王就曾马上遣使，贡献方物。

有道是，"无怠无荒，四夷来王"，让海内升平、番邦臣服可是历朝历代之向往。不过直到这时候，才得第一次呈现。——斯时的隋朝，国力超强，繁荣兴旺，确实已臻盛世。

第四十一章　封禅

牛弘等人修乐时，在所撰写的舞曲歌词中，有《凯乐》歌词三首，其中《述帝德》是这样唱道："膺天之命，载育群生。开元创历，迈德垂声。朝宗万宇，祇事百灵。焕乎皇道，昭哉帝则。惠政滂流，仁风四塞。淮海未宾，江湖背德。运筹必胜，濯征斯克。八荒务卷，四表云褰。雄图盛略，迈后光前。寰区已泰，福祚方延。"《诸军用命》中唱道："帝德远覃，天维宏布。功高云天，声隆韶濩。唯彼海隅，未从王度。皇赫斯怒，元戎启路。桓桓猛将，赳赳英谟。攻如燎发，战似摧枯。救兹涂炭，克彼妖迍。尘清两越，气静三吴。鲸鲵已夷，封疆载辟。班马萧萧，归旌弈弈。云台表效，司勋纪绩。业并山河，道固金石。"在《天下太平》中，又唱道："阪泉轩德，丹浦尧勋。始实以武，终乃以文。嘉乐圣主，大哉为君。出师命将，廓定重氛。书轨既并，干戈是戢。弘风设教，政成人立。礼乐聿兴，衣裳载缉。风云自美，嘉祥爰集。皇皇圣政，穆穆神猷。牢笼虞夏，度越姬刘。日月比曜，天地同休。永清四海，长帝九州。"

这几首歌，差不多将杨坚的功绩唱尽。虽说在歌功颂德时，臣子们往往会有所夸大，不吝溢美之词，然亦没有过分掺假，基本符合杨坚的真实情况。凭着这些功绩，杨坚的确值得称颂和揄扬，也完全够得上"封禅"泰山，敬告天地的。

"封禅"之举，自舜时即有，其后"易姓而王，致太平，必封泰山，禅梁父，天命以为王，使理群生，告太平于天，报群神之功"。据说从古至今，"盖有无其应而用事者矣，未有睹符瑞见而不臻乎泰山者也"。然而在平陈后，朝野皆请"封禅"，杨坚却予以拒绝，并且还专门下发诏书，曰：

> 岂可命一将军，除一小国，遽迩注意，便谓太平。以薄德而封名山，用虚言而干上帝，非朕攸闻。而今而后，言及封禅，宜即禁绝！

此时的杨坚可以说是异常谦逊，保持着清醒的头脑。在伐陈之役中，大将贺若弼曾立下汗马功劳，"蒋山死战，破其锐卒，擒其骁将，震扬威武，遂平陈国"，连杨坚都称赞他："克定三吴，公之功也。"平陈以后，贺若弼撰其所画策上奏，谓之《御授平陈七策》。杨坚却是连看也不看，说："公欲发扬我名，我不求名；公宜自载家传。"

到了开皇九年（589）十一月，时任定州刺史的豆卢通等人又上表请封，杨坚还是不允。

开皇十四年（594），关中大旱，民饥，只能以豆屑杂糠为食。杨坚见百姓竟吃这等食物，涕流满面，传示群臣，深自咎责，从此将近一年的时间，不食酒肉。这年八月，他率关中百姓前往洛阳就食。路上，敕斥不得驱逼百姓，于是男女老幼掺杂行进在皇帝禁卫和仪仗之间。若碰上扶老携幼者，他总引马让路，好言慰勉而去。到了限险难行之地，见有挑担而行的，他便令左右上前扶助。

在洛阳，杨坚一连住了好几个月。闰十月二十三日，他发下一道诏书："齐、梁、陈往皆创业一方，绵历年代。既宗祀废绝，祭奠无主，兴言矜念，良以怆然。莒国公萧琮及高仁英、陈叔宝等，宜令以时修其祭祀。所须器物，有司给之。"

有一天，杨坚带着随同来洛的陈后主陈叔宝登上邙山。——这山位于洛阳北郊，不仅是战略要地，也是埋骨的吉壤。"北邙何累累，高陵有四五。借问谁家坟，皆云汉世主。"此番杨坚携带亡国旧君出游至此，自有深意，也还有些炫耀、显摆的意思。陈叔宝自己做过皇帝，非常了解当今皇帝的心思，遂十分凑趣地赋诗一首：

> 日月光天德，山河壮帝居。
>
> 太平无以报，愿上东封书。

下山后，陈叔宝马上上表，请求封禅。杨坚优诏谦让，语气相当温和。

紧接着，晋王杨广又率文武百官抗表，固请封禅。杨坚见是如此，也不再固执下去，令牛弘等人创定封禅的仪注，开始着手准备。不过等仪注撰成，他看了看，又说："兹事体大，朕何德以堪之！但当东巡，因致祭泰山耳。"

十二月五日，杨坚起驾东巡。第二年（595）正月初三，一行人来到齐州，安顿休整，杨坚还亲问当地百姓疾苦寒暖。十一日，杨坚服衮冕，乘金辂，率百官登上泰山，于山顶设坛，柴燎祀天，并以岁旱谢愆咎。礼毕，他又亲自登坛祭祀青帝，宣布大赦天下。

三月初一，杨坚回到京师大兴后，又举行仪式，望祭五岳海渎，完成了整个"祭天""祭地"之礼。

第六篇

　　《易乾凿度》和《易稽览图》是隋开皇年间颇为流行的两本"纬书"，依托今文经义诠释符箓、瑞应、占验等。其中，《易乾凿度》有言："随上六，拘系之，乃从维之，王用享于西山。随者二月卦，阳德施行，藩决难解，万物随阳而出。故上六欲九五拘系之，维持之，明被阳化而阴随从之也。"《易稽览图》中曰："坤六月，有子女，任政，一年，传为复。五月贫之从东北来立，大起土邑，西北地动星坠，阳卫。屯十一月神人从中山出，赵地动。北方三十日，千里马数至。"

　　这两段文字，实在看不出藏有多少玄机，更看不出跟隋朝有任何关联，但当时的著作郎王劭却认为"凡此《易》纬所言，皆是大隋符命"，给皇帝杨坚上书说："随者二月之卦，明大隋以二月即皇帝位也。阳德施行者，明杨氏之德教施行于天下也。藩决难解者，明当时藩郭皆是通决，险难皆解散也。万物随阳而出者，明天地间万物尽随杨氏而出见也。上六欲九五拘系之者，五为王，六为宗庙，明宗庙神灵欲令登九五之位，帝王拘民以礼，系民以义也。'拘民以礼''系民以义'，此二句亦是《乾凿度》之言。维持之者，明能以纲维持正天下也。被阳化而欲阴随之者，明阴类被服杨氏之风化，莫不随从。阴谓臣下也。王用享于西山者，盖明至尊常以岁二月幸西山仁寿宫也。凡四称随，三称阳，欲美隋杨，丁宁之至也。坤六月者，坤位在未，六月建未，言至尊以六月生也。有子女任政者，言乐平公主是皇帝子女，而为周后，任理内政也。一年传为复者，复是坤之一世卦，阳气初生，言周宣帝崩后一年，传位与杨氏也。五月贫之从东北来立者，'贫之'当为'真人'，字之误也。言周宣帝以五月崩，真人革命，当在此时，至尊谦让而逆天意，故逾年乃立。昔为定州总管，在京师东北，本而言之，故曰真人从东北来立。大起土邑者，大起即大兴，言营大兴城邑也。西北地动星坠者，盖天意去周授隋，故变动也。阳卫者，言杨氏得天卫助。屯十一月神人从中山出者，此卦动而大亨作，故至尊以十一月被授亳州总管，将从中山而出也。赵之时，停留三十日也。千里马者，盖至尊旧所乘狄骝马也。屯卦震下坎上，震于马作足，坎于马为美脊，是故狄骝马脊有肉鞍，行则先作弄四足也。数至者，言历数至也。"

王劭如此释义，巧言令色，无非是谀媚，说隋朝立国、杨坚定鼎来自天命，早已在卦文之中，好哄得杨坚高兴。不过，从杨坚的人生轨迹来，也真还与乾卦的六爻相吻，确实符合卦象。在他年轻时，韬光养晦——"潜龙勿用，阳气潜藏"，之后他控制了北周——"见龙在田，天下文明"，通过"禅让"建立了隋朝——"终日乾乾，与时偕行"，致力于隋朝振兴——"或跃在渊，乾道乃革"，开创"开皇盛世"——"飞龙在天，乃位乎天德"。到了这时候，"龙飞腾在天空"，居高临下，俯视万物，隋朝到了鼎盛时期，杨坚本人也到了他人生的顶点。接下来，可就是乾卦的第六爻了，"亢龙有悔，盈不可久"，晚年的杨坚果真走起了下坡路。他变得更加猜疑，专断，清洗功臣，用刑严酷，对自己的儿子们也是严苛、峻厉。并且，他还渐渐变得浮华起来，政务多有松驰和懈怠。随着伴侣独孤皇后的离世，杨坚也很快老去，归于尘土。如此，盛极必衰，物极必反，喜极则泣，兴尽则悲，升腾到极限的龙难道必定会有灾祸之困吗？

第四十二章　仁寿宫

开皇十五年（595）三月二十九日，杨坚与独孤皇后一同来到刚刚落成的仁寿宫。

这仁寿宫位于京师大兴西面的歧州，相距约三百里。开皇十三年（593）正月十一，杨坚祀感生帝。二十一日，巡幸歧州。当他行至城北的一处山间，见这儿山明水秀，景色宜人，遂决定在此修建一座行宫，供他和独孤皇后颐性养寿。

他这人固可配称"励精之主"，一直劳神苦形，勤于为治，又极搏节、省俭，但如今天下业已太平，海晏河清，国泰民安，也便不由自主地骄矜起来。在开皇十二年（592），有司上言："府藏皆满，无所容，积于廊庑。"杨坚起初还有些不信，问："朕既薄赋于民，又大经赐用，何得尔也？"上奏此事的官员当场为他计算道："入者常多于出，略计每年赐用，至数百万段，曾无减损。"他方才相信有司所言不虚。

此前隋朝曾在各地修造了不少官仓，现在诸仓皆满，只好另辟左藏院以存放所收财帛。鉴于此，杨坚下诏宣布："宁积于人，无藏府库。河北、河东今年田租三分减一，兵减半功，调全免。"

国家既有这么大的盈余，百姓租调又大为减轻，自己这个皇帝多少享受一点，想也并不为过。开皇十三年（593）二月初六，杨坚便诏令在他亲自选定的岐州之北修建仁寿宫，由新任尚书右仆射不久的杨素负责监工。杨素奏请宇文恺检校将作大匠，并举其堂妹夫、记室封德彝为土木监，杨坚予以批准。

杨素打起仗来是把好手，"军书立草，风角单情。隋祖见器，亲委戎兵。陈人送疑，畏若神明。服勤韬晷，实得其英"，平常糜掷、挥霍起来也毫不含糊，自己拥有"家僮数千，后庭妓妾曳绮罗者以千数。第宅华侈，制拟宫禁"。由他来主持仁寿宫的修建，自是大肆铺张，何况这又是博取杨坚欢心的极好时机。于是，"夷山堙谷以立宫殿，崇台累榭，宛转相属夷山堙谷，创立宫殿，崇台累榭，相属不绝"，把个仁寿宫设计得富丽堂皇。只苦了那些丁夫工匠们，在严厉的督责下，昼不得安，夜不得休，体力一旦不支，"疲屯颠仆"，便将其尸骸推入坑谷，覆以土石，充作了基址。两年下来，仁寿宫是建成了，其下却掩埋了数以万计的尸骨，以至于"宫侧时闻鬼哭之声"。

开皇十五年（595）三月，杨坚让左仆射高颎前往探视。高颎回来后奏称奢华过甚，徒伤人丁，杨坚甚不高兴。杨素闻知，深感忧惧，急忙密启独孤皇后，请求为他开脱，说："帝王法有离宫别馆，今天下太平，造此一宫，何足损费！"

二十九日，杨坚从京师亲往仁寿宫。其时天气已热，又有不少民夫不堪苦役，死者相继于道，杨素令部下焚尸清扫，匆匆掩埋。杨坚没有亲眼所见，沿途倒是多有听说，更是止不住生气。待到仁寿宫一看，果见"制度壮丽"，金碧辉煌，大怒道：

"杨素殚民力为离宫，为吾结怨天下。"

当时杨素并不在场，听人这么一说，立时惶恐不已，料想这下完了，肯定要受谴责，遭受惩处了，看来皇后说情也是无用。倒是他堂妹夫封德彝沉得住气，安慰他说："公勿忧，俟皇后至，必有恩诏。"

第二天，杨坚召杨素入对。杨素仍不免忐忑，不过一见杨坚与独孤皇后并坐高位，脸色都很温和，他那颗悬着的心也便随之放了下来。果然，独孤皇后对他颇加慰劳，曰："公知吾夫妇老，无以自娱，盛饰此宫，岂非忠孝！"又当即赐钱百万，锦绢三千段。

自此杨坚就在仁寿宫住了下来，而且越住越感觉舒适、惬意，越不想走。仅这一次，即住了将近四个月时间，直到七月二十二日才返回京师。为了居住方便，杨坚在仁寿宫陆续添置了不少物品，又拨遣宫女，让她们长期待在那儿，充当盥馈洒扫诸役。嗣后，几乎每年一开春，杨坚便与独孤皇后一起来仁寿宫休养，朝政也自然带到这里处理。开皇十七年（597）二月，他驾幸仁寿宫，一直住到了九月；十八年（598），同样从二月住到九月；十九年（599）二月驾幸后，干脆一直住到翌年九月。这原本是"离宫"的仁寿宫，俨然已成大兴宫第二，甚或还更重要一些。

在仁寿宫，杨坚与独孤皇后身心都得到了极大愉悦，仿佛变年轻了许多。不过，中间发生的一件事情，却使他们夫妻间的感情受到了挫伤，给他们蒙上了一层阴影。

这么多年来，杨坚对独孤皇后虽说是特别恩宠，一往情深，但暮年也有花心，再加上自己又是至高无上的皇帝，后宫美女如云，个个年轻漂亮，有时难免觉得独孤皇后人老珠黄，有点索然无味。恰好，那早年被籍没入宫的逆人尉迟迥的孙女不知不觉中长大成人，风姿绰约，如花似玉。杨坚有一天在仁寿宫与她撞见，立时欲念大动，一宵快意，不消多说，还与她绸缪数夕，缠绵得不行。

面对好像换了个人似的丈夫，独孤皇后大觉蹊跷，派人细一探听，原来如此，直气得七窍生烟。她这人生性妒忌，当初又与杨坚有婚姻誓约，"早俪宸极，恩隆好合"，是故多少年来后宫一直莫敢"进御"。如今杨坚竟背着自己，行此等好事，这还了得。等杨坚再去上朝的时候，独孤皇后即带人闯入他的寝宫，硬是活活把待在那儿的尉迟氏打死。杨坚回来一看，悲愤交加，欲哭无泪，转身从苑中牵了匹马，单骑出宫，不由径路，往山中疾驰而去。左右猝不及防，不知所措。高颎和杨素两位宰相闻听大惊，赶忙飞身上马，一路穷追，足足追了二十多里地方才追上。高颎扣马苦谏，好话说尽。杨坚长叹道："吾贵为天子，而不得自由！"

"陛下岂以一妇人而轻天下！"

也是情急之下，高颎才说了这么一句话。杨坚倒也还听得进去，怒气稍解，就在原地驻马良久，直到半夜才返回宫中。

再说宫中的独孤皇后也很是担心杨坚，一直在阁内等着。见杨坚回来，她急忙上前，"流涕拜谢"，连连称罪。高颎、杨素又是一通劝解，杨坚这才消除了怒气，摆下夜宴，与独孤皇后及高颎等人一起"置酒极欢"。

第四十三章　政情异动

　　杨坚固然"伟大"，称得上"圣主明君"，但若论个人性格，还是存有不小缺陷。其"天性沉猜，素无学术，好为小数，不达大体"，褊狭、猜忌、粗暴，"无宽仁之度，有刻薄之资"。这等性格，在"受禅"前后，及至战时，似没什么大问题，他自己也会尽量克制，注意克服，但一俟风平浪静，可就不一样了。特别是在平陈之后，杨坚日益变得专制起来，普天之下，唯我独尊，"心愈娇奢，自矜诸己，臣下不复敢言，政道因兹弛紊"。而且对百官的疑忌心端的是越来越重，总觉得臣下有意欺骗、隐瞒于他，老怀疑那些跟他一起争天下、平天下的功臣们结党营私，图谋不轨，于自己不利。因此，杨坚不断清洗朝廷政要，一大批文臣武将遭受黜罚，罢斥，甚至被处死。这些年，功臣们当中，太尉于翼、太傅窦炽、太师李穆以及大将窦荣定、元岩、梁睿、李礼成等相继过世，王谊已伏国刑，苏威等人几起几落，剩下的那些，面临着不同的命运和归宿。

　　"受禅"前，杨坚的堂侄杨雄曾为他跑前跑后，赴汤蹈火，功勋卓著。隋朝开国后，杨雄从左卫大将军迁右卫大将军，参与朝政，进封广平王。他这人雍容闲雅，"进止可观"，又宽容下士，甚为朝野所倾瞩。正因为如此，杨坚才"恶其得众，阴忌之，不欲其典兵马，乃下册书，拜雄为司空"。说杨雄"爱司禁旅，绵历十载"，"入当

213

心腹，外任爪牙，驱驰轩陛，勤劳著绩”，故“念旧庸勋，礼秩加等”。——这在表面上看是褒嘉他，其实是明升暗降，“外示优崇，实夺其权也”。杨雄也心知肚明，从此“闭门不通宾客”。

李德林足智多谋，“运属兴王，功参佐命”，又敢于坚持己见，从不随波逐流，与世偃仰，却在隋朝开国后十几年官位不加。有一年，杨坚曾将逆人王谦宅第赐给他，文书已出，忽又改赐别人，令他另选一宅，还许诺他如果都不称意的话，“当为营造，并觅庄店作替”。李德林就选了一处逆人高阿那肱的市店。谁知到了开皇九年（589），有次杨坚驾幸晋阳，有店人诉称其店乃先前高阿那肱强夺民地所建，杨坚便让有司折价偿还。本来事情这么过去也就过去了，哪知朝廷有人揪住不放，硬说李德林诬罔，“妄奏自入”，窃据赃物。杨坚早就想敲打敲打李德林了，一听中间还有这事儿，马上把李德林召来，训斥一顿。李德林不服，请求查验逆人文簿以及当年换宅之事实，杨坚不听，令将市店全部追还给原住者。自是，杨坚对李德林越发生厌，虽然还让他继续担任内史令，却再不让他参与“计议”。

开皇十年（590），虞庆则等人从关东诸道巡省使还，上奏乡村设乡正，不便于民，杨坚即下令废除乡正之设。李德林本来是反对乡村每五百家设乡正之制的，但现在杨坚在刚实行不久即予更改，也未免变得太快，遂劝谏杨坚不要“置来始尔，复即停废，政令不一，朝成暮毁”，结果又惹杨坚发怒，将其大骂一通。左右趁机阴奏，李德林的父亲在原北齐时期只是个校书郎，他却谎报成太尉谘议参军，以此获取了赠官，使得杨坚对其人品产生了怀疑。不久，朝廷议事时，李德林的意见又与杨坚不合，杨坚新怨旧账一起算，数落他道：“公为内史，典朕机密，比不可豫计议者，以公不弘耳，宁自知乎！又罔冒取店，妄加父官，朕实忿之，而未能发，今当一州相遣耳。”于是，将他贬到偏远的湖州去做刺史。李德林请求以散官留在京师，杨坚不许，只是让他转任稍近一点的怀州刺史。过了不长时间，李德林就去世了。

开皇十七年（597）七月，桂州人李世贤反叛，杨坚与朝臣商议发兵征讨，有好几位将领主动请缨，杨坚都没答应，却指着上柱国、鲁国公虞庆则说："（你）位居宰相，爵乃上公，国家有贼，遂无行意，何也？"虞庆则曾任尚书右仆射，现为右武候大将军，一听皇帝话茬儿不对，急忙叩头请罪，神色甚是不安。杨坚也不管虞庆则本人愿不愿意，有没有什么苦衷，当即任命他为桂州道行军总管，令他率军前去平定叛乱。

虞庆则领命后，以妻弟赵什柱为随府长史。此前，赵什柱早跟虞庆则的爱妾勾搭上了，虞庆则完全被蒙在鼓里。这两位行此龌龊之事，既想长期厮混，又怕事情败露，狡诈的赵什柱即对外扬言说虞庆则不乐意出征。按照惯例，朝臣出征，皇帝都会设宴送行，礼赐遣之，可这一回，因杨坚听到了虞庆则的谣言，所以当他前来辞别时，杨坚脸色冰冷，礼赐甚薄，也根本没有"宴别"之说，搞得虞庆则心头怏怏，郁郁寡欢。

平叛很快结束。当虞庆则在返回途中，行至潭州临桂镇，眺望此地山川形势，不由得露出了军人习性，比比画画道："此诚险固，加以足粮，若守得其人，攻不可拔。"一旁的赵什柱听了，暗记在心，利用自己提前回京奏事之机，密告虞庆则图谋造反。杨坚派人调查，发现虞庆则的确说过此语，谋反罪名成立。当年十二月初十，虞庆则竟遭伏诛，没了性命。

上柱国王世积在伐陈及以后多次平叛时，屡立战功，"见上性忌刻，功臣多获罪，由是纵酒，不与执政言及时事"。然而，闭门家中坐，祸从天上来。在凉州总管任上，其亲信皇甫孝谐有罪，为了逃避追捕而跑来投奔他。王世积不敢私藏罪犯，故拒而不纳，结果那皇甫孝谐被捉，配防桂州，日子过得甚是艰苦、困顿。他因此对王世积多有怨气，怀恨在心。为了报复王世积，也是为了摆脱自己眼前的困境，皇甫孝谐"微幸上变"，称王世积曾请道人为其看相，道人说他贵为国主，夫人当为皇后。等他成了凉州总管，左右亲信劝他说："河西天下精兵处，可以图大事。"王世积竟答道："凉州土旷人稀，非用武之国。"足见其存心不良，重逆无道。听了皇甫孝谐所言，杨坚遂立即征王世积入朝，交有司审查。查来查去，事竟成了真的。王世积因罪坐诛不说，还查出他与左仆射高颎有"交通"，受其名马之赠，且"有宫禁中事，云于颎处得之"。

元谐少时与杨坚一同受业于"太学"，甚相友爱。后随从杨坚，屡立军功，累迁上大将军，进位柱国。然此人性刚愎，"好排诋，不能取媚于左右"，终因某件"公事"被免职。之后，有人诬告元谐与其从父弟上开府元滂、临泽侯田鸾、上仪同祁绪等人谋反，说他曾谋令祁绪勒党项兵，准备切断巴蜀道路。又曾跟元滂一起觐见皇帝时，偷偷说道："我是主人，殿上者贼也。"还让元滂望气，元滂说是皇帝的云气似蹲狗走鹿，不如我辈有福德云云。杨坚听后大怒，也不管真相到底如何，是不是有人挟私报复，就将元谐、元滂、田鸾、祁绪等人一并诛杀，籍没其家。

卢贲则是在齐州刺史任上，因"民饥，谷米踊贵，闭人粜而自粜之"，被除名为民。开皇十四年（594）十二月，杨坚想再授予他刺史之职，他却"对诏失旨"，又自叙功绩，颇有怨言。杨坚遂不高兴，将其黜退，后卒于家。

在平陈之役中，最有名的两员大将一为韩擒虎，一为贺若弼。其中韩擒虎于开皇十二年（592）卒，贺若弼则因"位望隆重"、功高震主，于开皇二十年（600）二月被坐事下狱。杨坚曾对其大加责备，说"公有三太猛：嫉妒心太猛，自是、非人心太猛，无上心太猛。"还责其在平陈后屡次索要高官俸禄，又妄言太子对他"出口入耳，无所不尽"，要高颎等人将来依靠他。若按律令，贺若弼被罗列的那些罪过当死，"上惜其功，于是除名为民"。过了一年有余，又复其爵位，然"上亦忌之，不复任使"。

史万岁善骑射，骁捷若飞，雄略过人，"北却匈奴，南平夷、獠，兵锋所指，威惊绝域"。开皇二十年（600）突厥达头可汗犯塞，史万岁又率部将其击败，"逐北入碛数百里，虏遁逃而还"。但朝廷有人深嫉其功，对杨坚说是"突厥本降，初不为寇，来于塞上畜牧耳"，有意掩盖史万岁的功绩。史万岁屡屡抗表陈状，杨坚没有理会。他手下数百名将士因此大感不平，遂去往朝堂称冤。史万岁也便一个人昂首进入朝堂，见到皇帝后，极言将士有功，为朝廷所抑。也是他说话口吻太过偏激，"词气愤厉"，又赶上杨坚为另一件事而大光其火，人正在气头上，立即命令左右痛打，竟将这一代名将活活打死。在史万岁死后，"天下士庶闻者，识与不识，莫不冤惜"。

把功臣们一个个清洗出局，"其草创元勋及有功诸将，诛夷罪退，罕有存者"，于杨坚本人而言，既可消除疑忌，又有利于集权，巩固和强化皇权。平陈之后，他以杨素为尚书右仆射，与左仆射高颎分掌朝柄。杨素其人，出身于杨氏的郡望弘农华阴，虽以军功显赫，然文学亦佳，"兼文武之资，包英奇之略"，只不过"性疏而辩，高下在心"。在朝臣之内，他颇推高颎，敬牛弘，厚接薛道衡，却视苏威蔑如。"自馀朝贵，多被陵轹。其才艺风调，优于高颎，至于推诚体国，处物平当，有宰相识度，不如颎远矣。"用这样的人做宰相，揽权主政，可以想象朝廷会是一种什么气氛。

而且不唯一个杨素，开皇十二年（592）后，朝廷三省六部的执掌者也逐步换上了皇室或弘农杨氏，其中书令依次由杨素（弘农杨氏）、蜀王杨秀（皇子）和晋王杨昭（皇孙、杨广长子）担任；门下省后来由皇族出身的杨达担当；兵部尚书为柳述（杨坚女婿、兰陵公主后来的丈夫），另"判吏部尚书事"；礼部由弘农杨文纪负责；工部尚书是杨达。因杨坚之孙齐王杨暕（杨广次子）纳营州总管韦冲女为妃，因而韦冲也随即转迁民部尚书。

第四十四章　严刑峻法

"是时，帝意每尚惨急"，"恒令左右觇视内外，有小过失，则加以重罪"。开皇中，有人奏告大都督邴绍毁訾诽谤，诬朝廷为愦愦者，杨坚大怒，欲将其斩首。幸亏长孙平进谏："川泽纳污，所以成其深；山岳藏疾，所以就其大。臣不胜至愿，愿陛下弘山海之量，茂宽裕之德。鄙谚曰：'不痴不聋，未堪作大家翁。'此言虽小，可以喻大。邴绍之言，不应闻奏，陛下又复诛之，臣恐百代之后，有亏圣德。"

杨坚冷静下来一想，为了一句牢骚话就杀人，确实说不过去，便就赦免了邴绍，并因敕群臣，说今后"诽谤之罪，勿复以闻"。然而过了没多久，他又复为故态，甚或有加而无瘳。开皇十七年（597）三月初九，他发下一道诏令，正式恢复廷杖，称：

> 分职设官，共理时务，班位高下，各有等差。若所在官人不相敬惮，多自宽纵，事难克举。诸有殿失，虽备科条，或据律乃轻，论情则重，不即决罪，无以惩肃。其诸司论属官，若有愆犯，听于律外斟酌决杖。

所谓的"廷杖"是对朝臣行使的一种酷刑，即皇帝下令在殿廷上行杖打人。东汉明帝时，"政事严峻，故卿皆鞭杖"。到了隋朝杨坚这儿，"每于殿廷打人，一日之中，或至数四"，且其所用之杖做得还特别粗，"棰楚人三十者，比常杖数百"。有时性起，皇帝杨坚还亲自行刑。

此等惩罚，打得轻重姑且不论，也实在有辱尊严，故最为文武百官所畏忌。开皇十年（590），尚书左仆射高颎、治书侍御史柳彧等借天下太平之机苦谏，认为朝堂非杀人之所，殿廷非决罚之地，恳请撤除廷杖。杨坚迫于情势，才勉强"令殿内去杖，欲有决罚，各付所由"。现在，杨坚不仅公开宣布，予以恢复，还推行到各级官府、诸司，"于是上下相驱，迭行棰楚，以残暴为干能，以守法为懦弱"，直把公堂化作了刑堂。

更有悖常理的是，"帝尝乘怒，欲以六月杖杀人"。因在古时，"圣王仰视法星，旁观习坎，弥缝五气，取则四时，莫不先春风以播恩，后秋霜而动宪"，故而大理少卿赵绰据理力争，说"季夏之月，天地成长庶类。不可以此时诛杀"。杨坚则理直气壮地答道："六月虽曰生长，此时必有雷霆。天道既于炎阳之时震其威怒，我则天而行，有何不可！"仍然照杀不误。

不知怎的，越到晚年，杨坚"用法益峻"。曾有御史在元正之日当值的时候，因没有举劾武官衣剑不齐，即被他以"纵舍自由"之罪斩杀。谏议大夫毛思祖觉得过重，上前劝了几句，也被拉出去杀了。左领军府长史因考校不平、将作寺丞由于征收麦秆迟晚、武库令因为署庭荒芜、左右近臣在出使时收受地方赠送的马鞭、有人接受蕃客送来的鹦鹉，等等之类，被杨坚察知后，都在他的亲自监督下一一处决。

有一件事，更令人悚然。亲卫大都督屈突通曾前往陇西清查由太仆寺掌管的牧场，发现有两万多匹马未登记造册。杨坚知道后，竟下令将太仆卿及诸监官一千五百人全部处斩。好在屈突通冒死苦谏，这千余官员才被减死论罪。

当时杨素正被重用，很为杨坚所信任，而杨素这人又"任情不平"，"禀性高下，公卿股栗，不敢措言"。他与鸿胪少卿陈延一向有隙，一次经过鸿胪寺所属的蕃邦客馆，见庭院中有马粪，几个仆役在毡上玩樗蒲，就告诉了杨坚。惹得杨坚大怒，说："主客令不洒扫庭内，掌固以私戏污败官毡，罪状何以加此！"立命杖杀其主客令、掌固及所有玩樗蒲者，连其主官陈延也差点被打死。

并非只对官员严酷，动不动就"廷杖"，甚至直接杀掉，杨坚这几年，总是"喜怒不恒，不复依准科律"。本来，"帝王制法，沿革不同，自可损益，无为顿改"，一部《开皇律》订得好好的，可他本人常常于律外加刑。开皇十五年（595），有司奏称合川仓粟少七千石，经查，系该仓主典监守自盗，杨坚即令将此人斩首，"没其家为奴婢，鬻粟以填之"。十二月初四，发出敕令：

盗边粮一升已上，皆斩，仍籍没其家。

当时朝廷禁止民间使用假钱，有两人在市以假钱兑换官府铸造的好钱，被查处后上报到了朝廷。杨坚下令将他们处斩。赵绰进谏说："此人所坐当杖，杀之非法。"杨坚答道："不关卿事。"耿直的赵绰争辩道："陛下不以臣愚暗，置在法司，欲妄杀人，岂得不关臣事！"杨坚脸色变得很不好看，曰："撼大木，不动者当退。"赵绰仍是不肯屈服："臣望感天心，何论动木。"杨坚即发下狠话："啜羹者热则置之，天子之威，欲相挫邪！"赵绰却在跪拜完后再向前靠近，想继续跟皇帝争辩下去，遭到厉声呵斥，还是不肯退缩。直到治书侍御史柳彧上奏切谏，杨坚才不再坚持将那两人处死。

然而，即便是量刑加大，法重无度，也没能遏制住犯罪，"奸回不止，京市白日，公行掣盗，人间强盗，亦往往而有"。开皇十七年（597）十二月，甚至发展到了"京师大索"的地步。杨坚对此深以为虑，向群臣询问"断禁之法"。可还没等杨素等人答话，他自己却先说道："朕知之矣。"乃诏令"有能纠告者，没贼家产业，以赏纠人"。刚一开始，这招儿还挺灵的，"时月之间，内外宁息"，可过了没多久，就出问题了。一些市井无赖之徒，专等富家子弟出门，故意遗物于其前，俟其弯腰拾取，即将其扭送官府，以取奖赏。这类案件屡屡发生，被陷害者因此甚众。

见这招儿失灵，杨坚干脆再加重惩处，规定贼人"盗一钱以上皆弃市"，"行署取一钱已上，闻见不告言者，坐至死"。此规定在各地实行后，引发出更大的纷乱，有四人共盗一榱桷、三人同窃一瓜，事发即时行决。于是，行旅皆晏起早宿，天下懔懔，人心惶惶。就有数人劫持了执法官吏，声言非为求财，而是为受枉者审冤，要其转告皇帝说："自古以来，体国立法，未有盗一钱而死也。"还说要是不替他们转告，等你们这些人再被抓住，一定难以活命。杨坚闻听后，只好终止了这一酷法。

第四十五章　五子纷争（一）

在杨坚晚年，别说是功臣勋贵遭洗，朝廷百官受辱，用刑极为残酷，就连他自己的儿子们也难得平静、安稳，除了杨广得宠、得势外，其余几个的下场相当悲惨。

杨坚共有五个儿子，依次为：太子杨勇、晋王杨广、秦王杨俊、蜀王杨秀（初被立为越王）和汉王杨谅。这五子，皆为独孤皇后一母所生。开皇初年，杨坚曾自豪地对群臣说："前世皇王，溺于嬖幸，废立之所由生。朕傍无姬侍，五子同母，可谓真兄弟也。岂若前代多诸内宠，孽子忿诤，为亡国之道邪！"的确，隋朝开国后，杨坚让太子杨勇居京，另外四子出镇四方，兄弟同心，国运隆昌，其国祚延续看上去也毫无问题。但及至平陈，太平盖世，兄弟五人却产生了裂痕，出现了危机。

杨勇为五兄弟之首，小名睍地伐，人颇好学，解属词赋，性情宽仁和厚，率意任情，无矫饰之行。自被立为太子、成为"储君"后，杨坚即对他着意培养，极力扶植，"军国政事及尚书奏死罪已下，皆令（杨）勇参决之"。他本人也颇能干，"经纶缔构，契阔夷险"，能经常对国是提出一些很好的意见建议。开皇之初，杨坚曾因山东民众多流冗，户口不实，决定遣使按检，并将他们迁徙到北方以充实边塞。杨勇得知后，急忙上疏进谏道："窃以导俗当渐，非可顿革，恋土怀旧，民之本情，波迸流离，盖不获已。有齐之末，主暗时昏，周平东夏，继以威虐，民不堪命，致有逃亡，非厌家乡，愿为羁旅。加以去年三方逆乱，赖陛下仁圣，区宇肃清，锋刃虽屏，疮痍未复。若假以数岁，沐浴皇风，逃窜之徒，自然归本。虽北夷猖獗，尝犯边烽，今城镇峻峙，所在严固，何待迁配，以致劳扰。臣以庸虚，谬当储贰，寸诚管见，辄以尘闻。"

杨坚览后，甚为赞许，遂接受他的意见，终止了这项决定。"是后时政不便，（杨勇）多所损益"，杨坚也每每予以采纳。

在有意让杨勇参决军国大事的同时，杨坚也不忘放松对他的严格要求。有一次，杨勇得到一副蜀铠，十分喜爱，就将其装饰一通，被尚俭的父皇看见了，很不高兴，"恐致奢侈之渐"，因而诫之曰：

> 自古帝王未有好奢侈而能久长者。汝为储后，当以俭约为先，乃能奉承宗庙。吾昔日衣服，各留一物，时复观之以自警戒。恐汝以今日皇太子之心忘昔时之事，故赐汝以我旧所带刀一枚，并葅酱一合，汝昔作上士时常所食也。若存记前事，应知我心。

为了这么一件小事，杨坚即谆谆告诫，将奢华与勤俭上升到了事关江山社稷的高度，并且又是赐旧佩刀，又是送葅酱，其用意确实颇深。从中也可看出，他还是非常看重太子杨勇，决意将来要传位于他的。

然而过了几年，杨勇便不受杨坚待见，渐渐被疏远了。这一方面是其二弟杨广从中使诈，其本人日益受宠；另一方面，也是杨勇自己行事不讨父皇和母后欢心。

杨广其人，"美姿仪，少敏慧"，从小就很为杨坚和独孤皇后所钟爱。隋朝开国后，他年纪轻轻即挂帅出征，"南平吴会，北却匈奴，昆弟之中，独著声绩"。但他这人心地不纯，甚是刁滑、险诈，

"恃才矜己，傲狠明德，内怀险躁，外示凝简"，"每矫情饰行，以钓虚名，阴有夺宗之计"。平日里，杨广对父皇、母后的言谈举止无不留心观察，细细揣摩，再巧为迎合。本来他生性风流，骄奢淫逸，可他知道父母崇尚节俭，便刻意把自己的府第修整得异常简陋，摆设得粗粗略略。听说杨坚和独孤皇后将要临幸，他马上将美姬屏匿于别室，只留下几个年老貌丑婢仆，且"衣以缦彩"，给事左右，充当役使，又将屏帐改用缣素，故意把乐器之弦扯断，不令拂去上面的灰尘。杨坚一见，认定他跟自己一样，不好声色。

别说是父皇、母后前来，就是他们每次遣来左右、仆从，无论贵贱，杨广也必与自己的正妻萧氏出门迎接，曲承颜色，为之设下美馔，并厚赠礼品，于是，"婢仆往来者，无不称其仁孝"。父皇和母后听了，也大感怡悦，"意甚喜"。

独孤皇后一向痛恨内宠，容不得男人有三妻四妾，即便是自己当皇帝的丈夫和她的那些皇子们也不行，尤其恨男人跟自己正妻之外的女人生子，"见诸王及朝士有妾孕者，必劝上斥之"。杨广遂装得安安分分，在人面前只与正妻萧氏厮守，表明自己巢林一枝，别无她爱。一旦与后室其他女人生下孩子，他即悄悄弄死，以作掩饰。这不能不让独孤皇后格外称赞，更加喜爱杨广这个儿子。在她眼里，杨广言谈举止那么得体，做事无不让人称心满意，明显要比他哥、太子杨勇强出不少。

对于朝中之士，杨广也都恭恭敬敬，礼极卑屈，特别是那些执掌朝政的重臣，更是厚相结纳，倾心与交。由是，杨广"声名藉甚，冠于诸王"，端的是宫廷内外，有口皆碑。

而太子杨勇可就没他二弟这般"表现"，也更想不到兄弟会在背后算计于他，自己越来越为父皇和母后所不喜。

还是在开皇初期，杨勇依据旧制，于"正之二日"，自己面南而坐，列轩悬，张乐受朝，宫臣及京官北面称庆。此举遭到了杨坚的讥诮，说根本不合礼仪。等以后定《仪注》时，特地改为："西面而坐，唯宫臣称庆，台官不复总集。"

又有一年冬至，杨勇在东宫张乐，接受百官朝贺。杨坚知道了这事，即在朝中发问："近闻至节，内外百官相率朝东宫，是何礼也？"太常少卿急忙应答："于东宫是贺，不得言朝。"杨坚仍然不悦，大加批评道："改节称贺，正可三数十人，逐情各去。何因有司征召，一时普集，太子法服设乐以待之？东宫如此，殊乖礼制。"于是专门下诏，说："礼有等差，君臣不杂，爰自近代，圣教渐亏，俯仰逐情，因循成俗。皇太子虽居上嗣，义兼臣子，而诸方岳牧，正冬朝贺，任土作贡，别上东宫，事非典则，宜悉停断。"自此后，杨坚对杨勇的恩宠始衰，也渐渐有了猜疑和戒心。

在独孤皇后那儿，杨勇更是不讨好。其太子妃元氏，系当年父亲杨坚亲自为他选定。元氏出身于北魏宗室，门第十分高贵，嫁到杨家后，与婆婆关系融洽，然却一直为夫君所不喜，感情相当冷淡。这些年，杨勇与好几位姬妾都有了孩子，其中跟他最喜欢的昭训云氏就有三个，可就是没跟元妃生出一个来。

开皇十一年（591）正月，元氏突发心痛，两天后病亡。因独孤皇后非常喜欢元氏，对杨勇不爱原配、独宠昭训云氏早就不满，便认为元氏并非因病暴亡，必定还有别的缘故。她即对杨勇多有责备，耿耿于怀。杨勇自己呢，也根本不管那么多，不仅照旧宠爱云氏，而且将其视若嫡妃，任由她专擅东宫内政。这更让独孤皇后生气，忿怼不平，"颇遣人伺察，求勇过恶"。

得知大哥出了这情况，杨广感到是个好机会。在入朝办完事，将要回扬州任上的时候，他进宫向独孤皇后辞行，装作特别伤感地说道："臣镇守有限，方违颜色，臣子之恋，实结于心。一辞阶闼，无由侍奉，拜见之期，杳然未日。"说罢，他还哽咽流涕，"伏不能兴"。

独孤皇后被深深打动，也泫然泣下，曰："汝在方镇，我又年老，今者之别，有切常离。"

娘儿俩相对唏嘘，难舍难离。

"臣性识愚下，常守平生昆弟之意，不知何罪，失爱东宫，恒蓄盛怒，欲加屠陷。每恐谗潜生于投杼，鸩毒遇于杯勺，是用勤忧积念，惧履危亡。"

见自己表演的"效果"这么好，杨广马上切入"正题"，告起了太子的"黑状"。

独孤皇后一听，果然大感气愤，叫着太子的小名，骂道："睍地伐渐不可耐，我为伊索得元家女，望隆基业，竟不闻作夫妻，专宠阿云，使有如许豚犬。前新妇本无病痛，忽尔暴亡，遣人投药，致此夭逝。事已如是，我亦不能穷治，何因复于汝处发如此意？我在尚尔，我死后，当鱼肉汝乎？每思东宫竟无正嫡，至尊千秋万岁之后，遣汝等兄弟向阿云儿前再拜问讯，此是几许大苦痛邪！"

这番话够狠够直接，不仅只是对太子杨勇的痛责，也还有更立太子之意，而这也正是杨广最想听到的。他心里头甭提有多高兴了，但神色却是一点不露，再次跪拜在地，呜咽不止。——这无非是加重一下伤感情绪，好使母后更加悲愤，废掉杨勇的决心更加坚决。

第四十六章　五子纷争（二）

从独孤皇后那儿出来后，杨广即高高兴兴地返回扬州，马上找来宇文述，密商夺宗之策。

这宇文述也算是一代名将，战功赫赫。平陈时，他隶属于杨广麾下，战后被任命为安州总管。由于杨广一直与他关系密切，故在当年特地奏请他转任寿州刺史总管，以更加靠近扬州，便于两人进一步铰结，连缀。

听杨广已决意要争太子之位，宇文述替他分析道："皇太子失爱已久，令德不闻于天下。大王仁孝著称，才能盖世，数经将领，深有大功。主上之与内宫，咸所钟爱，四海之望，实归大王。然废立者，国家大事，处人父子骨肉之间，诚非易谋也。"接着，他提出建议，说当今能使皇上改变主意的只有杨素，而杨素最倚重的是其弟杨约，"凡有所为，必先筹于约而后行之"，而他本人又正好与杨约相熟。如果可以的话，他想去京师拜见杨约，一起筹划这事。

杨广闻听此言，当然高兴，便拿出许多金银财宝，让宇文述进京帮他打点。

杨约跟杨素同父异母，在小时候，"尝登树堕地，为查所伤，由是竟为宦者"。其人性喜沉静，好学强记，内多谲诈，杨素与他兄弟情笃。杨约也因为兄长的军功，屡受封赏，被拜为上仪同三司，曾任邵州刺史，后入为宗正少卿，现任大理少卿。

在京师，宇文述把杨约约到自己家中，盛陈器玩，与之畅饮。喝到尽兴时，两人即以眼前珍器相赌。宇文述佯装不胜，很快就输得精光，搞得杨约有些难为情，连连称谢。这时，宇文述才直接说明因由："此晋王之赐，令述与公为欢乐耳。"

杨约大吃一惊，问："何为者？"

宇文述即向其转达了杨广之意，劝说他道：夫守正履道，固人臣之常致，反经合义，亦达者之令图。自古贤人君子，莫不与时消息，以避祸患。公之兄弟，功名盖世，当途用事有年矣，朝臣为足下家所屈辱者，可胜数哉！又，储后以所欲不行，每切齿于执政。公虽自结于人主，而欲危公者固亦多矣！主上一旦弃群臣，公亦何以取庇？今皇太子失爱于皇后，主上素有废黜之心，此公所知也。今若请立晋王，在贤兄之口耳。诚能因此时建大功，王必永铭骨髓，斯则去累卵之危，成太山之安也。"

杨约深以为然，同意去找其兄杨素，将其说服。

"吾之智思殊不及此，赖汝启予。"

杨素自己早有此顾虑，现在听杨约这么一说，憬然有悟，拊掌大喜。

杨约又进一步劝说杨素道："今皇后之言，上无不用，宜因机会早自结托，则长保荣禄，传祚子孙。兄若迟疑，一旦有变，令太子用事，恐祸至无日矣！"

杨素答应下来。过了几日，他奉命入宫侍宴。席间，悄悄跟独孤皇后说晋王杨广孝悌恭俭，颇似其父皇，以此来试探她心里到底是什么意思。独孤皇后听杨素这么说，马上掉下了眼泪：

"公言是也。我儿大孝顺，每闻至尊及我遣内使到，必迎于境首。言及违离，未尝不泣。又其新妇亦大可怜，我使婢去，常与之同寝共食。岂若睍地伐共阿云相对而坐，终日酣宴，昵近小人，疑阻骨肉。我所以益怜阿𢷇（杨广小名）者，常恐暗地杀之。"

这一下，杨素彻底明白了独孤皇后之意，也便跟着愤慨起来，直陈杨勇如何如何不才，怎么怎么不成器。独孤皇后知道杨素作为仆射，甚受杨坚器重，说话很有分量，在太子废立事情上要起大作用，就赐给了他不少财物。

而皇帝杨坚这边，也显然对杨勇越发不满，并且开始对其太子之位心怀犹豫，产生了更立太子的想法。一次，他把自己一向信服的善相者来和召进宫来，令其把他的五个儿子都看了一遍，从中确定谁才有真正的"太子"之相。来和看后回答说："晋王眉上双骨隆起，贵不可言。"

是时，还有一个人明阴阳逆刺，尤善相术，唤作韦鼎。当初这人以南陈散骑常侍的身份聘北周时，曾经碰见过杨坚，大异道："观公容貌，故非常人，而神监深远，亦非群贤所逮也。不久必大贵，贵则天下一家，岁一周天，老夫当委质。公相不可言，愿深自爱。"后来，杨坚果得天下，遂对他十分感念和折服。

不知是江湖传言还是确有此事，这韦鼎在南陈至德年间，即"尽质货田宅，寓居僧寺"，友人问他所为何故，答曰："江东王气尽于此矣。吾与尔当葬长安。期运将及，故破产耳。"

等隋平陈后，杨坚专门派人寻访于他，将其驰召入京，授上仪同三司，待遇甚厚。在与公王宴赏时，经常让他参加，也时常访以家事。兰陵公主丧夫寡居，杨坚为她重新择婿，即把韦鼎召来看相，韦鼎帮他选定了柳述。就在这时候，杨坚也曾问他："我诸儿谁得嗣位？"韦鼎回答说："至尊、皇后所最爱者当与之，非臣敢预知也。"杨坚笑道："卿不肯显言邪！"

韦鼎所言，机智而又圆滑，在杨坚听来，却是十分中意，洋洋盈耳。五个儿子里面，谁是他与独孤皇后所"最爱者"，不是已经有所倾向了吗？他便铁下心来，向太子杨勇动手了。

开皇十八年（598），杨坚陆续将东宫得力的属官调往别处任职，以削弱杨勇的势力，又开始向朝廷政要摊牌，试试有什么反应。

有一天，他召来朝廷里最厉害的高颎，问：

"晋王妃有神凭之，言王必有天下，若之何？"

高颎一听，立即跪倒在地，口气坚决地答道："长幼有序，其可废乎！"

别说杨勇还是高颎的女婿，就是按照传统的嗣位之制，也不能废长立幼。这一点杨坚岂能不知？因而他一时语塞，"默然而止"。

独孤皇后闻听，知道高颎在太子废立之事上态度坚决，若不将他赶出朝廷，自己的心愿就难以达到，杨勇很难被废。何况几年前在仁寿宫打死尉迟女时，他还称自己为"一妇人"，竟然如此小瞧自己、那么无礼呢！

是年，高颎五十七岁，人已算年老。其妻病逝后，独孤皇后对杨坚说道："高仆射老矣，而丧夫人，陛下何能不为之娶！"杨坚觉得有理，遂把皇后的美意转告高颎，自己也劝他再娶一房继室。高颎却流涕谢曰："臣今已老，退朝之后，唯斋居读佛经而已。虽陛下垂哀之深，至于纳室，非臣所愿。"见高颎本人话说得这么坚决，没有一点续娶的意思，杨坚也就作罢。

独孤皇后本来很烦男人续娶，现在居然热心为高颎张罗，其中必然藏有什么隐情或私计。果然没过多久，高颎的一个侍妾产子，这下独孤皇后可就有了话说：

"陛下当复信高颎邪？始陛下欲为颎娶，颎心存爱妾，面欺陛下。今其诈已见，陛下安得信之！"

杨坚想想也是。这个高颎，当面说得那么好听，好像自己多么有情有义，品行有多端正，背后也不是龌龌龊龊，不干不净，这不是口是心非，阳奉阴违，还是什么？遂开始对他有所疏远。

开皇十九年（599），杨坚决定挑选东宫卫士勇健者宿卫皇宫，朝臣无人敢谏，独高颎入奏道："若尽取强者，恐东宫宿卫太劣。"因而不宜多调。杨坚当即作色驳道："我有时出入，宿卫须得勇毅。太子毓德春宫，左右何须壮士！此极弊法。如我意者，恒于交番之日，分向东宫，上下团伍不别，岂非佳事！我熟见前代，公不须仍踵旧风。"一席话，说得高颎缄口无言，面有愧色。

正好，这年八月，王世积的案子牵连到了高颎，再加上其他事情，杨坚就将其罢免，以齐国公归家闲居。

又过了些时日，高颎身边有人揭发，说他的三儿子高表仁在家中这样劝他："司马仲达初托疾不朝，遂有天下。公今遇此，焉知非福！"杨坚一听，他们爷儿俩竟以司马懿称病发动政变之事隐射当今，大发雷霆，立令将高颎囚禁到内史省，进行审问。结果，不知是高颎自己交待还是从别处听来，宪司复又上奏，称有一僧人真觉曾对高颎说："明年国有大丧。"尼姑令晖也说："十七、十八年，皇帝有大厄，十九年不可过"云云。

杨坚听后更加恼怒，对群臣说道："帝王岂可力求！孔子以大圣之才，作法垂世，宁不欲大位邪？天命不可耳。颎与子言，自比晋帝，此何心乎？"

若按照以上罪行，高颎当斩无疑。杨坚权衡了一番，说："去年杀虞庆则，今兹斩王世积，如更诛颎，天下其谓我何？"于是将其除名为民。

还是在高颎刚担任尚书左仆射的时候，他母亲就告诫他说："汝富贵已极，但有一斫头耳，尔宜慎之！"有文武大略、明达世务的高颎因此始终小心、谨慎，这些年他虽居高位，"竭诚尽节，进引贞良，以天下为己任"，可谓劳苦功高，然亦常恐祸变，性命不保。能落现在这么个结局，也算幸运，高颎遂欢然无恨色，"以为得免于祸"。

但于太子杨勇来说，却是忧惧得不行。二弟杨广在背后搞什么阴谋、父皇母后作何打算，他怎会全然不知？高颎在时，他好歹有所依靠，如今还能依靠谁去？杨勇嗅到了自己所处的危险，可又想不出什么办法，计无所出。听说新丰人王辅贤能占候，他便急忙将其召来询问，那王辅贤说："白虹贯东宫门，太白袭月，皇太子废退之象也。"这更让杨勇惶恐不安，便让王辅贤以铜铁五兵造诸厌胜，又在东宫后园之内修造了一个"庶人村"，屋宇卑陋。杨勇自己时常在那儿寝息，穿上布衣，铺着草褥，希望以此来消灾避祸。

杨坚知道太子杨勇为什么心不自安。他人在仁寿宫，便安排杨素前往东宫伺察杨勇的动向。杨素来到杨勇家门口，故意先在门外停留好久。等杨勇整衣束带，候他进来，他还是磨磨蹭蹭，徘徊不进，以此来激怒杨勇。杨勇也果然中计，怒形于色，语多不逊。那杨素遂回去奏报杨勇怨望，恐其有变，须多加提防。杨坚更加生疑，乃于玄武门到至德门设下暗探，"以伺动静，皆随事奏闻"。独孤皇后也遣人伺觇东宫，连细小之事也要报告，"因加媒蘗，构成其罪"。

杨广则做得更绝，暗派一个叫段达的人私赂东宫幸臣姬威，让其探取太子消息，再向杨素密报。

于是，朝廷内外到处都是对杨勇的诽谤之词，天天听到他之过失了。

第四十七章　五子纷争（三）

　　这么一来，太子孰废孰立，已是非常明朗。朝臣们自然见风使舵，顺风敲锣，一些术士也都有了新的说辞和谶语。除了那个新丰人王辅贤外，杨勇在此期间还曾请上仪同萧吉为之禳邪气。萧吉从东宫出来后，即向杨坚密报说"太子当不安位"。杨坚正需要有天意支持，得其言大喜，由此萧吉"每被顾问"。

　　"性好道术，颇解占候"的袁充时任太史令，也不失时机地希旨进曰："臣观天文，皇太子当废。"杨坚听了，也是非常高兴，说是："玄象久见，群臣不敢言耳。"

　　在扬州的杨广也做好了准备，以防万一。武山郡公郭衍"临下甚踞，事上奸谄"，甚得杨广赏识，宴赐隆厚。他在洪州总管任上，听宇文述说起杨广的夺宗之计，即坚定地说道："若所谋事果，自可为皇太子。如其不谐，亦须据淮海，复梁、陈之旧。副君酒客，其如我何？"杨广随即召他过来，"阴共计议"。怕引起别人怀疑，杨广便向杨坚报告说，郭衍的妻子患了瘿病，王妃萧氏有术能疗之。于是，杨坚批准郭衍夫妇前往扬州的治所江都，任凭其往来无度。不久郭衍诈称桂州俚人造反，杨广遂上书举荐他领兵征讨。郭衍得以"大修甲仗，阴养士卒"，曲突徙薪，早为之所。

　　开皇二十年（600）九月二十六日，杨坚从仁寿宫回到京师。第二天，御大兴殿，突然向群臣发问道："我新还京师，应开怀欢乐。不知何意翻邑然愁苦？"

吏部尚书牛弘回答说："臣等不称职，故至尊忧劳。"

其实杨坚已数闻对太子杨勇的谮毁之言，还当是朝臣们都已经知道了，因而故意这么发问，以冀听到朝臣谈些太子之过。现在牛弘的这番回答显然与之风马牛不相及，"大乖本旨"，惹得杨坚脸色一沉，转而斥责起东宫官属来："仁寿宫去此不远，而令我每还京师，严备仗卫，如入敌国。我为患利，不脱衣卧。昨夜欲得近厕，故在后房，恐有警急，还移就前殿。岂非尔辈欲坏我国家邪？"

骂完后，杨坚马上叱令左右，将太子左庶子唐令则等数人拿下，押付法司讯鞫。同时，令杨素陈述东宫事状，宣告群臣。

杨素可不似牛弘这般愚骏、呆滞，也是他早就有所准备，遂将太子杨勇所犯罪过一一道来，不仅有诸多骄倨、僭越违制之事，也还有密谋不轨等情。这些事情真真假假，似有若无，朝臣们一个个听得目瞪口呆。杨坚觉得这才是他之本意，也便喟然而叹：

"此儿不堪承嗣久矣。皇后恒劝我废之，我以布素时生，复是长子，望其渐改，隐忍至今。勇昔从南兖州来，语卫王云：'阿娘不与我一好妇女，亦是可恨。'因指皇后侍儿曰：'是皆我物。'此言几许异事。其妇初亡，即以斗帐安余老姬。新妇初亡，我深疑使马嗣明药杀。我曾责之，便怼曰：'会杀元孝矩（太子妃元氏之父）。'此欲害我而迁怒耳。初，长宁（杨勇长子）诞育，朕与皇后共抱养之，自怀彼此，连遣来索。且云定兴（杨勇昭训云氏之父）女，在外私合而生，想此由来，何必是其体胤！昔晋太子取屠家女，其儿即好屠割。今悦非类，便乱宗社。又刘金骓诣佞人也，呼（云）定兴作亲家翁，（云）定兴愚人，受其此语。我前解金骓者，为其此事。（杨）勇尝引曹妙达共（云）定兴女同燕，妙达在外说云：'我今得劝妃酒。'直以其诸子偏庶，畏人不服，故逆纵之，欲收天下之望耳。我虽德惭尧、舜，终不以万姓付不肖子也。我恒畏其加害，如防大敌，今欲废之，以安天下。"

这话说得更加直露，竟连一些男女私情都说了出来，无非是想借此说明杨勇不肖，当太子已不合适，应马上予以废黜。

朝臣们皆默不作声，只左卫大将军、五原公元旻站出来，犯颜进谏："废立大事，天子无二言，诏旨若行，后悔无及。谗言罔极，惟陛下察之。"

杨坚没有回应。这时，早被杨广派人收买的东宫幸臣姬威从一旁闪出，抗表告太子非法。杨坚对他说道："太子事迹，宜皆尽言。"

那姬威随即说道："皇太子由来共臣语，唯意在骄奢，欲得从樊川以至于散关，总规为苑。兼云：'昔汉武帝将起上林苑，东方朔谏之，赐朔黄金百斤，几许可笑。我实无金辄赐此等。若有谏者，正当斩之，不过杀百许人，自然永息。'前苏孝慈解左卫率，皇太子奋髯扬肘曰：'大丈夫会当有一日，终不忘之，决当快意。'又宫内所须，尚书多执法不与，便怒曰：'仆射以下，吾会戮一二人，使知慢我之祸。'又于苑内筑一小城，春夏秋冬，作役不辍，营起亭殿，朝造夕改。每云：'至尊嗔我多侧庶，高纬、陈叔宝岂是孽子乎？'尝令师姥卜吉凶，语臣曰：'至尊忌在十八年，此期促矣。'"

杨坚听此，潸然泪下："谁非父母生，乃至于此！朕近览《齐书》，见高欢纵其儿子，不胜忿愤，安可效尤邪！"言罢，命令将太子杨勇及其诸子拘禁起来，并逮捕部分东宫官属，由杨素主持此案审理。

没几天，有司秉承杨素的意思，奏言元旻身备宿卫，却常曲意逢迎杨勇，"情存附托"。有次元旻正在仁寿宫宿卫圣上，杨勇曾派遣亲信裴弘给他送信，题封"勿令人见"。杨坚遂作怳然大悟状，曰："朕在仁寿宫，有纤介事，东宫必知，疾于驿马，怪之甚久，岂非此徒邪？"乃命武士立刻将元旻及裴弘拿下。右卫大将军元胄时当下直，却迟迟没有离开。杨坚觉着奇怪，问他原因，他答道："臣向不下直者，为防元旻耳。"这下，杨坚更怒，干脆下令将元旻和裴弘直接投入监狱。

杨素在令人搜索东宫库房时，发现有火燧数千枚，艾草数斛。这些"火燧"确为东宫所制。杨勇有次从仁寿宫回府，途中看到一棵已经干枯的老槐树，盘根错节，树干粗壮，便问左右枯木堪作何用，有人回答说古槐取火最佳。当时卫士们皆佩火燧，杨勇即令工匠以此枯槐为材，造了数千枚火燧，准备与艾草一起分赐左右，用以平时取火。搜查人员不了解内情，找来姬威询问。姬威又大加发挥，说这是太子准备将来起事时所用，还说："太子此意别有所在，至尊在仁寿宫，太子常饲马千匹，云'径往守城门，自然饿死'。"杨素就用姬威之语盘问杨勇。杨勇自然否认，说："窃闻公家马数万匹，勇忝备位太子，有马千匹，乃是反乎？"杨素又找出东宫的服饰玩器，凡有雕刻缕画装饰的都陈列于朝廷，展示给文武群臣，作为太子的罪证。杨坚和独孤皇后也屡遣使诘问杨勇。杨勇哪里肯服。

十月初九，杨坚派人召见杨勇。

此时的杨勇知道自己的太子之位是保不住了，说不定连性命都将难保。他心中惴惴，诚惶诚恐，随使来至武德殿。但见殿阶上下，兵甲森列，殿内东立百官，西立宗室诸亲，御座之上，父皇杨坚中身着戎服，神态威严，杨勇不由得心胆俱碎，匍伏阶前。

面对已做了整整二十年太子的大儿子，杨坚没有多说什么，立命原被配防岭表、今又征还回朝的内史侍郎薛道衡宣读诏书：

太子之位，实为国本，苟非其人，不可虚立。自古储副，或有不才，长恶不悛，仍令守器，皆由情溺宠爱，失于至理，致使宗社倾亡，苍生涂地。由此言之，天下安危，系乎上嗣，大业传世，岂不重哉！皇太子勇，地则居长，情所钟爱，初登大位，即建春宫，冀德业日新，隆兹负荷。而性识庸暗，仁孝无闻，昵近小人，委任奸佞，前后愆衅，难以具纪。但百姓者，天之百姓，朕恭天命，属当安育，虽欲爱子，实畏上灵，岂敢以不肖之子而乱天下。勇及其男女为王、公主者，并可废为庶人。顾惟兆庶，事不获已，叹言及此，良深愧叹！

读完这道诏书，杨坚又让薛道衡传谕杨勇，问："尔之罪恶，人神所弃，欲求不废，其可得邪？"

杨勇再拜而言道："臣当伏尸都市，为将来鉴戒。幸蒙哀怜，得全性命。"言罢，泪流满襟，叩拜而下。盈廷诸臣以及宗亲，"莫不悯默"。

十月十三日，杨坚再次颁下诏令，将左卫大将军元旻、太子左庶子唐令则等七人处斩，其妻妾子孙皆没官；车骑将军阎毗、东郡公崔君绰等四人免死决杖，身及妻子、资财、田宅皆没官；副将作大匠高龙叉、率更令晋文建等三人，皆判处自尽。

随后，文武百官全被召集到广阳门外，亲睹对七名要犯的杀戮。杨勇被移至内史省，给五品料食。因鞫杨勇之功，杨坚赐杨素物三千段，元冑、杨约各一千段。

十一月初三，杨坚正式册立杨广为太子。

而废太子杨勇也被移交到东宫，由新太子管束。杨勇以自己"废非其罪"，多次上书求见父皇，面申冤屈，但都被杨广压了下来，不得闻奏。无奈之下，他只好爬上院内的高树，对着皇宫竭声大叫，期望父皇能够听见。杨素因之奏言："勇情志昏乱，为癫鬼所著，不可复收。"杨坚以为果真如此。可怜的杨勇无论怎么呜呼悲鸣，也是没用，从此九重远隔，"卒不得见"。

第四十八章　五子纷争（四）

在废立太子期间，杨坚的另外两个儿子杨俊和杨秀也惨遭劫难。

杨俊仁恕慈爱，自幼崇敬佛道，曾一度想出家为僧，被杨坚阻拦下来。开皇元年（581）受封秦王时，他十一岁，第二年，拜上柱国、河南道行台尚书令、洛州刺史，加右武卫大将军，领关东兵。开皇三年（583），迁秦州总管，统管陇右诸州，六年（586），迁山南道行台尚书令。

开皇八年（588）伐陈之役开始，杨俊为山南道行军元帅，立有战功，后转任并州总管二十四州诸军事，颇有治绩。杨坚闻而大悦，曾专门下书奖励他。

可是随着年龄的增大，杨俊却变得奢侈起来，而且贪婪无餍，丰取刻与。为了增加财路，他放钱收息，民众和官吏深以为苦。杨坚遣史追查，因此连坐者一百余人。作为"财东"和"主使"的杨俊"犹不悛"，置若罔闻。在并州，他违越制度，盛治宫室，穷极侈丽。其本人很是聪明，"有巧思"，经常亲运斤斧，制作工巧之器。杨俊曾为妃子修造了一座水殿，以香涂粉壁，玉砌金阶，梁柱楣栋间，周以明镜，间以宝珠，极尽荣饰之美。水殿落成后，他经常邀来宾客，找一些妓女，"弦歌于其上"，好不风流快活。

见杨俊如此"好内"，这么贪恋女色，其王妃崔氏十分气恼，即在他将所食之瓜中下毒，想略微惩罚他一下，让他长长记性。不想"药"下得猛了些，杨俊由是"遇疾"不说，还被父皇杨坚知道了这事。开皇十七年（597）七月初，杨俊夫妇被召回京师。十三日，杨坚以崔氏毒害丈夫，将其废绝，赐死于家；杨俊奢纵，免官，以王就第。

朝臣们认为对杨俊的处罚过于严重，其中左武卫将军刘升为其求情道："秦王非有他过，但费官物营舍而已。臣谓可容。"杨坚认为"法不可违"，断然予以拒绝。之后杨素复又进谏曰："秦王之过，不应至此，愿陛下详之。"杨坚说："我是五儿之父，若如公意，何不别制天子儿律？以周公之为人，尚诛管、蔡，我诚不及周公远矣，安能亏法乎？"最终也没减轻杨俊的罪过。

但是，杨俊本人的病情却是越来越重了，以至于不能下床。他派人向父皇悔过认错，也非但没有得到原谅，反而又遭谴责："我戮力关塞，创兹大业，作训垂范，庶臣下守之而不失。汝为吾子，而欲败之，不知何以责汝！"这让杨俊更加惶恐，病情加剧。大都督皇甫统上表，请求恢复他的官位，以作安慰，杨坚不许。过了一年多，杨俊才"以疾笃"，复拜上柱国，最后于开皇二十年（600）六月二十日病逝，年仅三十岁。

其时，杨坚正谋划废立太子，为大儿和二儿忙活，情绪本就不大好。听说三子杨俊死了，仅让独孤皇后前往探视一下，自己哭了几声而已。对杨俊生前所作侈丽之物，杨坚悉命焚毁，又敕其送终之具，务从俭约，以为后世成例。其王府僚佐请为杨俊立碑，杨坚也一口回绝道：

"欲求名，一卷史书足矣，何用碑为？若子孙不能保家，徒与人作镇石耳。"

比起三儿杨俊，四儿杨秀似乎更让杨坚不省心，与兄弟们的矛盾也似乎更深一些。

杨秀容貌瑰玮，美须髯，有胆气，武艺出众，甚为朝臣所惮。早在他小时候，杨坚就曾对独孤皇后说："秀必以恶终。我在当无虑，至兄弟必反。"独孤皇后倒没觉得杨秀有啥可担心的，遂对此提醒浑不在意，淡然置之。

隋立国后，杨秀先是被立为越王，不久改立蜀王，徙封于蜀，拜柱国、益州刺史、总管，二十四州诸军事。开皇二年（582），进位上柱国、西南道行台尚书令，本官如故。十二年（592），又被任命为内史令、右领军大将军，寻复出镇于蜀。

杨秀长期镇蜀，夸州兼郡，有无治绩不说，对自己这块地盘可是费了不少心思，刻意经营。兵部侍郎元衡曾到蜀地出使，杨秀即深结于他，为的是请他回京后帮忙增益王府属官，但被杨坚否决。此后大将军刘哙出讨西爨，杨坚令上开府仪同三司杨武通率兵继进，而杨秀却让嬖人万智光做其行军司马。杨坚认为杨秀任非其人，别有意图，对其多有责备，并对群臣说："坏我法者，必在子孙乎？譬如猛兽，物不能害，反为毛间虫所损食耳。"于是削减了杨秀所统领的辖区，以防他做大自肥。

当年，元岩在杨秀那儿做总管长史时，杨秀总算还有所顾忌和节制。等元岩过世后，他便也像他三哥杨俊一样，日渐奢僭，且有过之而无不及。其"车马衣服，僭拟天子"，又私自制造浑天仪，"多捕山獠充宦者"，明显逾越规制。

及至大哥杨勇以谗毁废、二哥杨广被立为皇太子，杨秀甚感不平。新太子杨广听闻，觉得杨秀是个祸患，"终为后变"，遂起了杀心，"阴令杨素求其罪而谮之"。杨坚乃召杨秀进京。

究竟是不是杨广在背后使坏，自己才突然被征还朝，杨秀不能确信，但他料定此番必是凶多吉少，父皇不会轻饶他。果然，当杨秀入朝进谒时，杨坚冷着脸，没说一句话。第二天，杨坚派使者过来，对杨秀大加切责。杨秀叩头谢罪，自责道："忝荷国恩，出临藩岳，不能奉法，罪当万死。"

甭管心里头是怎么想的，那太子杨广在听说四弟杨秀被责后，忙与诸王入宫，替他解免，"流涕庭谢"。这反而让杨坚更加愤怒，道："顷者秦王（杨俊）靡费财物，我以父道训之。今秀蠹害生民，当以君道绳之。"马上下令将杨秀付诸法司。

开府仪同三司庆整进前劝谏，说："庶人勇既废，秦王已薨，陛下儿子无多，何至如是？然蜀王性甚耿介，今被重责，恐不自全。"杨坚一听大怒，差点要将他的舌头割下来，群臣哪里还敢多嘴。杨坚又撂下一句狠话："当斩秀于市，以谢百姓。"命杨素等人，对杨秀再加按治。

太子杨广唯恐杨秀不能被判重罪，又暗中派人做了一个木偶，缚手钉心，枷锁械，上书杨坚及五弟汉王杨谅姓名，下面写上："请西岳慈父圣母收杨坚、杨谅神魂，如此形状，勿令散荡。"命人将其埋入华山之下，再让杨素前往发掘。同时，杨广还指使杨素控告杨秀，说其妄述图谶，迭言京师妖异，捏称蜀地祯祥，并作檄文曰："逆臣贼子，专弄威柄，陛下唯守虚器，一无所知。"为此，当"陈甲兵之盛"，"指期问罪"。杨坚一听，岂不震怒？拍案大骂道："天下宁有是邪！"马上将杨秀废为庶人，幽禁在内侍省，不许与其妻子儿女见面，只给獠婢二人供其役使。因为此案，朝中有一百多人受到牵连获罪。而且，杨坚还派人前往益州，彻底追查杨秀的罪行。不仅是杨秀本人，凡其宾客所到之处，也"必深文致法"，致使"州县长吏坐者太半"。

杨秀被拘，自是大感委屈，愤懑不平，向父皇上了一道表文，说："臣以多幸，联庆皇枝，蒙天慈鞠养，九岁荣贵，唯知富乐，未尝忧惧。轻恣愚心，陷兹刑网，负深山岳，甘心九泉。不谓天恩尚假余漏，至如今者，方知愚心不可纵，国法不可犯，抚膺念咎，自新莫及。犹望分身竭命，少答慈造，但以灵祇不祐，福禄消尽，夫妇抱思，不相胜致。只恐长辞明世，永归泉壤，伏愿慈恩，赐垂矜愍，残息未尽之间，希与爪子相见。请赐一穴，令骸骨有所。"

表文中所称"爪子"，系杨秀所最疼爱的一个儿子。面对如此可怜巴巴的杨秀，杨坚仍然没有心软，下诏数其罪状，足足列了十条，曰：

汝地居臣子，情兼家国，庸、蜀要重，委以镇之。汝乃干纪乱常，怀恶乐祸，辟睨二宫，伫迟灾眚，容纳不逞，结构异端。我有不和，汝便觇候，望我不起，便有异心。皇太子汝兄也，次当建立，汝假托妖言，乃云不终其位。妄称鬼怪，又道不得入宫，自言骨相非人臣，德业堪承重器，妄道清城出圣，欲以己当之，诈称益州龙见，托言吉兆。重述木易之姓，更治成都之宫；妄说禾乃之名，以当八千之运。横生京师妖异，以证父兄之灾；妄造蜀地征祥，以符己身之篡。汝岂不欲得国家恶也，天下乱也，辄造白玉之珽，又为白羽之箭，文物服饰，岂似有君，鸠集左道，符书厌镇。汉王于汝，亲则弟也，乃画其形像，书其姓名，缚手钉心，枷锁杻械。仍云请西岳华山慈父圣母神兵九亿万骑，收杨谅魂神，闭在华山下，勿令散荡。我之于汝，亲则父也，复云请西岳华山慈父呈母，赐为开化杨坚夫妻，回心欢喜。又画我形像，缚手撮头，仍云请西岳神兵收杨坚魂神。如此形状，我今不知杨谅、杨坚是汝何亲也？苞藏凶慝，图谋不轨，逆臣之迹也；希父之灾，以为身幸，贼子之心也；怀非分之望，肆毒心于兄，悖弟之行也；嫉妒于弟，无恶不为，无孔怀之情也；违犯制度，坏乱之极也；多杀不幸，豺狼之暴也；剥削民庶，酷虐之甚也；唯求财货，市井之业也；专事妖邪，顽嚚之性也；弗克负荷，不材之器也。凡此十者，灭天理，逆人伦，汝皆为之，不祥之甚也，欲免祸患，长守富贵，其可得乎！

过了一段时间，杨坚总算开恩，允许杨秀与"爪子"见面，且"听与其子同处"。但杨秀本人一直遭受幽禁，到死也没能翻身。

至于其五弟、汉王杨谅，这些年出镇并州，看上去老老实实，与兄弟们没多少瓜葛，相安无事，实际上却大有干系，扳缠不清。他不但在杨广构陷杨秀时，被牵涉在内，而且在杨勇被谗废之时，就"居常怏怏"。等到杨秀获罪，杨谅"愈不自安""阴蓄异图"，只是暂没发作而已。

第四十九章　企盼"仁寿"

对杨坚个人来说，将杨勇废掉，新立杨广为太子，在当时无疑是最佳选择。然而天公偏不作美，就在杨广继立太子的当日，京师突然烈风大雪，地震山崩，许多民舍被毁坏，死了一百多人。杨坚的心里不免发毛，有所思疑。还是那些术士们会解析，天上地下，云里雾里，一番诠释之后，原本的凶象、祸兆即变得吉祥，瑞气和光，说得杨坚疑虑顿消，马上高兴起来。

没过几天，太史令袁充再次上表，云："隋兴已后，昼日渐长，开皇元年，冬至之景长一丈二尺七寸二分。自尔渐短，至十七年，短于旧三寸七分。日去极近则景短而日长，去极远则景长而日短；行内道则去极近，行外道则去极远。谨按《元命包》曰：'日月出内道，璇玑得其常。'《京房别》对曰：'太平，日行上道；升平，行次道；霸代，行下道。'伏惟大隋启运，上感乾元，景短日长，振古希有。"

这一下，杨坚没有理由不更高兴。临朝时，他对百官们说道："长之庆，天之也。今太子新立，当须改元，宜取日长之意以为年号。"翌年元旦朝会，他即宣布改元"仁寿"，以本年为仁寿元年（601）。同时宣布大赦天下，以尚书右仆射杨素为左仆射，恢复苏威的尚书右仆射之职，接着又改封杨广的长子杨昭为晋王，任内史令，兼左卫大将军。

"仁寿"二字，甚为杨坚所喜。当年在岐州修建离宫，他就以"仁寿宫"命名之。开皇十八年（598），他在赐婺州双林寺沙门慧则书中又写道："朕受天命抚育黎元。尊崇三宝。情深救护。望十方含灵蒙兹福业俱登仁寿。汝等普为群生宣扬圣教。精诚苦行深慰朕怀。利益宏多勿辞劳也。""仁寿"者，"仁者寿也"，并且还有佛教无量寿国之意，又象征着太平盛世，与杨坚晚年的心境十分契合。是故，他不仅以此二字作为新的年号，还围绕"仁寿"大做文章，又是欢庆自己的六十岁寿辰，又是大做佛事，以显示他之仁心仁闻、佛性禅心，营造欢乐祥和的气氛，更何况那些术士、文人们又有了新的释义和"说道"呢。

就在这年（601）年初，袁充将杨坚的"本命"与阴阳律吕排比详参，发现两相吻合者多达六十余条，因而赶忙上奏道："皇帝载诞之初，非止神光瑞气，嘉祥应感，至于本命行年，生月生日，并与天地日月、阴阳律吕运转相符，表里合会。此诞圣之异，宝历之元。今与物更新，改年仁寿。岁月日子，还共诞圣之时并同，明合天地之心，得仁寿之理。故知洪基长算，永永无穷。"神仙一般的袁充有如此重大"发现"，自己竟然如此神奇，杨坚听后，自是"大悦"，对袁充赏赐优崇。

然而，比起著作郎王劭来，袁充穿凿附会的本事似乎要差一些。王劭是蚕绩蟹匡，牵萝补屋，生拉硬拽，却又编排得严丝合缝，不由得别人不信。《河图皇参持》书中，原有"开皇色，握神日。投辅提，象不绝。立皇后，翼不格。道终始，德优劣"之语，王劭即以开皇年间发生的一些事情解释为："开皇色者，言开皇年易服色也。握神日者，握持群神，明照如日也。又开皇以来日渐长，亦其义。投辅提者，言投授政事于辅佐，使之提挈也。象不绝者，法象不废绝也。立皇后、翼不格者，格，至也，言本立太子以为皇家后嗣，而其辅翼之人不能至于善也。道终始、德优劣者，言前东宫道终而德劣，今皇太子道始而德优也。"由此，王劭断言《河图皇参持》这部古书是陈述大隋符命的，"明皇道帝德，尽在隋也"。

有一年夏天，曾有人在黄凤泉洗浴，捡到两块白石，觉得上面文理颇异，被王劭看见后，顿时点石成金，"附致其文以为字，复言有诸物象"，专门上奏曰："其大玉有日月星辰，八卦五岳，及二麟双凤，青龙朱雀，驺玄武，各当其方位。又有五行、十日、十二辰之名，凡二十七字，又有'天门地户人门鬼门闭'九字。又有却非及二鸟，其鸟皆人面，则《抱朴子》所谓'千秋万岁'也。其小玉亦有五岳、却非、虬犀之象。二玉俱有仙人玉女乘云控鹤之象。别有异状诸神，不可尽识，盖是风伯、雨师、山精、海若之类。又有天皇大帝，皇帝及四帝坐，钩陈、北斗、三公、天将军、土司空、老人、天仓、南河、北河、五星、二十八宿，凡四十五宫。诸字本无行伍，然往往偶对。于大玉则有皇帝姓名，并临南面，与日字正鼎足。复有老人星，盖明南面象日而长寿也。皇后二字在西，上有月形，盖明象月也。于次玉则皇帝名与九千字次比，两杨字与万年字次比，隋与吉字正并，盖明长久吉庆也。"他说得如此活灵活现、绘声绘色不算，还按捺不住激动，将那石纹组成文字，一口气作了二百八十首诗。杨坚遂认为王劭至诚，赐帛千匹。王劭越发来劲，又采民间歌谣，引图书谶纬，依约符命，捃摭佛经，编撰了三十卷《皇隋灵感志》。杨坚高兴非常，令宣示天下。王劭遂将诸州朝集使召集起来，洗手焚香，闭目诵读，"曲折其声，有如歌咏"，足足念了十多天才罢。杨坚益喜，赏赐优洽，"宠锡日隆"。

在上下一片赞颂声中，杨坚迎来了自己的花甲寿辰。

"俗已乂，时又良。朝玉帛，会衣裳。基同北辰久，寿共南山长。黎元鼓腹乐未央。"六月十三这日，宫内如何宴乐，朝野上下如何欢庆杨坚寿诞不题，皇孙、内史令杨昭宣读了向岐州、雍州、嵩州、泰州等三十个州颁送舍利的诏书：

朕归依三宝，重兴圣教，思与四海之内一切人民俱发菩提，共修福业，使当今现在爰及来世永作善因，同登妙果。宜请沙门三十人谙解法相兼堪宣导者，各将侍者二人，并散官各一人，熏陆香一百二十斤，马五匹，分道送舍利往前件诸州起塔。其未注寺者，就有山水寺所起塔依前山；旧无寺者，于当州内清静寺处建立其塔，所司造样送往当州。僧多者三百六十人，其次二百四十人，其次一百二十人。若僧少者，尽见僧，为朕、皇后、太子广、诸王子孙等及内外官人、一切民庶幽显生灵，各七日行道并忏悔。起行道日打刹，莫问同州异州，任人布施。钱限止十文已下，不得过十文。所施之钱以供营塔，若少不充，役正丁及用库物。率土诸州僧尼普为舍利设斋，限十月十五日午时，同下入石函。总管刺史已下、县尉已上，息军机、停常务七日，专检校行道及打刹等事，务尽诚敬，副朕意焉，主者施行。

这些舍利，是杨坚在龙潜之时，有天竺沙门来到他家相送于他的，说是："此大觉遗身也，檀越当盛兴显，则来福无疆。"言讫，沙门即飘然不见，"莫知所之"。今年初，杨坚与高僧昙迁谈起此事，并将舍利取出，各自放于手掌而数，谁知数来数去，或少或多，怎么也数不清楚。昙迁说道："如来法身过于数量。今此舍利即法身遗质，以事量之，诚恐徒设耳。"杨坚遂有所悟，专门下令制作七宝箱，用以盛放舍利。又因自己是六月十三日降生，"岁岁于此日深心永念，修营福善追报父母之恩"，故他迎诸大德沙门与论至道，决定在海内诸州选高爽清静三十处，各起一座舍利塔，并于六月十三日当天派遣三十名高僧大德前往各州，颁赐舍利。

鉴于杨坚少时由神尼智仙抚养，一再嘱咐他"当为普天慈父重兴佛法"，因此他还特地下令，在这次各州所造的舍利塔内，一律放置智仙之像。

是日清晨，杨坚亲自来到仁寿宫之仁寿殿，从里间捧出七宝箱，放至御案之上。被挑选出来了三十名沙门烧香礼拜，发愿常以正法护持三宝，救度一切众生。再取出金瓶、琉璃瓶各三十个，将舍利放入金瓶，又将金瓶放入琉璃瓶中，熏陆香为泥，封盖加印，三十个琉璃瓶上都刻有"十月十五日正午入于铜函石函"字样，然后启程前往各地。

各地在迎奉舍利时，也是恭恭敬敬，充满虔诚。送舍利的使者们进入州境，家家户户提前洒扫，覆诸秽恶，道俗士女，倾城远迎。其总管、刺史诸官，夹路步引，四部大众容仪齐肃，打起宝盖幡幢，抬着华台像辇佛帐佛舆，焚香奏乐。沙门对四部大众作唱言，大众一心合掌，右膝着地。进入庙宇后，沙门宣读忏悔文，众人如法礼拜，悉受三归。沙门称："菩萨戒佛弟子皇帝（杨坚），普为一切众生发露无始已来所作十种恶业，自作教他见作随喜。是罪因缘堕于地狱畜生饿鬼，若生人间短寿多病，卑贱贫穷邪见谄曲，烦恼妄想未能自寤。今蒙如来慈光照及，于彼众罪，方始觉知，深心惭愧怖畏无已。于三宝前发露忏悔，承佛慧日愿悉消除。自从今身乃至成佛，愿不更用此等诸罪。"大众既闻是言，则甚悲甚喜甚愧甚惧，齐声发誓："请从今以往，修善断恶，生生世世，常得作大隋臣子。"在舍利将入石函时，大众围绕填噎，沙门高奉宝瓶巡示四部，人人拭目谛视，共睹光明。

京师起塔之日，杨坚是亲自执珽立于大兴殿庭，面朝西南，迎请佛像及沙门三百六十七人。幡盖香华。赞呗音乐。杨坚再烧香礼拜，降御东廊，亲率文武百僚素食斋戒。等舍利放入塔中，他言道："佛法重兴，必有感应。"其后各州表奏，果然皆有瑞应。

十一月初九，杨坚将各州上报的符瑞用版文详加记述，祭于南郊，其礼如同"封禅"，以敬谢上天。

十二月初二，京师设无遮大会。是时天色澄明，气和风静。宝舆幡幢，香花音乐，种种供养，弥遍街衢。不知有多少道俗士女前来，个个服章行位，从容有叙。这一日，"有青雀狎于众内，或抽佩刀掷以布施，当人丛而下，都无所伤"。

第五十章　崇佛（上）

杨坚这次向三十个州颁送舍利，既是为了庆贺自己的寿辰，报答父母的养育之恩，也是为了弘扬佛法，"以菩萨大慈哀愍众生""共天下同作善因"。

众所周知，杨坚自幼信奉佛教，等他成了皇帝，君临亿兆，即致力于佛教振兴，崇建功德，由是隋朝"佛日还曜，法水通流"，佛门隆盛。

开皇元年（581）二月，杨坚下令由各地民户计口出钱，营造经像。同时，令京师及并州、相州、洛州等地官府出资抄写佛经，置于寺内，副本藏于秘阁。如是，"天下之人，从风而靡，竞相景慕，民间佛教，多于六经数十百倍"。三月，他又诏令于五岳之下，各置僧寺一所。七月，再专门下诏为其父杨忠在襄阳、隋郡、江陵、晋阳等地立寺一所，建碑颂德，"庶使庄严宝坊，比虚空而不坏。导扬茂实，同天地而长久"，并要求"每年至国忌日，废务设斋造像行道，八关忏悔奉资神灵"。

杨坚不仅在全国大倡佛法，其本人对佛宗更是信重，"情注无已"，身边常有僧人充任顾问，"每日登殿，坐列七僧转经问法，乃至大渐""虽目览万机，而耳餐法味。每夜行道，皇后及宫人亲听读经"。律宗灵藏大师与杨坚是布衣知友，"情款绸狎"。隋迁都大兴时，杨坚为他任选形胜之地而置国寺，弥结深衷，"礼让崇敦，光价朝宰"。在灵藏修行的寺内，杨坚经常派人前来，"中使重沓，礼遇转隆；厚味嘉肴，密舆封送；王人继至，接轸相趋"，并敕左右仆射每两日前往参见，"坐以镇之，与语而退"。而且，杨坚还准他自由出入皇宫，"坐必同榻，行必同舆。经纶国务，雅会天鉴。有时住宿，即迕寝殿"。开皇四年（584），在给灵藏的手敕中，杨坚曾说道："弟子是俗人天子，律师是道人天子，有欲离俗者任师度之。"还说："律师化人为善，朕禁人为恶，意则一也。"

开皇初，隋朝没有剃度僧人，昙延法师以寺宇未广，教法方隆，奏请度僧，以应一千二百五十比丘、五百童子之数。杨坚很快予以批准，"此皇隋释化之开业也"。此后，杨坚又批准了不少高僧度人出家的名额，是故隋朝僧人大增，并且民间也有许多私随僧尼出家者。开皇十年（590）春，杨坚就此事询问另一高僧昙迁，昙迁说："昔周武御图，殄灭三宝，众僧等或划迹幽岩，或逃窜异境。陛下统临，大运更阐，法门无不歌咏，有归来投圣德。比虽屡蒙招引度脱，而来有先后，致差际会。且自天地覆载，莫匪王民，至尊汲引万方，宁止一郭蒙庆。"杨坚经过反复思考，采纳其议，因下敕曰："自十年四月已前，诸有僧尼私度者，并听出家。"同年，又敕僚庶等，"有乐出家者，并听"。在此宽松的环境和条件下，开皇、仁寿年间，正式剃度的僧尼多达二十三万人。

与此同时，隋朝在境内广建佛塔，修造佛像。继开皇元年（581）五岳建寺令、为其父立寺之后，开皇三年（583），杨坚又下诏："朕钦崇圣教，念存神宁，其周朝所废之寺咸可修复。"并令当时兼任京兆尹的苏威于京师之内，选形胜之地，安置伽蓝。于是，"合京城内无问宽狭，有僧行处，皆许立事，并得公名"。第二年（584），下令为其父杨忠在隋州修建大兴国寺，在京师修建大兴善寺。后又于亳州造天居寺，并州造武德寺，其中武德寺"前后各一十二院，四周闾舍一千余间，供养三百许僧"。

不仅皇家、官府大修寺庙，民间也争相建寺。按照相关规制，兴建伽蓝须向官府申请寺额，缴纳费用。但是为了鼓励民间立寺，这笔费用常常免缴。如在开皇三年（583），大兴城内颁政坊建法尼寺时，杨坚便"出寺额一百二十枚于朝堂"，并下制云："有能修造，便任取之。"到了开皇十一年（591），杨坚颁布诏书，取消营建寺庙的公私区别，说是："朕位在人王，绍隆三宝，永言至理，弘阐大乘。诸法豁然，体无彼我，况于福业乃有公私。自今已后，凡是营建功德，普天之内，混同施造，随其意愿，勿生分别。"除此之外，杨坚对建寺还另有不少扶持和赏赐。开皇十二年（592），敕赐宣州妙显寺"水田二顷五十亩，将充永业"，"寺侧近封五十户民，以充洒扫"；开皇十三年（593），诏令五岳及名山各置僧寺一所，并赐予庄田；开皇十四年（594），又进一步取消了寺额限制，敕令"率土之内，但有山寺一僧已上，皆听给额，私度附贯"。如此宽容甚或有所奖励，那些王公勋贵、官吏世族乃至爱好佛事的民众便闻风响应，各地寺塔如雨后春笋般建立，一时间蔚成风气，洋洋大观。

至于佛像，在全国各地修造的就更多。开皇十三年（593）春，杨坚巡幸岐州时，在南山一处破窑中见到许多北周灭佛时残存的破落佛像，大为感伤。回京后，他即诏令各地："诸有破故佛像，仰所在官司，精加检括，运送随近寺内。率土苍生口施一文，委州县官人检校庄饰。"到了年底，他又于三宝前至心发露忏悔，与独孤皇后各施绢十二万匹，修缮北周时损毁的佛像经书。在他的带动下，台宫主将、省府官僚、诸寺僧尼、县州佐史并京城宿老等并相效率，数至百万。并且他还亲自主持斋会，奉庆经像，参加者多达十万人。

开皇二十年（600）十二月二十六日，杨坚又发下诏令，曰：

佛法深妙，道教虚融，咸降大慈，济度群品，凡在含识，皆蒙覆护。所以雕铸灵相，图写真形，率土瞻仰，用申诚敬。其五岳四镇，节宣云雨，江河淮海，浸润区域，并生养万物，利益兆人，故建庙立祀，以示恭敬。敢有毁坏偷盗佛及天尊像、岳镇海渎神形者，以不道论。沙门坏佛像，道士坏天尊者，以恶逆论。

这样一来，佛寺、佛像不能不大兴。从开皇三年（583）恢复北周武帝所废诸寺开始，隋朝在"名山之下各为立寺"，"一百余州，立舍利塔"，二十年时间，共立寺三千七百九十二所，写经四十六藏计十三万二千零八十六卷，修故经三千八百五十三部，造像十万六千五百八十区，且"自余别造不可具知之矣"。

在京师，杨坚还广集天下名僧。隋朝刚一建立，他就延揽名僧入京，而且不唯隋之僧人，他国高僧大德也统统在招徕范围。继灵藏大师来京后，杨坚于开皇二年（582）以玺书请北天竺那连提黎耶舍来京师对译诸经，敕沙门昙延等三十余人从之，他自己也"礼问殷繁"，对其"恭奉隆渥"。此后印度僧人阇那崛多和达摩笈多等人，也来译经弘法。开皇六年（586）灵藏大师圆寂，翌年秋，杨坚诏请徐州昙迁、洛阳慧远、魏郡慧藏、清河僧休、济阴宝镇、汲郡洪遵等"六大德"各率门人弟子十人入京弘法。"六大德"到来时，杨坚亲自在大兴殿予以召见，"特蒙礼接，劳以优言"，又敕所司将他们全都安置在大兴善寺，"四事供养"。

这大兴善寺位于京师大兴城中心，"尽一坊之地，寺殿崇广，为京城之最。号曰大兴佛殿，制度与大庙同"，寺内"大启灵塔，广置天宫。像设凭虚，梅梁架迥"，"林开七觉之花，池漾八功之水"，其僧人定员一百二十名。包括"六大德"在内，大兴善寺的绝大多数高僧俱为杨坚亲自招聘而来。他们在这里"为国行道"，或潜修，或研佛，或译经，或编纂经录，或教授弟子，遂成一时之盛，"王公宰辅冠盖相望"，大兴善寺也因此成了佛门祖庭。

在此基础上，开皇十二年（592），杨坚决定在京师设置"二十五众"和"五众"，敕令"搜简三学业长者，海内通化，崇于禅府，选得二十五人，其中行解高者，应为其长"，又敕"城内别置五众，各使一人，晓夜教习，应领徒三百，于实际寺内相续传业。四事供养，并出有司"。根据这道敕令，"二十五众"从众多僧人中选出，戒、定、会等"三学"皆优，"峙列京城，任其披化"。在"二十五众"之中，又有众主、第一摩诃衍匠和教读经法主等职，其弘法的对象为一般民众，主要传授戒定会"三学"和大乘佛法。"五众"则是佛教内专门的僧伽组织，分为大论、讲论、讲律、涅槃、十地等五种。其"众主"大多出自"六大德"门下，并为杨坚所推敬，执佛教界之牛耳。这些"众主"被推选出后，一般会受敕移居新寺，主持该寺佛教经论义理的传授。

有皇帝的积极倡导和身体力行，佛教在隋朝得以广为流行，其灵异、祥瑞也不时出现。开皇十五年（595）五月，有群鹿跑到仁寿宫门前，徘徊不去，"逼近人众安然不惊"，"既奉明诏，跃还山薮"。百官为此上表庆贺后，杨坚下诏称庆道："朕自受灵命抚临天下，遵行圣教，务存爱育。由王公等用心助朕，宣扬圣法，所以山野之鹿今遂来驯。官人等但以至诚化导民俗自可，编户之人皆为君子，宜存心仁善，副此休祥。"翻经学士费长房为此还大加发挥，云宫门守卫兵仗肃严，行人远观犹怀畏惧，而山鹿野兽近狎弗惊，充分说明当今圣上神明，弘佛扬法，臻于化境，仁寿宫门，譬同佛影，"仁寿山所，国之神灵。其山涧石复变为玉，地不爱宝，此则同于轮王相也"。

第五十一章 崇佛（下）

杨坚敬佛、崇佛，极力倡导佛教，自己也被神化，成了佛教传说中响当当的人物。

他小名叫那罗延，出生时那么神妙、传奇，本就有一层浓郁的佛教色彩，等他成了皇帝，又对佛教那么虔敬和崇奉，就更不得了了。开皇初，北天竺那连提黎耶舍在翻译《德护长者经》时，不知是出自本人意愿还是受人指使，还是佛陀真有预言，反正他是译出了如下文字：

> 汝今见此德护长者大儿月光童子不？唯然已见。佛言此童子者，能令未信众生令生净信，未调伏者能令调伏，未成熟者能令成熟，于其父所作善知识。何以故？能以导师法教化其父，安置无量千万那由他阿僧祇众生，于佛法中令生信心，必定阿耨多罗三藐三菩提。又此童子，我涅槃后，于未来世护持我法，供养如来，受持佛法，安置佛法，赞叹佛法。于当来世佛法末时，于阎浮提大隋国内，作大国王，名曰大行。能令大隋国内一切众生信于佛法，种诸善根。时大行王，以大信心大威德力供养我钵，于尔数年我钵当至沙勒国，从尔次第至大隋国，其大行王于佛钵所大设供养，复能受持一切佛法，亦大书写大乘方广经典，无量

253

百千亿数，处处安置诸佛法藏，名曰法塔。造作无量百千佛像，及造无量百千佛塔，令无量众生于佛法中得不退转得不退信。

文中，杨坚又成了月光童子化身，于大隋国做国王、护持佛法是前世注定。如此《德护长者经》一经译出，便被大肆渲染，在海内外广为流传。

开皇五年（585），杨坚爱请大德法经法师，在大兴殿为他受菩萨戒，并诏告天下，赦免流罪以下狱囚二万四千九百余人，减死罪三千七百余人。由是，"含齿戴发，相趋舞蹈。门门受福，人人称庆。意欲革此蒙心明兹慧日，有生之类同知迁善也"。同年又敕，"佛以正法付嘱国王，朕是人尊，受佛付嘱。自今以后，讫朕一世，每月常请二七僧，随番上下。经师四人，大德三人，于大兴善殿读一切经。"

开皇十四年（594）七月，法经上呈《众经目录》，说："皇帝大檀越，虽复亲综万机，而耽道终日，兴复三宝，为法轮王。永关四趣之门，大启天人之路，在域群生莫不蒙赖。"这样杨坚又有了一个"法轮王"之称。此一时期，杨坚常召请大兴善寺高僧彦琮，"御寓盛弘三宝，每设大斋，皆陈忏悔，帝亲执香炉，琮为宣导，畅引国情，恢张皇览，御必动容竦顾，欣其曲尽深衷"。翌年，他还请高僧法纯入宫，为独孤皇后受戒。

开皇十七年（597），费长房在其《历代三宝记》书中，又采《德护长者经》杨坚为"月光童子"之说，言当来世佛法末之时，北周灭佛，"人鬼哀伤天神悲惨，慧日既隐苍生昼昏"后，天启我皇，乘时来驭，"既清廓两仪，即兴复三宝"。

到了仁寿元年（601），杨坚向三十州颁送舍利后，各地大有感应，祥瑞迭出，被改封为安德王的杨雄率百官进献《庆舍利感应表》，说"伏惟皇帝积因旷劫，宿证菩提，降迹人王，护持世界。往者道消在运，仁祠废毁，慈灯灭影，智海绝流。皇祚既兴，法鼓方震，区宇之内，咸为净土，生灵之类，皆覆梵云"。又赞颂道："自非至德精诚，道合灵圣，岂能神功妙相，致此奇特！臣等命偶昌年，既睹太平之世，生逢善业，方出尘劳之境，不胜扑跃。谨拜表陈贺以闻。"

杨坚览后，很快予以作答：

> 仰惟正觉，覆护群品，济生灵于苦海，救愚迷于火宅。朕所以至心回向，结念归依，思与率土臣民，爰及幽显，同崇胜业，共为善因，故分布舍利，营建神塔。而大圣慈愍，频示光相，宫殿之内，舍利降灵，莫测来由，自然变现，欢喜顶戴，得未曾有。斯实群生多幸，延此嘉福，岂朕微诚，所能致感。览王公等表，悚敬弥深。朕与王公等，及一切民庶，宜更加克励，兴隆三宝。今舍利真形，犹有五十，所司可依前式，分送海内，庶三涂六道，俱免盖缠，禀识含灵，同登妙果，主者施行。

在这篇答文中，杨坚不仅劝谕官民一体诚心向佛，还宣布再颁舍利于其他州，令天下普沾法喜。仁寿元年（601）十二月，他正式发下《再立舍利塔诏》，说是："朕祇受肇命，抚育生民，遵奉圣教，重兴像法。而如来大慈，覆护群品，感见舍利，开导含生。朕已分布远近，皆起灵塔，其间诸州，犹有未遍。今更请大德，奉送舍利，各往诸州，依前造塔。所请之僧，必须德行可表，善解法相，使能宣扬佛教，感悟愚迷。宜集诸寺三纲，详共推择，录以奏闻，当与一切苍生，同斯福业。"正赶上高丽、百济、新罗三国使者将要还国，各请一舍利于本国起塔供养，杨坚也发诏一并允许。

第二年（602）正月二十三日，送舍利使启程，将舍利送往恒州、泉州、循州、营州、洪州、杭州、凉州等五十一州。各州官吏、民众一如去年，解囊布施，虔诚迎奉，并于四月初八佛诞节同时安置舍利。而且也是灵验频现，瑞应神奇。于是，各州又纷纷上表，报告

"感应"之事。

恒州表云：四月八日临向午时欲下舍利，光景明净，天廓无云。天上突然洒下宝屑天花，状似金银碎薄，大小间杂，纷纷散下，犹如雪落。

黎州表云：掘基安舍利塔，于地下得一瓦，铭云"千秋万岁乐未央"。

观州表云：舍利塔上有五色云如车盖。其日午时现至暮。

魏州表云：所送舍利数度放光。复有诸病人或患眼盲或患五内，发愿礼拜病皆得愈。至四月八日，欲下舍利。午时天忽有一片五色云，香馥非常。须臾之间，即降金花。至九日旦，复下银花，遍满城治。其花大者如榆荚，小者似火精，人人皆得函盛奉献。

晋州表云：舍利于塔前放光三度，皆紫光色。众人尽见。

邓州表云：舍利四月六日石函变作玉及玛瑙，其石有文，现"正国德"三字，并有仙人骈凤等出。

洛州表云：舍利三月十六日至州，即于汉王寺内安置。至二十三日，忽降香气，世未曾有。四月七日夜一更向尽，东风忽起，灯花绝焰。在佛堂东南神光照烛，复有香风而来，官人道俗等共闻见。于是弥增克念。至八日临下舍利，塔侧桐树枝叶低茎。

……

诸如此类，等等不一，然皆是吉瑞、祯祥之相，"光曜显发，神变殊常"。这些"圣迹""感应"的真伪姑且不论，连杨坚也都说"何必皆是真"，无非是以此证明此举如何感天动地，功德无量，佛法如何无边罢了。

第五十二章　皇后辞世

不过，尽管这次颁赐舍利"感应"良好，反响强烈，特别是在仁寿二年（602）正月第二次颁赐舍利时，所获的"灵瑞"更多，影响也更广，杨坚却似乎失去了应有的兴致。而且他忽然感觉自己疲惫、委顿，心里头总有一些阴影，挥之不去，让他寝食难安，茫然若失。

这年（602）三月，他与独孤皇后照例来到了仁寿宫。

独孤皇后的精神也显见是越来越不好了。过去她是那么爽朗，旷性怡情，争强好胜，现在可是萎靡不振，心慵意懒。几年前仁寿宫发生的尉迟女事件，对她造成了很大伤害，"自此意颇衰折"，也是她人已年老，身体渐渐衰弱。这次到仁寿宫后，独孤皇后就感觉不适，全身乏力，无论太医们怎么救治，如何施药，也不见好转，反过来还一日重似一日。

到了八月，独孤皇后的病情陡然加重，十九日"日晕四重"。二十四日，"太白犯轩辕"。当夜，崩于永安宫，时年五十九岁。

皇后殡天，最难过的莫过于皇帝杨坚本人了。此前心里的那些阴影，不祥的预感，想不到这么快就"应验"了，并且还偏偏"应"到了自己心爱的皇后身上。两人相处了四十余年，无论发生什么变故，如何跌宕起伏，都始终恩爱如初，情深意长。如今一个离去，另一个怎不感觉孤苦，鸾孤凤只？一连几天，杨坚都处在极大的哀痛之中，茶饭不思，夜不能寐，人也一下子消瘦下来。

还得说是文人，那著作郎王劭花了一天工夫，即赶出了一篇奏文，委婉劝导杨坚："佛说人应生天上，及上品上生无量寿国之时，天佛放大光明，以香花妓乐来迎之。如来以明星出时入涅槃。伏惟大行皇后圣德仁慈，福善祯符，备诸秘记，皆云是妙善菩萨。臣谨案：八月二十二日，仁寿宫内再雨金银之花。二十三日，大宝殿后夜有神光。二十四日卯时，永安宫北有自然种种音乐，震满虚空。全夜五更中，奄然如寐，便即升遐，与经文所说，事皆符验。臣又以愚意思之，皇后迁化，不在仁寿、大兴宫者，盖避至尊常居正处也。在永安宫者，象京师之永安门，平生所出入也。后升遐后二日，苑内夜有钟声三百余处，此则生天之应显然也。"

叫王劭这么一说，独孤皇后不是死了，而是如佛祖一般涅槃，又成"妙善菩萨"了；这丧事也根本不是什么丧事，而是大喜，差不多都值得庆贺了。杨坚一看，"且悲且喜"，马上召杨素依礼厚葬独孤皇后。

可是，在开皇年间修定的礼典里并没有丧礼的仪注，对于如何为独孤皇后筹办丧事，怎样举哀吊祭才算合乎礼仪，杨素心中无数，只得如实禀报。没办法，杨坚只好将皇后的丧事后拖。九月十一日，他离开仁寿宫，回到京师大兴。闰十月十日，命杨素与诸术士先刊定阴阳舛谬，十五日，发出修定吉礼、凶礼、军礼、宾礼、嘉礼"五礼"的诏书，抓紧对本朝整个礼典进行修订，曰：

> 礼之为用，时义大矣。黄琮苍璧，降天地之神，粢盛牲食，展宗庙之敬，正父子君臣之序，明婚姻丧纪之节。故道德仁义，非礼不成，安上治人，莫善于礼。自区宇乱离，绵历年代，王道衰而变风作，微言绝而大义乖，与代推移，其弊日甚。至于四时郊祀之节文，五服麻葛之隆杀，是非异说，蹐驳殊途，致使圣教凋讹，轻重无准。朕祗承天命，抚临生人，当洗涤之时，属干戈

之代，克定祸乱，先运武功，删正彝典，日不暇给。今四海乂安，五戎勿用，理宜弘风训俗，导德齐礼，缀往圣之旧章，兴先王之茂则。尚书左仆射、越国公杨素，尚书右仆射、邳国公苏威，吏部尚书、奇章公牛弘，内史侍郎薛道衡，秘书丞许善心，内史舍人虞世基，著作郎王劭，或任居端揆，博达古今，或器推令望，学综经史，委以裁缉，实允佥议。可并修定五礼。

杨素对牛弘一向敬重，领命修礼后，便确定以他为主，说："公旧学，时贤所仰，今日之事，决在于公。"牛弘也没有辞让，找来刘焯、刘炫、李百药、崔子发等名儒商讨，很快就以《齐礼》为底本修定完成，"仪注悉备，皆有故实"。杨素阅后，感叹道："衣冠礼乐，尽在此矣，非吾所及也！"

呈奏到杨坚那儿，杨坚也很快予以批准。而且，有了"五礼"，更主要是有了包括丧礼在内的"凶礼"仪注后，独孤皇后的丧礼就可进行了。

杨坚先是依据《逸周书·谥法解》，"道德博闻曰文；勤学好问曰文；博闻多见曰文；敏而好学曰文；施而中礼曰文；修德来远曰文；刚柔相济曰文；德美才秀曰文；徽柔懿恭曰文；敬直慈惠曰文"，"博闻多能曰献；惠而内德曰献；智哲有圣曰献；聪明睿智曰献；文资有成曰献；敏惠德元曰献；贤德有成曰献；智能翼君曰献；智质有理曰献；智质有操曰献；智质有礼曰献"，选定"文献"为独孤皇后的谥号。又找来术士萧吉，为她卜择葬地。

萧吉历筮山原，选得一处，云是"卜年二千，卜世二百"，具图而奏。杨坚说道："吉凶由人，不在于地。高纬父葬，岂不卜乎？国寻灭亡。正如我家墓田，若云不吉，朕不当为天子；若云不凶，我弟不当战殁。"

萧吉听杨坚这么一说，又再次上表，做出了详细解释，说："去月十六日，皇后山陵西北，鸡未鸣前，有黑云方圆五六百步，从地属天。东南又有旌旗车马帐幕，布满七八里，并有人往来检校，部伍甚整，日出乃灭，同见者十余人。谨案《葬书》云：'气王与姓相生，大吉。'今黑气当冬王，与姓相生，是大吉利，子孙无疆之候也。"

杨坚览后大悦，遂依从萧吉，将这个地方定了下来。又令开府何稠和将作少监宇文恺参典山陵制度。其实，他哪知道，这中间还隐藏着一个阴谋呢。太子杨广在萧吉奉诏卜择葬地之前，就偷偷地派宇文述过来，替他传话说："公前称我当为太子，竟有其验，终不忘也。今卜山陵，务令我早立。我立之后，当以富贵相报。"萧吉答应了下来。待将独孤皇后的葬地选定之后，萧吉即悄悄告诉杨广："后四载，太子御天下。"因而，等到了这年闰十月二十八日，独孤皇后将要安葬到太陵那块萧吉选定的"吉壤"时，杨坚想亲临发殡，萧吉赶忙上奏阻止，推说是："至尊本命辛酉，今岁斗魁及天冈，临卯酉，谨按《阴阳书》，不得临丧。"杨坚没有听从，还是亲自出席了独孤皇后的丧礼，并坚持来到陵园。

因杨素在置办独孤皇后丧事上出力不小，其"山陵制度，多出于素"，很是让杨坚满意，故等独孤皇后的丧礼一结束，杨坚就下诏对杨素予以褒奖，说："献皇后奄离六宫，远日云及，茔兆安厝，委素经营。然葬事依礼，唯卜泉石，至如吉凶，不由于此。素义存奉上，情深体国，欲使幽明俱泰，宝祚无穷。以为阴阳之书，圣人所作，祸福之理，特须审慎。乃遍历川原，亲自占择，纤介不善，即更寻求，志图元吉，孜孜不已。心力备尽，人灵协赞，遂得神皋福壤，营建山陵。论素此心，事极诚孝，岂与夫平戎定寇比其功业？非唯廊庙之器，实是社稷之臣，若不加褒赏，何以申兹劝励？可别封一子义康郡公，邑万户，子子孙孙，承袭不绝。馀如故。"同时赐田三十顷，绢万段，米万石，金钵一，实以金，银钵一，实以珠，并绫锦五百段。

随后，杨坚在京师西南为独孤皇后修建了一座禅定寺，其寺架塔七层，骇临云际；殿堂高竦，房宇重深，"周闾等宫阙，林圃如天苑，举国崇盛莫有高者"。落成后，杨坚又敕高僧昙迁为禅定寺主，曰：“自稠师灭后，禅门不开。虽戒慧仍弘，而行仪攸阙。今所立寺，既名禅定，望嗣前尘。宜于海内，召名德禅师百二十人，各二侍者，并委迁禅师搜扬。有司具礼，即以迁为寺主。”

第五十三章　苍凉晚景

把独孤皇后安葬完，杨坚更感孤寂，空落，干什么都打不起精神来。仁寿三年（603），他没有去仁寿宫，也没外出巡省，整整一年就没离开过大兴宫半步。虽说每天早上，他也习惯性地去上朝，下朝后也不忘批阅奏章，召朝臣过来商讨政事，但却是慵慵懒懒，再不像以前那般勤政，朝乾夕惕，旰食宵衣了。

这一年，杨坚下发的诏令很少，所做的事情不多，而且也非是什么大事、要事，除了对礼仪有所补充以及"求贤"外，再就是一些日常政务，没有什么新的举措。

二月，他以大将军、蔡阳郡公姚辩为左武候大将军。

五月，发诏曰："哀哀父母，生我劬劳，欲报之德，昊天罔极。但风树不静，严敬莫追，霜露既降，感思空切。六月十三日，是朕生日，宜令海内为武元皇帝、元明皇后断屠。"

六月，下诏除期练之礼，规定："父存丧母，不宜有练。但依礼十三月而祥，中月而禫。庶以合圣人之意，达孝子之心。"

七月，下诏求贤："其令州县搜扬贤哲，皆取明知今古，通识治乱，究政教之本，达礼乐之源。不限多少，不得不举。限以三旬，咸令进路。征召将送，必须以礼。"

八月，以洛从公、幽州总管燕荣暴虐，赃秽狼藉，将其征还，赐死。

九月，置常平官。

十二月癸酉，河南诸州水灾，遣纳言杨达赈恤之。

就这些事情的"体量"和难易程度说，若在往常，别说是一年，一个月他都能将其轻松处理完。

不过，有一段时间，杨坚似乎有了松柏之姿，从陈氏和蔡氏两位年轻貌美的夫人那里找到了些许安慰。

宣华夫人陈氏系南陈宣帝的女儿、后主陈叔宝的妹妹，性聪慧，姿貌无双。陈灭后，被配入掖庭役使，后又选入后宫为嫔，颇得独孤皇后喜欢，当然也更为杨坚所爱。在杨广谋篡太子之位时，见陈氏在皇帝和皇后那里都能讨喜，便"规为内助，每致礼焉"，时常送她些金蛇、金驼等物。她果然也在废立太子之际，为杨广出了不少力。等独孤皇后去世后，她进位为贵人，专房擅宠，主断内事，一时"六宫莫与为比"。

容华夫人蔡氏也是江南人。南陈被灭后，蔡氏被选入宫，充为世妇。她姿容秀媚，婉转妖娆，早就被杨坚看中，只是碍于独孤皇后，"希得进幸"。独孤皇后一死，蔡氏遂渐见宠遇，被拜为贵人，参断宫掖。

因以前对独孤皇后多有忌惮，杨坚委实不敢放肆，难近女色，如今没人管了，有陈氏、蔡氏两个美人并沐皇恩，日夜服侍，他是不无快意和兴奋，沉浸在了温柔之乡。然而过后，却重又感到落寞，陷入了巨大的寂寥和忧闷中。如此反复不已，精神的苦闷非但没有解脱，身体却是越发不堪。因之，他便更加思念独孤皇后，总觉若是皇后还在，自己的身体不会垮得这么快，精神不至于如此颓废。现在的自己，可就真成了"孤家寡人"了。

仁寿四年（604）正月初九，杨坚宣布大赦天下。此后，他开始准备前往仁寿宫。术士章仇太翼闻讯固谏，杨坚不纳，至于再三。最后章仇太翼竟直言道："臣愚岂敢饰词，但恐是行銮舆不反。"杨坚一听大怒，将其抓入牢狱，准备等他从仁寿宫回来，证明章仇太翼所言虚妄后，再斩首示众。

这章仇太翼系河间人，自幼博览群书，爰及佛道，尤善占候算历之术。患眼疾目盲后，"以手摸书而知其字"。比起当时那些著名的术士庾季才、来和、萧吉、韦鼎等人来，章仇太翼"出道"要晚，但其"道行"却好像更为高深，神乎其神。不知他是不是真的参透了"阴阳"，破解了"天机"，还是已听闻到了什么蛛丝马迹，才有了大胆的推断和测度，反正他这回对杨坚所言实在过于直接，太过冒犯。从中也可看出，杨坚目前的身体以及其他一些状况的确不佳，不能不叫人为之担忧。

第五十四章　悲歌

仁寿四年（604）正月二十七日，杨坚动身来到仁寿宫。

第二天，他下诏将大小事情，"赏罚支度，事无巨细"，一并交由皇太子杨广处理。

其后，杨坚就在仁寿宫里待着。省去了政务之忧，没有了繁杂琐事，又有陈氏和蔡氏两位美人陪伴，日子倒也过得舒服、惬意，休闲自在。然而仿佛是为了证明章仇太翼所言非虚，确能未卜先知、有先见之明似的，到了四月，杨坚突然发病，并且病得十分厉害，参苓罔效，茱苴无灵。

太子杨广闻讯，急忙赶来，住到了仁寿宫大宝殿，俾便侍奉。尚书左仆射杨素、兵部尚书柳述和黄门侍郎元岩（与已逝的平昌公、兵部尚书元岩重名）等人也被召来，入阁侍疾。

到了六月初六，朝廷宣布大赦天下，为杨坚祈福。不过这晚天象仍然不好，"有星入月中，数日而退"，且有"长人见于雁门"。七月初一，更是"日青无光，八日乃复"。

七月十日，杨坚疾甚，"卧于仁寿宫，与百僚辞诀，并握手唏嘘"。又专门召来何稠，嘱托道："汝既曾葬皇后，今我方死，宜好安置。属此何益，但不能忘怀耳。魂其有知，当相见于地下。"并且还把太子杨广叫到病榻前，揽着他的脖子叮嘱道："何稠用心，我付以后事，动静当共平章。"

到了这时候，杨坚也还更清楚地记起了那个章仇太翼，对自己年初没有听从他的再三谏阻而追悔莫及，特地交代杨广说："章仇（太）翼，非常人也，前后言事，未尝不中。吾来日道当不反，今果至此，尔宜释之。"

在随后两日，据说杨广见父皇显是无救，大行之期在迩，"虑上有不讳，须豫防拟"，遂手写了一封书信给杨素，征询他的意见。谁知节外生枝，宫人误将此信送进了御寝。杨坚展开一阅，大恚。偏这日天刚亮，陈夫人出去更衣，又遭杨广非礼，力拒得免。陈夫人回屋后，杨坚见她衣冠不整，神色有异，问其原因。陈氏"泣以实对"，诉"太子无礼"。杨坚一听，气愤至极，用手捶床大骂道："畜生何足付大事，独孤诚误我！"急令柳述和元岩："召我儿！"柳述和元岩还以为他是要召太子杨广，杨坚急忙纠正道："（杨）勇也。"

柳述和元岩即出阁起草敕书，写完后请杨素过目。杨素一看，大惊失色，赶快向杨广报告。杨广却也不含糊，立即矫诏将柳述、元岩逮捕入狱。同时，迅速调来东宫的裨将兵士，在心腹大将宇文述和郭衍的率领下，将宿卫仁寿宫的禁军全部撤换，封锁宫门，严禁出入。又令自己的另一心腹、右庶子张衡进入杨坚的寝殿侍疾，将陈氏、蔡氏等后宫所有宫嫔、侍从全都赶到别的宫室。

七月十三日，杨坚驾崩，享年六十四岁。

经与杨素等人商量，为防意外，在杨坚死后，杨广秘不发丧。这时正好杨素的弟弟杨约到仁寿宫朝见，杨广便急令他与大将郭衍赶回京师大兴，撤换留守者，矫称杨坚诏令，缢杀废太子杨勇，然后陈兵集众，发布杨坚的凶问。

七月二十一日，王公大臣全都集于仁寿宫，为杨坚发丧，杨广于灵前即位。这天，河间有四株杨柳无故黄落，既而花叶复生。

就在发丧时，杨广向外宣示了杨坚的遗诏：

嗟乎！自昔晋室播迁，天下丧乱，四海不一，以至周、齐，战争相寻，年将三百。故割疆土者非一所，称帝王者非一人，书轨不同，生人涂炭。上天降鉴，爰命于朕，用登大位，岂关人力！故得拨乱反正，偃武修文，天下大同，声教远被，此又是天意欲宁区夏。所以昧旦临朝，不敢逸豫，一日万机，留心亲览，晦明寒暑，不惮劬劳，匪曰朕躬，盖为百姓故也。王公卿士，每日阙庭，刺史以下，三时朝集，何尝不罄竭心府，诚敕殷勤。义乃君臣，情兼父子。庶藉百僚智力，万国欢心，欲令率土之人，永得安乐，不谓遘疾弥留，至于大渐。此乃人生常分，何足言及！但四海百姓，衣食不丰，教化政刑，犹未尽善，兴言念此，唯以留恨。朕今年逾六十，不复称天，但筋力精神，一时劳竭。如此之事，本非为身，止欲安养百姓，所以致此。

人生子孙，谁不爱念，既为天下，事须割情。勇及秀等，并怀悖恶，既知无臣子之心，所以废黜。古人有言："知臣莫若于君，知子莫若于父。"若令勇、秀得志，共治家国，必当戮辱遍于公卿，酷毒流于人庶。今恶子孙已为百姓黜屏，好子孙足堪负荷大业。此虽朕家事，理不容隐，前对文武侍卫，具已论述。皇太子广，地居上嗣，仁孝著闻，以其行业，堪成朕志。但令内外群官，同心勠力，以此共治天下，朕虽瞑目，何所复恨。

但国家事大，不可限以常礼。既葬公除，行之自昔，今宜遵用，不劳改定。凶礼所须，才令周事。务从节俭，不得劳人。诸州总管、刺史已下，宜各率其职，不须奔赴。自古哲王，因人作法，前帝后帝，沿革随时。律令格式，或有不便于事者，宜依前敕修改，务当政要。呜呼，敬之哉！无坠朕命！

尾声1、2、3

之一：寂寞太陵

仁寿四年（604）八月初三，杨广扶杨坚灵柩回到京师。十二日，在大兴前殿为杨坚举行了殡仪。

同一日，杨广将此前被逮入狱的柳述、元岩除名，流放边地，其中柳述是徙往龙川。为免受连累，杨广令自己的妹妹（兰陵公主）与丈夫柳述离绝，将其改嫁别人。兰陵公主誓死不从，再不朝谒，上表请求与柳述同徙，惹得杨广帝大怒。没过多久，兰陵公主忧愤而卒。

太史令袁充以"皇帝即位，与尧受命年合"为由，暗示百官上表庆贺杨广即位。秘书丞许善心却认为："国哀甫尔，不宜称贺。"左卫大将军宇文述向来讨厌许善心，便示意御史弹劾他。许善心遂左迁给事郎，降品二等。

十月十六日，杨坚被安葬于太陵。根据他的遗愿，与独孤皇后合葬在一起，同坟异穴。其庙号为"高祖"，谥号"文皇帝"，后世便称他为隋文帝。

后来，杨广还专为杨坚修了一座西禅定寺，"式规大壮，备准宏模。起如意之台，列神通之室，仁祠切汉，灵刹干霄。宝树八行，和铃四角，巃嵸三层之格，悬自响之钟。布护千叶之莲，捧飞来之座。危吞琅琊之殿，陵夸鲁恭之空。尽世珍奇具诸文物"。又为他敬造金铜释迦坐像一躯，"通光趺七尺二寸，未及庄严，而顶凝绀翠，体耀紫金，放大光明，照映堂宇。既感通于嘉瑞。敕诸州郡各图写焉"。

然天地悠悠，太陵苍凉，归于尘土的杨坚虽得与独孤皇后相伴，却依旧岑寂、怆然。在这里，他看到他一手创建的隋朝旋生旋灭，难道真如当初为其卜择山陵的萧吉所言：

"今山陵气应，上又临丧，兆益见矣。且太子得政，隋其亡乎！当有真人出治之矣。吾前给云卜年二千者，是三十字也；卜世二百者，取三十二运也。"

在这里，他看到隋亡后，王朝变换，乾坤旋转，历史一幕一幕不停上演……

之二：杨谅反叛

杨坚逝后，杨广怕自己的五弟、汉王杨谅作乱，遂遣车骑将军屈突通带着伪造的杨坚玺书召其入朝。等屈突通来到并州，拿出玺书，杨谅一看，知道发生了变故。原来，杨坚与他的这个小儿子早有密约："若玺书召汝，敕字旁别加一点，又与玉麟符合者，当就征。"现在玺书上并没有秘密约定的暗号，定是假造无疑。杨谅盘问屈突通，屈突通吞吞吐吐，闪烁其词。见是如此，杨谅便将屈突通打发回去，与属下商量后，起兵反叛。

他先是调遣三路大军，以大将军余公理出太谷，下河阳；大将军綦良出滏口，趣黎阳；大将军刘建出井陉，略燕赵，再令柱国乔钟葵率军出雁门。主力由柱国裴文安统率，与柱国纥单贵、王聃以及大将军茹茹天保、侯莫陈惠等直指京师。

杨广闻知，即以杨素为并州道行军总管、河北道安抚大使，率军数万讨伐杨谅。

杨素先是率骑五千在蒲州击败王聃和纥单贵，又率四万步骑进击晋阳。在高壁，大破叛军。杨谅有些发慌，亲自率兵近十万在蒿泽御敌。正逢天降大雨，杨谅打算退兵，属下力谏，他也不听，匆忙率军退守清源。

双方即在这里展开大战。结果又是杨谅大败，死者近万。杨谅退保晋阳，杨素进军，将其包围。杨谅束手无策，只得乞降，其余部众也悉被平灭。

杨谅被执送京师，百僚奏其罪当死，杨广说："终鲜兄弟，情不忍言，欲屈法恕谅一死。"于是将杨谅除名为民，绝其属籍，其所部吏民因受牵连而被处死和流放的有二十余万家。很快，杨谅本人也被幽禁而死。

之三："随"之而去

在杨坚逝后的第二年（605），已承袭皇位的杨广改元，年号"大业"。

此时，经过其父杨坚多年的苦心经营，隋朝"地广三代，威振八纮，单于顿颡，越裳重译。赤仄之泉，流溢于都内，红腐之粟，委积于塞下"，可谓达到了极盛。杨广若能够克尽厥职，奋发有为，则隋朝有可能更加兴旺富强。即便没甚创举，不能赶超，他也能平平安安地做太平天子，将国祚长久延续下去。然而偏偏不是如此，隋朝到了他手里，便迅速由盛而衰，以至亡灭。

若说杨广本人，"聪明多智，广学博闻"，还是很有才的。做了皇帝后，他营建东都洛阳，增设科举进士科，修订《大业律》，开通大运河……诸多创新之举，不仅惠及当代，还泽及后世。可是，这人也太过荒淫、卑劣了，"负其富强之资，思逞无厌之欲，狭殷周之制度，尚秦汉之规摹。恃才矜己，傲狠明德，内怀险躁，外示凝简，盛冠服以饰其奸，除谏官以掩其过。淫荒无度，法令滋章，教绝四维，刑参五虐，锄诛骨肉，屠剿忠良，受赏者莫见其功，为戮者不知其罪。骄怒之兵屡动，土木之功不息。频出朔方，三驾辽左，旌旗万里，征税百端，猾吏侵渔，人不堪命。乃急令暴条以扰之，严刑峻法以临之，甲兵威武以董之，自是海内骚然，无聊生矣。俄而玄感肇黎阳之乱，匈奴有雁门之围，天子方弃中土，远之扬越。奸宄乘衅，强弱相陵，关梁闭而不通，皇舆往而不反。加之以师旅，因之以饥馑，流离道路，转死沟壑，十八九焉。于是相聚萑蒲，蝟毛而起，大则跨州连郡，称帝称王，小则千百为群，攻城剽邑，流血成川泽，死人如乱麻，炊者不及析骸，食者不遑易子"。短短十几年，就把天下搞乱，"四海骚然，土崩鱼烂"。

大业十二年（616）七月，杨广乘龙舟再次来到他所喜欢的江都。在大厦将倾、危在旦夕之际，他却越发荒淫昏乱。"宫中为百余房，各盛供张，实以美人，日令一房为主人"，自己与皇后萧氏及其他幸姬作为客人，"历就宴饮，酒卮不离口，从姬千余人亦常醉"。又曾引镜自照，对萧皇后说："好头颈，谁当斫之！"他是自嘲，也是以为他不会死，即便江山破灭，也能像败在自己手中的陈后主陈叔宝那样，被封个什么公爵，照样能够享乐。

不过，就连这等梦想他也实现不了。大业十四年（618）三月，宇文述的儿子宇文化及发动兵变，将杨广抓住后，杨广请求服鸩酒自杀都不被允许，乃自解练巾交由叛臣，将自己缢杀。

杨广每次巡幸时，常把自己的四弟杨秀带上，囚禁于骁果营。这回宇文化及杀了杨广，想立杨秀为帝，众议不可，杨秀于是被杀，在江都的所有隋杨氏宗室、外戚，无论老幼也一律被处死。

在大业十三年（617）十一月，杨广的姨表兄李渊从晋阳起兵，攻入隋京师大兴，立留守京师的杨广之孙杨侑为皇帝，遥尊杨广为太上皇。第二年（618）五月，也就是在杨广死后两个月，李渊便废黜杨侑，自己"禅位"，国号为"唐"。

隋朝至此正式灭亡，立国仅仅三十八年。

据称，杨坚当初建隋时，曾想以自己当过的随州刺史之"随"作为国号的，但"随"字的"辶"意为"忽走忽停（不稳定）"，于是他才弃"辶"，改以"隋"为新王朝之名。——这是不是真的呢？可为何隋朝"走"得还是这么快？